아들아 명심하거라,
잘 사는 데 필요한 건 따로 있다

아들아 명심하거라,
잘 사는 데 필요한 건 따로 있다

신태순 지음

RISE

차례

Chapter

2 시작하고, 경험하고, 발견해라

Chapter

3 게으르지만 잘 사는 아빠의 비밀

Chapter

4 돈 굴리는 방법은 따로 있다

Chapter

5 지금 당장의 손해는 사실 미래의 투자다

Chapter

6 결국 진심이 사람을 움직인다

Prologue

잘 사는 데 필요한 공부는 따로 있다

아들아, 그날은 네가 커서 뭐가 되고 싶은지 유치원에서 발표했던 날이었나보다. 모두 식탁에 앉아 저녁을 먹는 중에 네 엄마가 선생님의 전화를 받았는데, 이렇게 말씀하셨다는구나.

"나중에 크면 아빠 같은 사람이 되고 싶다고 말한 아이는 한 명뿐이라서, 특이해서 말씀드려요."

그 이야기를 듣는 순간 아빠는 순식간에 눈물이 차오르며 벅찬 행복을 느꼈단다. 하지만 그것도 잠시, 부담과 두려움이 몰려오더구나. 왜 그랬는지 생각해보니 이런 이유들이 떠올랐단다.

아빠는 네가 태어나기 훨씬 전부터 출퇴근을 하지 않는 삶을 살고 있었다. 네 엄마가 지금 하는 사업도 시공간 제약 없이 할 수 있는 형태다. 그래서 우리 가족이 1년에 한 달 정도는 해외에 머물며 그곳에서 일을 할 수 있는 것은 매우 특이한 환경이라고 봐야 한다.

명절이나 스승의 날마다 집 앞에 다양한 선물 택배가 문 앞에 쌓이고 그중에 네 선물도 꽤 있는 걸 보며 너도 매번 기뻐하지만 이 역시 일반적인 상황은 아니다.

아빠가 네 엄마랑 결혼하고 단 한 번도 크게 싸운 적이 없는 것, 너에게 큰소리 내지 않는 것, 외부에서 술자리를 1년에 한두 번 가질까 말까 하는 것, 네가 보는 아빠의 이런 모습들은 절대 일반적인 상황이 아니다. 아빠가 이렇게 살 수 있도록 아빠를 믿어주는 현명한 엄마의 역할 역시 빠질 수 없다.

특히 어린이집부터 시작해서 유치원까지 빠짐없이 동행하고, 걸어가며 서로의 고민을 나누고, 길에 음악이 나오면 같이 춤추는 아빠 같은 사람을 찾기는 어려울 거다.

심지어 그게 너를 위해서라기보다 아빠를 위해 쓰는 시간이란 걸 다른 사람에게 설명하는 데는 꽤 오랜 시간이 걸리기까지 한단다.

하지만 아빠도 이런 삶이 가능할 거라 생각했던 사람은 절대 아니었다. 어릴 적에는 그저 착해야 한다는 강박과 자기 감정을 솔직히 드러내면 안 된다는 생각, 참는 게 멋진 태도라는 착각에 빠져 둔하게 속앓이를 하면서 살았다.

사고 치지 않고 좋은 성적 받는 게 부모님의 싸움을 줄이는 길이라 믿고 공부하다 보니, 촌놈이 얼떨결에 명문대라 불리는 학교에 입학하게 되었다. 주변의 부러움을 샀지만, 그때부터 아빠의 진짜 방황은 시작되었던 것 같다.

성인이 돼서도 내 감정을 숨기고 사는 게 맞는지, 내가 좋아하는 일보다 주변에서 좋아하는 일을 선택하는 게 맞는지, 세상에 정답은 하나고 거기서 이탈하면 실패자 낙인이 찍히는 게 왜 당연한 건지 계속 고민했단다. 점점 나이가 들수록 '앞으로 아이가 생긴다면 나처럼 살라고 당당하게 이야기할 수 있을까?'라는 의문은 더 짙어졌고 그에 대한 아빠의 대답은 매번 NO였단다.

그럼에도 말 잘 듣는 자식 역할에 충실하기 위해 부모님이 원하던 고등고시(당시 5급 공무원 선발시험)를 준비했다. 수차례 도전 후 합격에 실패한 아빠는 10년 만에 겨우 대학교를 졸업하며 이전에 하지 못했던 선택을 하기로 결심했다. 남에게 잘 보이기 위해 공부를 하고 안정적인 직장을 쫓을 것인지, 지금이라도 나를 찾는 데 필요한 공부를 하고, 안정적이지 않아도 성장할 수 있는 기회를 쫓을 것인지 선택의 기로에 선 것이다.

예상했겠지만, 아빠는 그간 쌓아온 학력이나 그 연장선에서 일반적으로 기대하는 인생을 다 버린 채 정답이라 불리던 길을 거부하고 바닥부터 다시 성장하는 길을 선택했다.

그런 도전을 한 지 약 10년이 지났다. 대기업 소속이 아니라도 부럽지 않게 돈을 벌 수 있고, 시간에 얽매이지 않아도 수익이 발생하고, 무리한 비용을 투자하지 않아도 매출이 꾸준히 발생하고, 탁월하고 매너 있는 분들이 같이 일을 하자고 손을 내밀고, 다양한 좋은 기회가 있으면 제안받는 삶. 그게 지금 아빠가 누리고 있는 삶이다. 네가 태어나서 지켜본 일반적이지 않은 아빠의 삶은 학교 성적을 잘 받고, 직장에서 승진을 하고, 하기 싫은 것을 억지로 하면서 이뤄진 게 아니란다.

아빠는 가정에서 충분히 오랜 시간을 보내고 외부 활동을 하지 않으면서도 꾸준히 수익을 발생시킬 수 있는 방법만 파고들었다. 지나고 보니 '내가 이런 공부들을 했었구나'라고 알게 되었지만, 당시에는 그저 가족과 시간을 많이 보내며 행복하게 살고 싶은 마음을 따라 선택했던 과정이었다.

언젠가부터 아빠처럼 행복하게 살고 싶다고 말하는 분들이 하나둘씩 생겼고, 그분들에게 아빠가 현실에서 체득한 날것의 경험을 바탕으로 마인드, 비즈니스, 재테크와 관련한 노하우를 전달하곤 했다. 어느덧 아빠 주변에 가족과 충분히 시간을 보내면서도 경제적으로 여유 있게 사는 사람이 점점 늘어가더구나.

세상을 확 뒤흔들고 싶은 큰 꿈이 아빠라고 왜 없었겠니? 하지만 이상적인 목표를 좇으며 사는 게 과연 행복한 것인지 아빠는 계속 고민했단다. 성공했다는 사람들을 수도 없이 만나고 그분들의 희로애락을 깊이 나누다 보니 자연스레 결론이 좁혀지더구나. 내 가정에 충실하고, 내 아이에게 사랑을 더 베풀 수 있는 삶을 사는 게 가장 위대하고 어려운 목표라고 말이다.

그리고 아빠가 그렇게 살면, 아빠 주변에 그렇게 사는 사람이 하나둘씩 늘어날 것이고 그들의 자녀도 사랑 충만하게 자라서 또 주변에 사랑을 전파할 테니 결국 아빠는 세상을 바꾸는 일을 하게 되는 거였다.

아들아, 이 책은 네가 아빠처럼 살고 싶다고 말했던 그날, 우주를 뚫는 행복감과 해저까지 파고드는 부담이 교차했던 그날, 아빠의 사명으로 다가와서 시작하게 되었다.

네가 보고 있는 아빠의 삶은 상식적으로 이해할 수 없는 것들 투성이라 봐도 된다. 상식적인 생각으로는 지금의 행복과 자유를 절대 누릴 수 없을 확률이 높다. 그래서 이 책에서 비상식이 아빠에게 어떻게 새로운 상식이 되었는지 최대한 설명해보았다.

언제나 나에게 무한한 영감과 벅찬 행복감을 주는 아들아.

이 책에 아빠가 담은 내용을 살아가며 하나씩 체득한다면 너는 분명 네 안의 탁월성을 더 잘 발견하고 인생을 더 행복하게 살 것이다. 더불어 좀 더 즐겁고 편안하게 돈을 버는 마법의 순간을 경험하게 될 거라 자부한다.

그럼에도 불구하고, 아빠는 네가 네 인생을 사는 도구로 이 책을 활용하길 바란다. 아빠처럼 살기 위함이 아닌 더 너답게 살기 위해 이 책을 읽는다면, 이 책은 훌륭한 지침서가 될 것이다.

나의 가장 친한 친구이자 나의 가장 큰 스승인

아들에게 이 책을 바치며.

Chapter 1

평생 남을
인생의 공부법

1

인공지능에 대체되지 않는 사람이 되길

아들아, 영혼 없다는 표현을 너도 들어봤는지 모르겠구나. 재밌는 표현이지만, 생각해보면 무섭게 느껴지는 말이다. 한번은 어떤 배우가 드라마에서 간호사 역할을 하는 모습을 보았는데 그 연기의 핵심이 바로 '영혼 없음'이라고 하더구나. 그리고 사람들은 그런 모습을 연기하는 배우를 보며 실제 간호사 같다고 공감을 했다.

영혼 없이 사람을 상대해야 나를 지키고, 하루를 버틸 수 있을 만큼 고된 한국의 현실을 반영하는 것 같아 마음이 아팠다. 그러다 보니 영혼 없는 AI가 전화나 메시지에 응대하는 시대가 온 거겠구나 싶다. AI가 사람을 따라잡은 게 아니라, 사람들의 영혼이 사라지다 보니 AI로 대체될 수 있는 상황이 된 것은 아닌지 서늘한 생각마저 든다.

아들아, 영혼 없이 살아도 되거나 혹은 영혼 없이 살아야만 하는 세상이 왔어도 꼭 그리 살 필요는 없다고 말해주고 싶다. 오히려 이런 시대가 올수록 영혼을 챙기는 인간적인 사람이 더욱 귀해지기 마련이다.

"그러다가 제가 지치고 상처받으면 어떻게 하나요?"

아빠는 네가 감당하지 못할 만큼 인간적으로 살라는 말을 하려는 것은 아니다. 오히려 힘들면 도망치기도 하고, 울기도 하는 게 인간적인 모습이다. 엄청난 상처를 받고도 버티려고 하는 것은 오히려 인간미와는 거리가 멀다.

사람을 진심으로 대하고, 네 감정이 불편하다면 불편한 감정도 세련되게 표현하는 법을 익히면서 더 인간적인 대응을 연습하자. 앞으로 많은 게 AI로 대체되더라도 대체될 수 없는 강력한 너만의 무기가 될 것이기 때문이다.

코딩을 배워서 AI를 활용할 줄 알아야 생존할 거라는 이야기도 들린다. 매우 공감되는 이야기이고 코딩은 익히면 좋다고 아빠도 생각한다. 그래서 아빠도 여러 번 코딩을 배우는 시도를 했다. 하지만 번번이 진도를 나가지 못하고 좌절했다.

그런데 아빠같이 코딩을 배우기 어려운 사람은 변화하는 세상에서 도태되는 게 마땅한 걸까? 이것은 말이 안 된다고 생각한다. 세상이 계속 발전해도 그 안에서 변하지 않는 본질이 존재한다. 아빠는 세상의 발전을 다 따라가지 못해도 본질을 잊지 않고 중심을 잡는 사람 주위로 계속 사람들이 모이고, 새로운 에너지가 생길 수 있다고 믿는다.

AI가 더 많은 것들을 움직일 세상에서 살아갈 네가 코딩 기술을 배우기 전에, 네 영혼을 지키는 방법부터 익히길 바란다.

아빠 나름의 영혼을 지키는 법이 있는데 한번 읽어봐줬으면 좋겠다.

네 마음에서 나오는 감정을 충분히 인정하고, 그것을 표현해라. 그리고 그 과정에서 기꺼이 상처도 받고, 상처도 줘보거라. 상처를 줬다면 진심으로 사과를 해라. 사랑하는 사람에게는 사랑을 자주 표현해라. 네 감정에 솔직하면 된다. 그러는 과정에서 생기는 다양한 마찰들은 솔직함을 세련되게 표현하는 법을 배우게 만들어준다.

아빠는 어릴 때부터 솔직하면 안 되는 줄 알고 가면을 쓰고 살다 보니, 오랜 시간 솔직해지는 법을 모르고 살았다. 솔직하지 못한 행동으로 아빠의 영혼을 점점 지워갔고, 아빠 자신뿐 아니라 주변 사람들도 감정적으로 힘들게 만들었다.

그런 상황을 극복하려고 아빠는 솔직해지는 선택을 계속 연습했다. 그런 선택을 반복하면서 사람들의 피드백을 받아야 세련되게 솔직해지는 법을 배울 수 있었다.

그러다 너라는 존재를 처음 만나고 너의 그 솔직한 감정표현과 변화무쌍한 감정변화에 아빠는 감탄할 수밖에 없었고, 네 덕분에 아빠는 한 번 더 솔직해지는 용기를 낼 수 있었단다. 어른이 되어가면서 솔직함이 옅어지는 것을 막을 수는 없겠지만 그럼에도 불구하고 너와 나의 영혼을 잃지 않기 위해 한 번 더 솔직해지는 선택을 해보자꾸나.

그저 지금 네가 아빠에게 하듯이 감정에 솔직하고 더 표현해주렴. 아빠도 네게 지금 그렇게 하고 있단다. 지금 우리가 나눈 이야기들 덕분에 AI가 더 많은 영혼을 대체하는 세상이 와도 네 영혼이 더 빛을 발할 거라 믿는다.

2

좋은 스승을 알아보는 법

좋은 스승이 되는 건 생각보다 훨씬 어려운 일이라는 것을 먼저 말하고 이야기를 시작하마. 아빠가 말하는 기준이 네가 매번 좋은 스승, 나쁜 스승을 구분하게 만들어 버릴까봐 조심스럽지만, 아빠가 이때까지 경험했던 것을 바탕으로 정리된 기준을 한번 들려주려고 한다.

학창 시절에는 아무래도 내가 원하는 스승을 직접 찾아다니는 건 현실적으로 어렵다. 그런 상황에서는 지금 인연이 된 스승을 좋은 스승으로 만들려는 노력을 네가 좀 더 할 필요가 있다.

스승님, 선생님, 강사님이라는 말의 무게는 사람들로 하여금 무의식적으로 높은 기대감을 그리게 만들 만큼 무겁다. 스승이라는 말의 무게감 때문에 자기도 모르게 모든 면에서 큰 기대를 하게 된다는 말이다.

하지만 스승이라 불리는 사람들도 인간이다. 결국 신체의 제약 안에서 감당할 수 있는 게 있고 정신의 여유 안에서 제 능력을 발휘할 수 있는 사람이다. 그래서 그들의 인간적인 한계를 보게 될 때 크게 실망할 필요가 없다.

그들도 안 그러려고 노력해도 감정적으로 폭발할 때가 있고, 거짓말을 하는 일도 생긴다. 물론 이런 일이 너무 빈번하면 경계 대상 1순위가 맞다. 하지만 가끔 이런 모습을 보인다고 해서 나머지 모습까지 미리 판단하고 거리를 둘 필요는 없다. 대신에 스승이 인간적으로 실수하는 모습을 어느 정도 이해하고, 대신 그가 탁월한 부분에 대해 인정하고 배우고자 한다면, 설령 조금 부족하더라도 너에게는 최고의 스승이 되기 위해 그 스승이 노력하는 모습을 보게 될 거다.

지금까지 말한 건 네가 어떤 사람을 만나도 좋은 스승으로 만드는 방법에 해당한다. 그러면 아빠가 생각하는 좋은 스승을 선택할 때 기준은 무엇인지 궁금할 거다. 아빠 역시 이런 모습에 가까이 가기 위한 노력을 하고 있고 이런 기준에 부합하는 분들을 주로 스승으로 모시려고 노력했다.

첫째, 자신의 부족함을 드러내는 데 두려움이 없는 사람이다.

진짜 강자는 자신의 약점을 당당하게 드러내는 법이다. 왜냐면 그 부분을 방어할 준비가 이미 되어 있을 만큼 경험이 풍부하기 때문이다. 이런 방어를 할 때 자신의 약점을 보완해줄 탁월한 다른 사람을 곁에 두는 경우도 많다. 자신의 부족함을 인정하고 자신의 약점을 보완해줄 인재를 곁에 두는 여유가 있다면 그는 높은 확률로 좋은 스승일 수 있다.

둘째, 사과 또는 감사 표현을 하는 사람이다.

자신이 정답이라고만 생각하는 스승은 잘못된 결정을 했을 때도 절대 사과하지 않는다. 상황에 따라 잘못된 결정을 판단하는 기준도 조금 달라질 수 있지만, 누가 봐도 사과가 필요한 상황에 반복적으로 사과를 회피한다면 좋은 스승의 범주에서 제외시켜도 된다.

감사 표현 역시 마찬가지다. 세상에 감사하지 않으면서 당연히 받아야 하는 것들은 없다. 스스로 뛰어난 스승이라 착각하고 자신은 당연히 받아야 하는 입장으로 여기면서 감사 표현을 할 줄 모르는 사람이라면 좋은 스승이 아닐 확률이 높다.

셋째, 너의 가능성을 제한하기보다는 더 열어주는 사람이다.

훌륭한 스승이라 불리는 사람들도 막상 자신이 돈을 벌기 위해서나 세력을 갖추기 위해서 제자를 억지로 곁에 붙잡아놓는 경우가 있다. 곁에 붙잡아두기 위해서 제자의 가능성을 일부러 제약하는 말을 하면서 붙잡곤 한다. 예를 들어 자신의 곁을 떠나면 제자들이 제 실력을 발휘하지 못할 것처럼 느끼도록 해서 자신에게 의존하게 만든다. 전략적으로 이러는 사람도 있지만 자신도 인식하지 못한 채 이렇게 행동하는 사람도 꽤 많은데, 이것은 자신의 불안감을 표출하는 좋지 않은 방식이다. 자기 자신과 주변 사람을 믿지 못해서 생기는 행동이다. 언제든 그런 태도 때문에 큰 문제를 일으킬 여지가 있다.

아빠가 위에 언급한 기준을 따지다 보면 좋은 스승 찾기는 포기하는 게 낫겠다고 생각할 수도 있을 것 같다. 만약 그렇다면 조금 완화된 관점으로 생각해보면 도움이 될 것이다.

이 모든 조건을 만족하는 스승은 찾기 어려운 게 사실이다. 하지만 이런 기준들에 대해서 인식을 하고 있고 스스로 개선하는 모습을 보이는 사람이라면 충분히 훌륭한 스승이라 생각해도 좋다.

아빠는 대학교 졸업 이후부터 끊임없이 배울 수 있는 사람을 찾아다녔다. 그 과정에서 성장도 있었고, 아픔도 있었다. 위에서 말한 기준들은 그 오랜 과정에서 정립한 아빠만의 기준이란다. 그리고 이 기준이 얼마나 까다로운지 잘 알고 있단다.

네가 이 기준을 스승을 선택하는 절대적인 잣대로 삼을 필요는 없다. 다만 살면서 좋은 스승이다 싶은 사람을 만나면 보통 이런 기준 한두 개에 부합하는 것을 발견할 거다. 그리고 별로다 싶은 스승을 만나면 대부분 이 기준에 미치지 못한다는 것 또한 발견할 거다.

지금 네 곁에는 어떤 스승이 있는지 궁금하구나. 언젠가 좋은 스승을 만나면, 아빠에게도 꼭 그 소식을 알려줬으면 좋겠다.

3

열심히 공부만 하는 게 악순환의 시작이다

대한민국에서 학창 시절을 보낸 사람들이 그렇듯 아빠도 학교에서 시험을 보고, 자격증도 따고, 입시를 위해 오랜 시간 열심히 공부했다. 너도 지금 너만의 목표를 달성하기 위해 열심히 공부하고 있을지도 모르겠다. 만약 그렇다면 지금부터 아빠가 할 이야기가 너에게 좀 도움이 될 것 같다.

학교 다닐 때 보면 운동도 많이 하고, 놀기도 잘 놀고, 공부하는 시간은 별로 없는 것 같은데 성적이 잘 나오는 친구들이 있었다. 어른들은 그런 친구를 두고 천재라고 특정해서 말하는 편이었다.

물론 그런 친구 중에는 특출나게 뛰어난 학습능력 때문에 짧은 시간에 많은 정보를 습득할 수 있는 경우도 있었다. 그런데 그런 능력은 없지만 열심히 공부하지 않고도 성적을 잘 받는 친구들에 관한 이야기가 이번에 들려줄 주제다. 이해가 잘 안 될 수 있다. 공부를 잘하려면 똑똑하거나 열심히 하거나 둘 다인 경우 말고는 없다고 생각할 테니까 말이다.

아빠는 학창 시절, 앉아서 공부하는 게 가장 쉬웠던 아이였다.

'에이, 아빠가 자기 자랑하네.'

이런 생각이 들 수 있지만 잠깐 더 이야기를 듣고 판단해줬으면 좋겠다. 아빠는 부모님에게 예쁨받기 위한 행동으로 열심히 공부하는 게 가장 쉬웠다는 말이다. 공부하다가 코피가 나면 부모님은 아빠에게 한약을 지어주셨다. 아빠가 잠 안 자고 공부하면 걱정하셨지만, 아들이 공부 열심히 한다고 주변에 은근히 자랑하는 편이었다.

아빠가 어릴 적에 부모님은 거의 맞벌이를 하셨기 때문에 아빠가 학교에서 돌아오면 두 분 모두 집에 안 계신 날이 대부분이었다. 각자의 일터에서 잔뜩 피로감을 안고 귀가하는 게 당연했고, 회사에서 회식을 즐겼던 네 할아버지는 취해서 집에 들어오는 날이 많아 두 분이 다투시는 일도 빈번했다. 그런 상황이 어린 아빠에겐 무척 스트레스였다. 그런 상황에서 부모님의 관심이 필요했고, 두 분이 각자의 길을 가지는 않을까 걱정하며 조마조마했다.

그럴 때 공부를 열심히 하는 모습을 보여주는 건 아빠가 할 수 있는 유일한 것이었다. 아빠에게 공부는 책임감이자 부담이었다. 나를 위한 공부라기보다는 남에게 인정받고 가정의 평안에 기여하기 위한 도구였다. 오래 앉아서 책을 들여다보는 데 크게 거부감이 없던 아빠는 그 시절에 어울리는 꽤 좋은 무기를 발견했던 것이다.

하지만 책임감과 의무감만으로 하는 공부는 항상 스스로를 불안하게 만들었다. 선생님이 시험 범위를 알려주고 시험에 나올 민한 부분을 강조해도 아빠는 무식하게 전체 범위를 처음부터 골고루 공부했다. 그러다 보니 공부 시간은 많이 들고, 스트레스는 더 받고, 불안감은 커졌다. 어쩌다가 기대만큼 성적이 안 나오면 슬럼프가 삶을 관통하는 것을 반복하며 학창시절을 보냈다.

아빠가 10년 가까이 창업 관련 교육을 하며 다양한 사람을 만나 코칭하다 보니 상대적으로 많은 데이터를 수집할 수 있었는데, 공부를 열심히 했던 사람 중에는 공부를 하게 만든 원동력이 불안감이었던 경우가 대다수였다.

그 와중에 오랜 시간 공부 안 해도 성적을 잘 받았던 사람들은 그런 불안감이 상대적으로 적었던 분들이었다. 그들은 비교적 평안한 마음을 가질 수 있는 환경에 있었고, 부모의 기대에 따른 불안 때문에 공부한 게 적은 편이었다. 누군가에게 잘 보이기 위해서 하는 공부가 아니었고 공부를 못한다고 혼나고, 공부를 잘한다고 혼나지 않는 환경이 아니었다.

그냥 존재 자체로 사랑받고 응원받은 시간이 많았던 사람들이었다. 당연히 스스로에 대한 자존감이 높고, 불안감도 적었다. 그래서 의무감 때문에 공부를 해야 한다는 마음이 적었다. 그렇기 때문에 공부를 하든 운동을 하든 그냥 그 자체로 충분히 즐길 수 있었다. 시험공부를 해도 자기 주도로 전략을 세워서 에너지 배분을 한다. 불안감 때문에 전체 시험 범위를 아빠처럼 무식하게 공부하는 선택을 하지도 않았다.

정리하자면 스스로 불안감이 덜해서 공부를 즐길 수 있는 마음, 그렇기에 상대적으로 스트레스를 덜 받으면서 공부하는 과정, 노력에 비해서 좋은 성적을 거두는 긍정적 결과, 이 결과가 불안감을 줄여주는 선순환 구조가 있었다는 것이다. 이런 선순환 덕분에 누군가는 더 적은 시간을 들이고도 탁월한 성적을 받았던 것이다.

사랑하는 아들아, 아빠가 너에게 공부 안 해도 된다 말하고 공부하라는 말을 한 번도 꺼내지 않았다는 것을 알 거라 생각한다. 부모에게 인정받기 위해서 공부해야 할 의무가 네게는 없기 때문이다. 아빠가 경험한 바로는 대한민국에서 성장한 많은 사람이 공부를 그렇게 접하는 것 같더구나.

그 과정에서 부모의 불안감을 자녀가 고스란히 물려받고, 그 과정이 사랑과 관심의 다른 표현으로 포장되어 자녀가 헤어날 수 없는 악순환이 계속 반복되고 있다는 생각이 든다.

부모에게 잘 보이기 위해서 열심히 공부하는 게 당장은 좋아 보일지 몰라도, 나중에 부모와의 관계에 다시 붙을 수 없는 균열을 만드는 폭탄과 같다는 것을 아빠는 많은 부모들을 만나면서 파악할 수 있었다.

아들아, 네가 좋으면 원하는 공부를 해도 된다. 하지만 엄마, 아빠에게 인정받기 위해서 공부할 생각이 든다면 그건 엄마, 아빠가 의도치 않게 네게 불안감을 전달했기 때문이니 이 부분은 같이 이야기하면서 풀어가면 좋겠다. 그리고 그렇게 생각하게 만든 부분에 대해 사과부터 할 것이다.

열심히 공부하면서 더 불안해지는 악순환으로 가지 않기만 해도 학창시절의 스트레스 절반은 해소될 거다. 그리고 부담 없이 공부를 즐길 수 있을 때, 그래서 공부하는 시간이 상대적으로 적어도 원하는 성적을 받을 때, 너는 자연스럽게 주변에서 이런 말을 듣게 될 거다.

"너 진짜 천재 같아."

4

얼마나 공부했는지보다 중요한 건 따로 있다

아빠는 대학교 졸업을 하고 나서야 공부의 진짜 재미를 깨달았다. 공부가 막 싫지는 않았지만, 중고등학생 시절에는 인정받기 위해서 공부를 한다는 느낌이 강했기 때문이다. 하지만 성인이 되고, 새로운 도전을 하기 위해 필요한 공부를 직접 찾아다니다 보니 좀 더 재미를 느낄 수 있었다.

부끄럽지만 아빠는 대학교 다닐 때 학교 수업을 잘 듣지 않고, 수업을 빠지는 일도 잦았다. 고등학교 때까지 기계적으로 공부했던 것에 대한 반작용이 있었고, 또래 친구들도 보통 그런 시간을 보냈던 터라 공부에 대한 해방감을 누리고 싶어 했던 것 같다.

뒤늦게 군대를 다녀오고 아빠는 부모님이 원하시는 고위공무원이 되기 위해 고등고시 공부를 시작했다. 하루에 10시간씩 하는 공부를 몇 년간 하는 건 공부하는 사람이나 그것을 지켜보는 가족이나 곤욕스러운 일임에 틀림없다.

제대 직후 뭐든 다 할 수 있겠다는 자신감이 넘쳤던 초반을 빼고는 하루 10시간 공부를 즐겁게 받아들이는 건 역부족이었다. 시험 공부를 하면서도 항상 아빠를 괴롭힌 것이 있는데, 이 공부를 통해서 실제로 어떤 삶을 살게 될지 모르는 불확실성이었다. 부모님이 원하시니까 고시 공부를 하는 게 효도하는 것 같은데 이 진로가 아빠에게 진짜 맞는 일인지, 어떤 경험을 하게 될지는 잘 몰랐다. 빨리 합격했던 친구들을 만나 이야기를 들어도 재미없는 일을 하면서 주말 없이 출근한다는 하소연이 대부분이었던 것도 고민을 더 키워주었다.

'나는 무엇을 위해서 공부하는 것일까?'

'누구를 위해서 이렇게 공부하는가?'

공부하는 시간 중에도 문득문득 이런 의문과 싸우기 일쑤였고 그만큼 집중하는 시간도 줄어들다 보니 불안감은 계속 커져만 갔다.

이 불안감은 시험 당일, 가장 집중해야 하는 그 시간에도 어김없이 영향을 미쳤다. 시험을 보는 도중에 심장이 계속 쿵쾅거리고 '내가 왜 이 시험을 보고 있지?'라는 의문이 계속 올라와서, 문제를 제대로 읽을 수조차 없는 상태가 돼버렸다.

왜 내가 이 공부를 하는지, 과연 나를 위한 길인지 계속 의문이 드는 상태에서 오래 앉아 공부를 하니 정신적으로나 육체적으로나 피폐해질 수밖에 없었다.

그래서 네가 지금 어떤 시험이나 자격증을 준비하든, 최고의 성과를 내고 싶다면 그것을 통해 네가 만날 수 있는 가장 즐거운 상황을 떠올릴 수 있으면 좋겠다. 처음부터 혼자 하기에는 어려운 작업이다. 이것을 위한 좋은 방법은 실제로 목표를 이룬 사람이 쓴 책을 읽는 것이다. 그보다 더 좋은 방법은 그 사람을 실제로 만나는 것이다.

아빠는 고시를 포기한 뒤에 마음에 드는 책을 읽으면 그 책의 저자를 만나는 일을 반복했다. 그러면서 또 한 번 반전을 느낀 부분이 있었다. 책으로 보는 게 전부가 아니라는 사실이다.

처음 만났을 때, 오래 대화 나눴을 때, 정기적으로 만났을 때, 술을 마셔봤을 때, 비즈니스를 같이 해봤을 때, 이런 경험이 많아질수록 진짜 모습을 볼 수 있고, 진짜 이야기를 들을 수 있었다.

대학 졸업 후 아빠는 돈 잘 벌고 유명한 사람을 동경하기 시작했다. 그래서 돈 잘 버는 분들을 만나러 다니며 그들과 교류하는 경험에 충실했다. 그 와중에 가족과 즐거운 시간을 보내는 사업가 분들을 보면서 어떤 방향으로 성장해야 할지 밑그림을 그렸다.

반대로, 거짓과 위선으로 쌓아올린 허명에 빠져서 자기 자신과 주변을 끊임없이 괴롭히는 사람들을 보며 그런 모습을 경계하자고 마음도 먹었다.

사람들을 직접 만나고 겪어보면서 얻은 냉정하고 현실적인 정보를 바탕으로 아빠가 가고자 하는 방향을 명확하게 설정할 수 있었다. 그리고 그 방향에 필요한 공부를 하다 보니 즐기면서 할 수 있었다. 그것은 지금 아빠가 콘텐츠, 아이템 기획이나 자동화 마케팅 같은 분야에서 차별화를 만들어내는 기반이 되었다.

학창 시절 아빠는 영어를 열심히 외워서 성적을 잘 받았지만 실제로 영어를 활용하는 데는 어려움을 겪었고, 영어 울렁증도 있었다. 하지만 아빠가 되고 싶은 자유롭게 돈 버는 현실을 만들기 위해서 영어 자료를 계속 습득해야 한다는 것을 인정하고 나서는 영어에 거부감이 줄어들었다. 콘텐츠로 자유롭게 돈 버는 법을 배우기 위해서 해외 유튜버를 보면서 반복적으로 정보를 습득하는 게 자연스러워졌다. 그리고 실제로 그렇게 습득한 것들이 우리 가족이 자유롭게 살게 만드는 역할을 했다.

이를 통해서 공부하는 시간, 공부 방법보다 더 중요한 것은 '왜 해야 하는가'라는 질문임을 다시 한번 깨달았다. 그럴듯한 방법들이 끊임없이 탄생하고 공부하는 사람들도 많지만, 그것을 자신의 것으로 만들고 구현하는 사람의 비율은 현저히 낮다. 그들은 방법 탓을 하기도 하고, 자신과 더 잘 맞는 방법을 금방 다시 찾아나서기도 한다. 하지만 자신이 이 공부를 왜 해야 하는지에 대한 이유가 분명할수록 방법의 유무나 난이도는 따지지 않게 된다.

네가 이루고 싶은 꿈이 있고, 필요한 공부가 있다면 아빠는 언제든 무한 지지를 할 것이다. 그 과정이 즐겁길 바라고 그 과정에서 네가 공부에 투자하는 시간을 효율적으로 쓰길 바라며 글을 적어보았다.

다시 강조하지만 목표를 달성한 너의 모습을 상상하는 것, 그 상상을 하면서 두근거리는 전율을 느끼는 것, 그리고 실제 그렇게 사는 사람과 소통하는 것을 통해서 왜 이 공부를 해야 하는지에 대한 이유를 계속 만들어가면 좋겠다.

그러면 공부를 하고 싶어서 눈이 번쩍 떠지고, 수단과 방법을 가리지 않으면서 필요한 공부를 하고, 시간 가는 줄 모르고 공부를 즐기고 있는 자신의 모습을 보게 될 거다. 여유가 있다면 지금 바로 네가 되고 싶은 모습을 떠올려보고 기록으로 남겨봐도 좋을 것 같다.

5

천재 소리를 듣게 만들어줄 간단한 훈련법

SNS에 기록으로 남겼던 영상 중에 아빠가 몇 분 동안 쉴 새 없이 단어를 이야기하는 게 있다. 그걸 본 분들이 천재 아니냐고 묻더구나. 50개 가량의 단어를 순서대로 듣고 외워서, 다시 그 순서대로 말하는 영상이기 때문이다.

이 이야기를 듣고 네가 머리를 갸웃할 수도 있을 것 같다. 맨날 물건 둔 곳을 까먹거나 아예 잃어버리고 다니는 아빠의 평소 모습과 너무 거리가 머니 말이다.

아빠는 평소에 빈틈도 많고 잊는 것도 많아서, 천재와는 거리가 먼 사람이다. 아빠는 그저 특정 기술을 습득해서 훈련했을 뿐이고, 필요한 순간에 몰입해서 그 능력을 발휘할 뿐이다.

생각해보거라. 매 순간 모든 것을 다 기억하며 살아가는 천재의 삶이 과연 행복할까? 아빠는 그렇게 살 수 없고, 그렇게 살기도 싫은 사람이다. 그래서 평소에는 항상 빈틈 많고 덤벙거리는 아빠로 살아간다.

그래도 어떤 훈련을 했는지 궁금할 테니 이 책에서 살짝 공개하려고 한다. 읽다 보면 너와 유치원 가면서 놀이처럼 했던 것들도 있어서 생소하게 느껴지지는 않을 것이다.

아빠는 어릴 적부터 명상에 관심이 많았다. 중학생 때부터였던 것 같다. 특별한 사람이었다고 오해는 하지 말거라. 원래 평온한 사람이 명상을 하는 게 아니라 마음이 시끄러운 사람이 필요해서 찾게 되는 게 명상이니까.

초등학생 때 전신마취를 할 정도로 큰 수술을 했던 아빠는 그 이후 죽음에 대한 고민으로 매일 잠을 설쳤다. 부모님이 멀리 안방에서 다투는 소리에도 깨서 동이 틀 때까지 잠들지 못하고 '어른이 되면 왜 결혼을 해야 하는 걸까?'부터 시작해서 '왜 결국 사람은 죽는 걸까?'까지 이어지는 고민을 했다.

대학교를 다니고 고등고시를 준비하고 사회에 나오는 과정에서 아빠는 항상 시끄러운 마음을 데리고 다니며 살았다. 그 와중에 아빠가 그나마 제정신으로 버틸 수 있게 중심을 잡아준 게 명상이었다.

주의할 점이 있다. 명상을 만병통치약처럼 생각하면 안 된다. 명상은 그저 시끄러운 마음을 누그러뜨리고 균형의 상태로 가는 걸 도와주는 행위 중 하나일 뿐이다.

아빠가 순간적인 몰입을 통해서 천재처럼 보이는 상황에서도 명상의 힘이 크게 작용했다. 왜냐면 마음이 시끄럽고 부정적인 생각이 의식을 지배하는 동안은 아빠가 가진 잠재능력을 100% 발휘할 수 없기 때문이다. 명상은 시끄러운 생각을 잠재워주고, 잠재능력을 발휘할 수 있게 돕는다.

너도 나이가 들다 보면 쉴 새 없이 스스로를 괴롭히는 생각에 잠 못 이루는 시간을 보내게 될지도 모르겠다. 꼬리에 꼬리를 무는 생각을 무심결에 따라가다 보면 보통 암울한 결말에 도달하게 된다. 물론 이 자체도 의미가 있긴 하지만, 항상 그런 식으로 생각을 따라가면 일상을 제대로 누리기 어렵다.

그래서 생각이 끊임없이 너를 괴롭히는 경우나 상처받는 말을 들을 때 피어오르는 너의 불편한 마음을 잠깐이라도 봐주는 게 필요하단다.

'아, 이러이러한 생각이 지금 떠오르는구나.'

'아, 지금 마음에 상처를 입어서 내가 이런 감정을 느끼고 있구나.'

이렇게 떠오르는 감정이나 마음을 콕 짚어서 인지하는 것은 그것을 흘려보내는 작용을 한다. 편안한 음악과 함께 호흡을 같이 관찰하면 더할 나위 없이 좋은 명상이 된다.

떠오르는 생각이나 마음을 글로 적는 것도 초보자에겐 훌륭한 명상 방법이다. 평소에 이런 훈련을 통해 스트레스와 감정을 관리하면서 평안한 상태를 유지하는 게 필요할 때 잠재능력을 이끌어내는 핵심이다. 아무리 탁월한 능력을 가진 사람이라도 생각이 시끄럽고 감정적으로 무너진 상황에서는 그 능력을 10%도 제대로 활용하기 어렵다. 이렇게 최고의 몰입을 할 수 있는 상태를 평소에 만드는 게 우선이고, 추가로 아빠는 사물이나 글을 상상해서 떠올리는 훈련을 지속했다.

너와 같이 유치원에 가면서 눈앞에 숫자나 글자가 있다고 떠올려본다거나 잠자기 전에 눈을 감고, 오늘 있었던 일을 상상해서 말했던 게 그런 훈련의 일부다.

아빠가 성인이 되어서 이런 트레이닝을 받을 때 습득 능력이 어린아이만큼 빠르다고 칭찬을 받았다. 어른 중에 금방 습득하는 사람이 없는데 아마도 오랜 시간 명상을 해온 덕분인 것 같다고 하시더구나.

이런 능력을 발휘하면, 몰입의 순간에 더 상상을 잘하게 되고 이전에 스쳐갔던 데이터들을 잘 조합해서 입체적인 문제해결 방법을 떠올리기 쉬워진다. 그래서 어떤 일이든 기획하는 게 편해진다.

네가 화를 내거나 울 때 아빠가 그만하라는 말보다는 "더 화내도 괜찮아, 더 울어도 괜찮아"라고 이야기했던 게 기억날 거다. 네 감정을 억눌러서 통제하는 게 아니라 좀 더 잘 관찰해서 스스로 조절하는 연습을 하게 돕기 위함이었다. 실제로 이렇게 했을 때 네가 화를 천천히 삭이고 울 만큼 울고 알아서 차분해지는 상황이 나타났던 걸 보면 네 감정을 보는 연습이 잘되고 있었던 것 같다.

이 또한 명상의 범주에 들어간다고 봐도 좋다. 네가 그렇게 감정을 관찰하고 차분한 상태로 돌아간 게 바로 명상이다.

아빠는 모든 사람이 천재로 태어났다는 것을 100%, 1000% 믿는다.

다만 그것을 발현하는 방법을 모르거나 구현할 수 있는 상태가 아니거나 구현할 수 있다는 사실을 믿지 않는 사람이 있을 뿐이다.

아빠는 평소에 천재적인 모습이라 부를 게 1도 없지만, 원할 때 순간 몰입을 통해서 천재성을 발휘할 수 있다는 것은 100% 믿고 있다. 그리고 이것을 활용해서 남과 다른 관점으로 비즈니스 모델이나 콘텐츠를 기획하고 마케팅 퍼널(고객이 상품이나 브랜드에 대해 구매, 충성으로 이어지도록 하는 마케팅 구조)을 설계하며 돈을 버는 중이다. 아빠에게 영향받은 사람이 자기 안에 있는 천재성을 발견하고 그것으로 돈을 벌기 시작할 때 아빠는 극도의 뿌듯함을 느낀다.

다시 한번 강조하지만 항상 천재처럼 살 필요는 없다. 그렇게 사는 게 오히려 스트레스가 된다는 것을 기억하면 좋겠다. 그저 네가 필요한 특정 순간에 천재성을 끌어낼 수만 있어도 남들보다 유리한 기회를 더 자주 잡을 수 있다. 특히 남들이 위기라 부르는 상황이 와도 오히려 그 단계에서 남들과 다른 대안을 떠올리고 한 단계 더 발전하면서 천재성을 키워갈 수 있게 된다. 아빠 역시 다양한 사람들과 함께 돈 버는 프로젝트를 하면서 겪는 다양한 힘든 상황에서도 시끄러운 마음을 관찰하면서 오히려 명상을 더 잘 훈련할 수 있었고, 그래서 더 능숙해졌다.

지금도 여전히 아빠는 느리지만 점점 더 나아지고 있음을 느낀다. 명상을 한다고 지금 당장 마음의 평안이 찾아온다거나 상상력이 풍부해지는 삶을 바로 만날 거라는 기대는 하지 않는 게 좋다.

하지만 느리더라도 점점 그런 삶에 점점 가까워질 것이라는 기대감을 가져도 좋다. 감정이 올라오는 것을 평소에 관찰하고, 매일 눈 감고 하루를 돌아보는 간단한 방법만으로도 천재 소리를 듣는 상태로 갈 수 있으니 해볼 만하다는 생각이 들 거다. 꼭 한번 시도해보고 느낌이 어땠는지 기록해보길 바란다.

6

공부한 게
평생 남게 만드는 습관

아빠는 엉덩이로 공부하던 학생이었다. 네 엄마도 학창 시절에 오래 공부하는 것만큼은 자신이 있었다고 하더구나. 졸리면 샤프로 허벅지를 찌르며 책을 읽고, 그렇게 책을 봐도 나중에 다 기억에 남을 거라는 순진한 기대로 책상을 오래 지켰다.

그렇게 해서 시험성적을 잘 받아 부모님의 미소는 늘어갔지만, 그런 성적표가 늘어갈수록 아빠와 네 엄마는 정작 미소를 하나씩 잃어갔다. 그러던 중에 아빠는 무식하게 앉아서 공부하는 것에 회의감을 느끼고 공부법을 연구하기 시작했다. 그러다가 고3 때는 무리하지 않는 방식으로 조금씩 공부법을 전환하고도 좋은 성적을 유지할 수 있었고, 대학에 가서도 공부를 많이 안 했지만 비슷한 방식으로 좋은 성적을 유지할 수 있었다.

당시에 공부법을 연구하고 써먹으면서 성과를 보았던 부분들과 효율적으로 공부했던 사람들을 통해서 들었던 이야기를 바탕으로 공부 잘하는 법을 정리해봤다. 지금 너를 키우면서 자연스럽게 이런 습관이 스며들게 하는 중이지만 그래도 따로 한 번 더 정리를 하면 네가 보기 좋을 것 같다.

노파심에 한마디를 덧붙이면 아빠는 네가 무조건 공부를 잘하길 바라지는 않는다. 아빠는 네가 공부도 여러 놀이 중의 하나로 생각했으면 하는 바람이 있다. 그래서 아빠는 너에게 한 번도 공부하라는 말을 안 했다. 놀이는 자기가 즐거워서 찾는 것이기 때문이다. 그리고 즐기는 게 어떤 공부법보다 강력하기 때문에 공부 효율도 좋아지고, 재미를 느끼면서 알아서 공부하는 선순환이 만들어진다.

그러면 지금부터 아빠가 터득한 공부법의 정수를 풀어보겠다.

첫째, 뇌는 상상을 초월하는 능력을 가지고 있다는 것을 믿는다.

아빠는 하는 일의 특성상 각양각색의 사람들을 만나게 되는데 그러다 보면 평범한 사람으로 보기 힘든 사람도 자주 본다. 한번 책을 보면 바로 내용을 외우는 사람이나 노래 한 곡을 듣고 바로 그 노래를 연주하는 사람이 그런 사람이다.

하지만 아빠는 그런 능력이 원래 인간에게 내재된 능력이라고 믿고 있다. 보통은 자기 안에 특별한 능력이 있다는 사실을 부정한다. 그러면서 아빠에게 특별한 능력이 있다는 것을 부러워한다. 그런 사람들과 아빠의 차이는 자신에게 그런 능력이 있다는 사실을 얼마만큼 믿느냐밖에 없다. 아빠 역시 그런 믿음을 더 굳건히

하기 위해서 훈련을 해보면서 뼛속까지 박혀있는 의심을 덜어내려 여전히 투자한다.

뇌의 특별한 능력을 최대한 활용하기 위해서 아빠는 일기 쓰기와 하루 복기하는 훈련을 했다. 아빠가 너와 잠자기 전에 오늘 하루 있었던 일에 대해 떠올려보고 대화 나누는 시간이 바로 그런 트레이닝에 해당한다.

특히 눈을 감고 하루 동안의 일을 역순으로 떠올리면서 재생해보는 연습은 잠깐씩만 하더라도 매일 하면 나중에 기억력이 좋아지는 것을 느끼게 된다. 아빠가 워낙 다양하고 새로운 사람들을 스쳐 지나가다 보니 그분들의 이름을 다 기억하지는 못하지만 몇 년이 지나서 만났을 때 처음 어디서 만났는지, 무슨 옷을 입었는지, 어떤 대화를 나눴는지 정확하게 기억해서 상대가 깜짝 놀랄 때가 종종 있다. 이것은 눈을 감고 하루 일을 역순으로 떠올려보는 시간을 가지는 연습이 현실에서 잘 드러났을 때 생기는 이벤트다. 물론 그러면서도 물건을 어디 뒀는지는 항상 까먹지만 말이다.

공부법에 적용하는 것도 어렵지 않다. 밤에 일기를 적고 자기 전에 하루에 있었던 일을 역순으로 복기하는 것을 반복하면, 수업 시간을 복기하는 것도 금방 익숙해진다. 복기가 익숙해지면 복기 시간은 점점 짧아진다. 그래서 50분 수업을 들어도 5분 만에 복기를 바로 해버릴 수 있게 되기 때문에 빠른 복습이 가능해지고, 배운 것을 훨씬 오래 기억할 수 있게 된다.

둘째, 뇌가 좋아하는 방식으로 공부해라.

뇌는 낯선 것을 싫어한다. 새로운 것을 접하면 뇌가 바쁘게 돌아가야 한다. 그렇기 때문에 공부를 효율적으로 하려면 뇌가 새로운 내용들에 대해서 잘 알고 있다는 착각을 활용할 필요가 있다.

그런 방식이 바로 빠르게 읽기 혹은 빠르게 영상 보기다. 단 5분이라도 방대한 책의 양을 빠르게 훑고 나면 뇌는 이 책 내용에 대해 익숙해졌다고 착각한다. 그래서 시험을 준비한다거나 할 때는 책의 시험범위를 한 번에 빠르게 읽어서 일단 한번 시험 범위를 다 봤다고 뇌가 느끼게 하는 게 필요하다. 그다음에도 반복해서 여러 번 읽으면서 시험공부를 하면 된다. 여러 번 반복해서 공부하는 것만큼 강력한 것은 없다. 읽으면 읽을수록 읽는 속도가 빨라진다. 왜냐하면 어디가 중요하고 어디가 안 중요한지 점점 명확해지기 때문이다.

처음에는 남는 것도 없는 것 같고 기억도 잘 안 나지만 여러 번 보다 보면 익숙해져서 기억이 잘 나게 된다. 만약 낯선 내용을 처음 보면서 꼼꼼히 읽고, 중요한 걸 찾고 기억하면서 보려고 하면 뇌는 과부하가 걸리고 스트레스를 받기 때문에 정보 입력을 거부하게 된다.

너에게 똑같은 책을 여러 번 읽어주면서 나타나는 현상을 너도 알 거다. 읽어준 책을 통째로 기억해서 말하는 너를 엄마 아빠는 호들갑 떨지 않고 자연스럽게 받아들였고, 너도 그걸 아무렇지 않은 일로 알고 있을 거다. 인간에겐 원래 그런 능력이 있는데 어릴 적부터 스트레스 받는 상황에서 공부를 하거나 책을 읽으면 그런 능력을 잃어 버리게 될 뿐이다.

뇌가 스트레스를 받지 않으면서 즐겁게 정보를 받아들이게 하려면 어떻게 해야 하는지만 신경쓰면 된다. 뇌를 믿고 반복해서 여러 번 읽으면 뇌는 점점 더 몰입하고 즐겁게 정보를 받아들이는 상태가 되고, 오래 기억에 남게 된다.

셋째, 가르치면서 공부해라.

공부를 잘하는 사람은 보통 가장 많이 가르쳐본 사람이다. 가르치면서 스스로 반복해서 이해하게 되고 자신이 놓쳤던 부분도 깨닫게 되기 때문이다. 아빠 역시 다른 친구들에게 공부를 가르쳐주는 상황을 즐겼는데 그것이 성적을 올리는 데 큰 도움이 되었다.

의외의 사실이 있는데 내가 다 잘해야만 남을 가르칠 수 있는 것은 아니다. 서로 모르는 것을 가르치는 상황을 만들 수도 있기 때문이다. 글로벌로 탁월한 인재를 배출한 명문 학교들을 보면 자신이 배운 것을 가지고 친구들과 토론하고, 서로를 가르치면서 스스로 부족한 부분을 깨우치도록 하는 교육 시스템을 가지고 있다.

아빠가 너와 같이 유치원에 갈 때나 같이 밥을 먹을 때나 잠을 자기 전에 이런저런 질문들을 계속 해왔다는 사실을 알 거다. 네가 가르치는 입장을 자주 경험하게 만들기 위해서였고, 아빠의 질문으로 또 다른 생각을 떠올리며 그 생각을 아빠에게 설명하면서 표현하는 경험을 만들어주기 위해서였다.

아빠는 여력이 되는 한 너에게 질문을 꾸준히 할 거다. 아빠는 실제로 네 생각이 궁금하기 때문이다. 대화 나누다 보면 너 역시 아빠에게 질문을 하는데, 우리는 이렇게 서로 묻고 답하면서 각자가 아는 것을 확인하고 부족한 부분을 인지하는 시간을 보내고 있는 거다.

그래서 더더욱 아빠는 너에게 공부하라는 말을 하지 않는 거란다. 어차피 우리는 대화를 통해 일상에서 충분히 즐겁게 공부 비슷한 것을 하고 있기 때문이다.

혹시나 네가 흥미가 있어서 좀 더 적극적으로 공부하고 싶은 게 있다면 친구들을 가르치는 상황을 만들거나, 토론하면서 공부하는 시간을 꼭 가져보길 바란다. 중요한 것은 공부하는 게 스트레스가 되면 안 되고 즐거운 상황이어야 한다는 것이다. 그저 공부하는 상황을 어떻게 더 즐겁게 만들지만 고민하고, 그 결과에 대해서는 언제나 감사하게 받아들이면 된다.

엄마 아빠 역시 그렇게 받아들일 준비를 하고 있다. 당장 억지로 외우고 스트레스를 받으면서 성적을 올리는 것은 누구나 할 수 있다. 또 그렇게 해준다고 광고하는 학원도 많지만, 엄마 아빠는 결코 그런 선택을 하지 않을 거란다.

지금 너의 행복과 즐거운 상태를 빼앗아가며 성적을 잘 받는 것은 너에게도 엄마 아빠에게도 아무런 의미가 없기 때문이다. 지금 성적을 잘 받지 못해도 건강하고 행복하게 지금의 시간을 보내는 게 더 큰 의미가 있다. 그런 시간을 보내야 언젠가 네가 정말 하고 싶은 공부가 생기고, 간절하게 다가왔을 때, 네가 비축해온 에너지를 온전히 쏟을 수 있기 때문이다.

그런 순간이 왔을 때, 앞서 말한 공부법의 일부를 활용한다면 스트레스 받지 않고, 더 즐기면서 원하는 목표를 달성할 수 있게 될 거다. 주변에 경쟁을 초월한 소중한 친구가 있다면 딱 한 명한테만 이 방법을 알려줘도 된다고 허락해주마.

7

유튜브를 비서로 활용해서 전문가가 되는 방법

피터 드러커라는 세계적인 경영학자는 3년간의 독서를 통해 한 분야의 전문가가 될 수 있다고 말하고, 실제로 실천한 것으로 유명하다. 한 분야 전문가가 되는 데 그 정도 시간 투자는 충분히 납득이 되고, 어찌 보면 너무 짧다는 생각이 들 정도다.

하지만 그 시간조차도 이제 반의 반으로 줄일 수 있는 세상이 된 것 같다. 그것이 가능한 이유는 바로 유튜브 때문이다.

맞다. 네가 좋아하는 게임 방송이 나오는 그 유튜브다.

아빠는 유튜브가 지금처럼 한국에서 유행을 하기 전부터 영상을 올려서 아빠가 아는 정보를 공유해왔다. 그리고 해외 유튜브를 보면서 자유롭게 돈 버는 데 필요한 공부를 하고 마케팅 전략을 체크해서 실전에 적용해보곤 했다. 그리고 아빠를 신뢰하던 분들에게 노하우를 전수해서 돈을 벌어보는 경험을 했다. 네 엄마가 지금 잘 키워가고 있는 사업도 아빠가 유튜브를 통해서 얻은 영감이 바탕이 되었다고 볼 수 있다.

그래서 아빠는 유튜브에 감사한 마음을 가지고 있고, 자신이 잘하고 싶은 분야를 습득하는 네 유튜브만 한 게 없다고 말하고 싶다. 유튜브로 공부하면 좋은 이유는 많지만 몇 가지로 정리하면 이렇다.

첫째, 앞서 나가는 콘텐츠를 손쉽게 접할 수 있다.

아빠는 2012년에 하루 만에 만든 전자책을 고가로 판매하고, 그다음 코칭하는 방식으로 돈을 벌었다. 이 방식은 2013년에 아빠가 본격적으로 콘텐츠 사업을 하는 것으로 자연스럽게 연결되었다. 그리고 6~7년 정도 지나서 전자책 판매와 그에 따른 코칭이 한국에 유행하는 것을 보았다. 유튜브를 통해서 돈 버는 해외 사례를 연구하며 PDF 콘텐츠로 돈 버는 것을 일찍 시작할 수 있었던 것이다.

2016년부터는 콘텐츠를 발행해서 고객 DB를 확보하는 법을 강의했다. 그리고 발행한 글이나 유튜브 영상 콘텐츠들에 자신이 판매하는 제품의 링크를 넣거나, 제품이 없으면 제휴상품 링크를 추가하면 돈 벌 수 있다는 내용들을 가지고 강의를 했다. 또 몇 년이 지나자 유튜브 영상에 쿠팡파트너스 같은 제휴 링크나 스마트스토어 링크를 붙여서 돈 버는 방식이 유행하고 강의가 히트하는 것을 보았다.

이런 것을 보면서 해외에서 검증이 되고 반응이 있는 비즈니스

모델이나 마케팅 전략을 발 빠르게 접할 수 있는 최적의 수단이 유튜브라는 것을 매번 느낄 수 있었다.

둘째, 유튜브가 알아서 관련 분야 영상을 추천해준다.

아빠는 NFT를 기획, 제작, 판매, 커뮤니티 운영, 마케팅까지 하는 법을 시도한 뒤 그 시행착오를 담은 《NFT 크리에이터가 끝까지 살아남는 법》이라는 전자책을 출간해 좋은 반응을 얻었다. 하지만 아빠는 가상 화폐도 잘 모르고 디자인도 못 할뿐더러 코딩은 더더군다나 더 못 한다. 영어로 정보 습득은 가능하지만 자유자재로 소통을 할 수 있는 편은 아니다.

그런데 어떻게 낯선 분야에 도전해서 실천에 옮기고 결과물을 만들어낼 수 있었을까? 유튜브가 방법을 친절히 알려주기 때문이었다.

유튜브를 공부용 비서로 활용하는 아빠의 꿀팁이 하나 있다.

아빠는 NFT 관련 영상 중에서도 아빠의 니즈에 꼭 맞는 영상만 골라서 빠른 배속으로 끝까지 보았다. 예를 들어서 NFT 민팅 홈페이지를 코딩하는 법에 대한 영상과 코딩 없이 NFT 민팅 홈페이지를 만드는 법이 추천으로 뜨면, 후자를 선택해서 끝까지 보고 저장하는 식이었다.

이렇게 매우 좁지만 자신이 원하는 특정 포인트에 초점을 맞춰서 영상을 선택해서 끝까지 시청하는 것이다. 그러면 유튜브는 인기가 많거나 조회수 많은 영상이 아니라, 정확히 자신이 원하는 포인트를 이야기하는 영상을 추천해준다. 똑똑한 비서 역할을 해주는 것이다. 이렇게 추천되는 영상은 검색해서 발견하기도 어렵다. 왜냐면 아주 좁은 포인트를 다루는 영상이라 조회수도 낮고, 채널의 구독자도 적어서 검색을 통해서 찾기 번거롭기 때문이다.

이렇게 네가 원하는 의도를 매우 뾰족하게 드러낸 선택으로 유튜브를 학습시키면 시간을 아끼면서 정확히 필요한 정보 위주로 추천받을 수 있다. 또 자막이 없어도 자동으로 자막을 생성해주거나 번역된 자막을 지원하는 영상도 많기 때문에 언어 장벽도 생각보다 높지 않다.

이런 이유로 아빠는 유튜브를 통해 새로운 수익 모델을 계속 찾아내는 편이다. 빠르게 직접 해볼 수 있는 것은 해보고, 오랜 시간 소통한 분 중에 필요한 분이 있으면 그분께 정보를 나눠주기도 한다.

이렇게 유튜브를 정보의 원천으로 사용할 수 있다는 것을 알았다 해도 실제 내 것으로 만드는 것은 완전히 다른 문제다. 활용법을 안 것만으로도 마음이 안심되는 효과가 있지만, 그렇다고 내가 당장 전문가가 되고 삶이 변하는 일은 벌어지지 않는다. 실제로 조금이나마 삶이 변하는 것을 목격하고 싶다면 아래 세 가지 단계를 꼭 추가해야 한다.

1. 유튜브를 보면서 인상 깊은 화면을 캡처한다.
2. 캡처한 이미지를 바탕으로 떠오르는 생각을 메모한다.
3. 이미지와 메모를 합쳐서 블로그에 포스팅한다. (비공개로 해도 상관없다.)

이런 학습 과정을 거치면 한 분야의 전문가가 되는 시간을 많이 줄일 수 있다. 아빠는 이런 식으로 정리한 것들을 바탕으로 기획서를 쓰기도 하고, 코칭도 하고 기업 프로젝트에 접목하기도 하고, 책으로 출간하기도 한다.

이런 아이디어들은 소비자나 대중과 소통하면서 업그레이드 하는 과정이 있을 때 가치가 생기고 차별화되면서 돈을 더 잘 벌 수 있는 단계로 연결된다.

이 책을 쓰는 오늘도 아빠는 유튜브를 통해 새로운 세계를 만났단다. 이 책을 보고 있는 시점에 너는 유튜브를 통해 어떤 세계를 만나고 있을지 몹시 궁금하구나. 오늘 유튜브를 통해 어떤 세계를 만났는지 말해줄 수 있겠니?

8

머리보다 가슴을 믿어라

아빠는 대학교 졸업 이후에 이전에 살던 모범생 방식을 버리고 도전적으로 사는 방식을 선택했다고 말했다. 그래서인지 '돌아이'라는 소리를 더 자주 듣기 시작했다. '돌아이'는 기존 상식 기준으로 봤을 때는 맞지 않는 판단과 행동을 하는 사람을 두고 하는 말이다.

과거에 말 잘 듣는 모범생으로 자란 아빠는 이런 말들이 오히려 반가웠다. 과거와 다른 선택을 하고 과거와 다른 모습으로 살려고 노력한 효과가 있는 것 같았기 때문이다.

'돌아이'라는 말을 듣는 행동들을 보면 주로 머리보다 가슴을 믿고 취했던 행동들이었다. 즉 이성적으로 판단하거나 수지타산 계산을 하면 그런 선택을 할 수 없는데, 가슴에서 왠지 끌리기 때문에 하는 선택들을 했다. 셀 수 없이 많은 선택을 했지만, 인생의 전환점이 되게 해준 선택 몇 가지가 떠오르는구나.

아빠는 첫 사회생활을 영업사원으로 시작했고, 더 많은 사람을 만나기 위해 강사 활동을 시작했다. 하지만 영업사원을 처음부터 강사로 써주는 곳은 찾기가 힘들었다. 그래서 아빠는 강사를 파견하는 일을 하는 협회에 큰 비용을 지불하고 강사 등록을 했다. 하지만 강의 기회는 잘 생기지 않았고, 아빠는 협회 회장에게 강의 기회를 달라고 요청했다. 회장은 아빠와 미팅을 몇 번 먼저 해보자고 했는데 보통 2~3시간씩 늦게 나타나곤 했다. 아빠는 그때도 그냥 책을 읽으면서 기다렸다. 그렇게 강의 기회를 잡기 위해서 어필했다. 결국 협회에서 강의 기회를 얻을 수 있었다. 아빠는 그 기회를 살려서 가는 곳마다 열정적으로 강의를 했다.

하루는 처음 강의하러 간 곳에서 담당자가 아빠를 보자마자 막 화를 내는 것이었다. 지난번에 왔던 강사가 이번에 선물을 가지고 올 거라 했는데 왜 안 가져왔냐는 것이었다. 아빠는 그런 이야기를 전달받은 적은 없었지만, 담당자의 화를 누그러뜨리기 위해서 이렇게 얘기했다.

"죄송합니다. 제가 깜빡했습니다. 바로 아래에 있는 편의점에 가서 필요한 선물들을 제가 준비해서 전달드릴 수 있을 것 같은데 조금만 시간을 주시겠어요?"

아빠는 사비를 들여서 강의 듣는 분들을 위한 선물을 사서 전달하고, 열정적으로 강의를 마쳤다. 강의가 끝나고 나서 담당자분은 아빠에게 화를 냈던 것을 사과했고 협회에 전화해서 고맙다는 말을 전했다고 했다. 아빠는 그때 강의를 하고도 강의비를 밀려서 받지 못하는 상태였다. 그럼에도 불구하고 사비를 들여서 그 문제들 해결했던 것이었다.

협회 회장은 이런 일 이후에 TV와 라디오에 경제 전문가로 출연할 수 있는 기회를 아빠에게 주었고, 아빠는 그 덕에 다양한 경험을 할 수 있었고 당시에 아빠를 걱정하던 부모님의 근심도 덜어드릴 수 있었다.

또 한번은 이런 일도 있었다. 한참 사업에 관심이 생기기 시작했을 때 책을 쓴 사업가의 강의를 듣고 강연회를 찾아가는 게 아빠의 일상이었다. 그러다 한 강연회에서 대중을 들었다 놨다 하는 사업가분을 만나고 너무 배우고 싶어서 식사 대접을 하고 싶다고 말씀드렸더니, 아빠에게 책 100권을 사라고 하는 것이었다.

같은 책 100권을 사는 것은 상식선에서 벗어난 일이었다. 그리고 적은 비용도 아니었다. 그럼에도 불구하고 이런 비상식적인 선택 이후에 도대체 어떤 일들이 벌어질까 궁금해서 심장이 터질 것 같았다. 네 엄마 역시 한번 질러보라고 아빠의 돌아이 같은 선택을 응원해주기도 했다.

아빠는 그분의 책 100권을 샀다. 할부로. 그렇게 인생에 전환점이 되는 스승과의 인연이 시작되었다. 평생 소극적이고 안전한 선택을 하며 살다가 아빠의 성향과 전혀 다른 스승을 만나고 나서 정반대로 사는 연습을 할 수 있었다.

모두 이 한 번의 비상식적인 선택에서 출발한 것이었다. 30대 초반, 딱히 이룬 것도 없던 아빠가 당시에 만나기 힘든 성공한 사업가나 유명인을 사석에서 만나 이야기를 나누고, 돈이 많아도 가기 힘든 곳들을 가고, 네 엄마와 함께 세계 곳곳을 여행할 수 있는 기회를 얻은 것도 말이다.

이런 일도 있었다. 네 엄마와 영상 제작 사업을 준비하던 초기에 S전자 회장님의 책 영상을 만들어드릴 기회가 생겼다. 아빠는 엄마가 시작하는 사업이 큰 기운을 얻길 바라는 마음이 컸다. 이 영상을 통해 엄마의 사업 확장에 물꼬가 트일지도 모른다는 생각에 가슴이 두근거렸다.

애니메이션 영상을 만들어 S전자 회장님의 지인을 통해 전달해드렸다. 마침 당시 회장님의 책이 출간되었을 때였고, 지인분과 연결고리가 있었고, 영상 사업을 시작하는 시기와 맞아떨어져서 뭔가 일이 잘 풀리는 느낌이 들었다. 그리고 혹시나 시작부터 대기업과 연결될 고리가 생길까봐 혼자서 꿈에 부풀어 있었다.

그런데 알고 보니 영상 전달해주신 지인분이 본인이 직접 영상을 만들었다고 회장님께 전했다는 사실을 알게 된 것이다. 순간적으로 마음이 허탈해지고, 어떻게 반응해야 할지 몰랐다.

아빠 혼자 상상하던 그림이 다 날아가고 있었다. 처음부터 아무 일도 벌어지지 않았고, 벌어질 확률도 낮았지만 상심할 수밖에 없었다. 물론 지인분은 편한 분위기에서 영상 반응이 좋아서 이야기하다 보니 그렇게 전달되었다고 했다. 악의가 없었다는 것은 알고 있었다.

이성적으로는 이 상황에 대한 설명을 지인분에게 요청해야 할 것 같았다. 하지만 그런 상황에서도 단순히 흥분을 드러내는 것보다 훨씬 세련된 비상식적인 선택이 있을 것 같았다.

아빠는 컴퓨터를 켜고 영상을 만든 제작 방법을 순서대로 정리해서 PDF 파일로 만들어 지인분께 드렸다. 혹시나 회장님이 이 영상을 어떻게 만들었냐고 물어보시면, 여기 나와 있는 내용대로 말씀드리면 된다고 덧붙이면서 말이다. 아빠가 섭섭해할 상황임에도 상대가 곤란해질 수 있는 상황을 한 번 더 생각해서 반응한 것이다. 그리고 그 상황은 좋게 일단락이 되었다.

시간이 한참 지나 아빠가 했던 행동이 다른 분께 알려졌는데, 그분은 S전자와 H자동차 등의 글로벌 브랜딩을 했던 분이었다. 그 대표님이 아빠를 좋게 봐주셔서 지금까지도 다양한 프로젝트를 함께 진행해오고 있다. 결국은 돌고 돌아 기회가 된 것이다.

이외에도 아빠는 상식에서 벗어난 행동을 자주 했다. 그런 선택들을 돌이켜 정리해보면 하나의 공통점이 있는데, 대부분 이익과 손해를 잘 계산하지 않았다는 것이다. 계산만으로는 선택하기 힘든, 즉 머리로는 이해가 안 되는 선택들을 단순히 가슴이 끌린다는 이유로 했다. 대학 졸업 후 영업사원으로 진로를 택하고 새롭게 살기로 결심하고 나서부터는 일부러 이런 선택을 하며 살았다.

아빠가 했던 이런 선택들에 한 번도 후회한 적이 없다. 당장에 손해를 보는 것처럼 보이는 경우가 대부분이었지만, 계산하지 않은 선택들은 그것이 계기가 되어서 더 좋은 기회를 만들 수 있는 상황이 매번 벌어졌기 때문이다. 그래서 선택을 할 때 굳이 머리를 굴리거나 계산기를 두드리지 않아도 된다는 사실을 아빠는 받아들이게 되었다.

사람을 만나 결정해야 할 일들은 점점 많아졌지만, 그때마다 빠르고 명쾌하게 선택할 수 있었다. 그래서 아빠는 '될 것 같은 선택을 하지 말고, 선택한 것을 되게 만들라'라고 당당하게 이야기하고 있다.

잠자리에 들기 전에 아빠가 네 가슴에 손을 대고 같이 심장이 뛰는 것을 느껴보는 것도 살면서 심장의 반응을 잘 살펴보길 바라는 마음 때문이다. 실제로 위기나 기회에 있을 때 심장이 뇌보다 더 빠르게 반응한다는 실험 결과가 있다. 심장의 반응에 귀 기울이며 그 반응에 따라 선택하는 삶을 살면 인생이 심플해지고 스트레스가 줄어든다.

머리로 잔뜩 계산하고 손해 보지 않으려 애썼던 삶에서 좀 더 담백하고 편안한 삶으로 변할 수 있다. 이런 게 직관을 따르는 선택이라고 볼 수 있다.

이렇게 선택하고 선택에 대한 후회를 하지 않으면 인생 대부분이 평안으로 채워진다. 나에게 가장 좋은 선택을 하도록 돕는 게 심장이라는 것을 믿고 선택하는 연습을 반복할수록 스트레스는 눈에 띄게 감소하게 된다.

이것이 반복될수록 너는 네가 한 선택을 더 사랑하게 되고 선택의 결과물을 더 감사히 받아들이면서 삶은 더욱더 충만해진다. 선택의 결과로부터 자유로운 그 순간을 진정으로 만끽하는 날까지 아빠가 네 곁에서 동행하고 싶구나.

Chapter 2

시작하고, 경험하고, 발견해라

1

모든 것은 네가 어떻게 바라보느냐에 달려있다

아빠는 창업에 관심 있거나 창업을 한 분들의 크고 작은 고민을 약 10년간 들어왔다. 최근 2년 반 동안 아빠가 공식적으로 받은 질문이 정리된 엑셀 파일을 보니 6천 개가 넘게 있었다. 이 정도면 아빠가 얼마나 다양한 질문을 받고 답변해왔는지는 대충 감을 잡을 수 있을 거다.

이렇게 많은 질문을 보다 보면 패턴이 있기 마련이다. 여러 패턴이 있지만 그중에서 가장 안타까운 경우는 이런 질문을 하는 경우이다.

"제가 ○○이 없어서요. 그래도 제가 창업해서 성공할 수 있을까요?"

○○에는 다양한 단어들이 등장한다. 경험, 학력, 인맥, 자본, 능력, 시간, 체력, 지능 등, 놀랍게도 이런 내용을 담은 질문들이

20~30% 정도는 되는 것 같다. 그런데 더 놀라운 것은 이런 고민을 가진 분들의 이야기를 조금만 길게 들어보면 이미 충분히 가진 경우가 많았다는 점이다.

이게 어찌 된 일일까? 그분들이 거짓말을 하고 있는 것일까?

그렇지 않다. 주변 사람과 자신을 비교하면서 부족해 보인다고 믿고, 그런 믿음을 계속 강화하기 때문에 생긴 현상이다. 어린 시절부터 어른들의 냉정한 평가에 자주 노출되다 보니 무의식에 내재화되어 시간이 갈수록 이런 현상은 강화된다.

결핍은 그것을 채우려는 동기를 만들기 때문에 창업을 하는 데 반드시 필요한 요건 중에 하나이다. 하지만 결핍 그 자체보다는 결핍을 어떤 관점으로 바라보는지가 훨씬 중요하다.

아빠는 결핍에 대해 왜곡된 관점을 가진 경우를 많이 봐왔고 그것은 보통 좋은 동기로 작용하지 않았다. 예를 들면, 세상이 자신으로부터 빼앗아간 것들 때문에 결핍이 생겼고, 그렇기 때문에 자신은 약자이고 피해자라고 믿으면서 이런 결핍을 누군가 보상해줘야 한다는 심리의 왜곡 같은 경우이다.

결핍은 있지만 이런 식의 관점은 어떤 문제도 해결해주지 않는다. 왜냐면 언제든 핑계를 대면서 책임을 회피할 수 있고 위로도 받을 수 있기 때문에 굳이 적극적으로 문제 해결하려는 의지가 생기지 않기 때문이다.

책임을 회피할수록, 위로에 익숙해질수록 사람은 그 상황에 안주하고 싶어진다. 안주하는 상황에 대해 또 핑계를 대기 위해 자신의 결핍을 더 내세우고, 세상 탓을 하는 데 시간을 쓰니 자신을 돕고자 했던 사람들마저 곁을 떠나게 만든다. 이렇게 에너지를 낭비하고 있는 사람이 자신의 결핍을 뛰어넘어 성장할 수 있는 기회를 잡을 리는 만무하다.

힘들어하는 사람에게 아빠는 누구보다 따뜻한 위로를 할 수 있다. 누구나 각자만의 세계에서 남들은 절대 모르는 힘든 순간을 마주하고 있다는 사실을 잘 알고 있기 때문이다.

하지만 자신을 더 궁지로 모는 선택을 하는 사람에겐 무조건적인 위로보다는 냉정한 현실 인식이 먼저 필요하다. 만약 ○○이 없어서 창업을 할 수 없다거나 부자가 못 된다고 말하는 게 진실이라면, ○○이 없는 사람은 모두 가난해야 하고, 그런 사람 중에 사업으로 성공한 사람은 없어야 한다.

하지만 10분만 검색을 해봐도 이 말은 진실이 아니라는 것을 금방 알 수 있다. 10분만 찾아봐도 진실이 아닌 것을 알 수 있는 핑계를 가지고 10년, 20년간 자신을 불행한 사람, 일방적으로 피해만 본 사람으로 규정하며 살아가는 것은 안타까운 일임에 틀림없다.

아빠라고 다르지 않았다. 아빠도 세상에 불만이 많았고, 가지지 못한 것들에 대한 허탈감도 심했던 사람이었다. 성인이 된 후에 받아들여야 하는 현실은 학창 시절에 기대했던 현실과는 많이 달랐다. 그래서 그런 기대감을 줬던 어른들에 대한 배신감이 극에 달했다.

요즘 성인이 되는 세대도 이와 비슷한 배신감을 경험한다는 것을 잘 알고 있다. 스스로 문제 해결책을 찾겠다는 의지는 1도 없고 오직 세상이 나를 속였다는 울분만 가득했고, 어른들의 탓만 하기 바빴다. 그래야 어른들한테 큰소리칠 수 있었고, 현실의 벽에 부딪혀 휘청거릴 때 내 잘못이 아니라고 변명할 수 있었다. 내가 책임지고 현 상황을 돌파하려는 마음은 없고, 주변에 이런 불쌍한 나를 알아주는 사람이 없는 현실을 원망만 했다.

하늘은 자기 자신을 스스로 돕는 사람부터 챙긴다는 말을 너도 알 거다. 스스로 피해자로 규정짓고, 세상이 나에게 주지 않은 것들에 화풀이만 하는 사람은 스스로 돕는 사람과는 거리가 멀다.

안타깝게도 여전히 많은 사람이 스스로의 한계를 제약하는 선택을 하면서 현실을 외면하고 끊임없이 외부의 적을 만들고 싸우면서 살아가고 있다.

"아무리 그게 현실이라도 어쩔 수 없어요. 그럼에도 불구하고 저는 ○○이 없는 건 변하지 않고 불리한 건 사실이니까요."

맞다. 이런 믿음이 이런 책 한번 본다고 단번에 달라질 리가 없다. 그래서 아빠는 단번에 관점을 바꾸라고 사람들에게 강요하지도 않는다. 왜냐면 아빠도 계속 세상에 대한 불만을 품고 그런 불만이 극에 달했을 때 정신과 체력이 무너지고, 인간관계가 정리되고 혼자 남은 것 같은 극도로 외로운 상태에서 살아남기 위해 받아들인 관점이기 때문이다. 쉽게 이런 관점이 생길 수 없다는 사실을 잘 알고 있다.

죽음에 가까워져야 사람은 변한다는 말이 있다. 꼭 생명이 꺼져가는 죽음이 아니더라도 내가 평생 믿고 살던 세계에 대한 믿음이 무너지는 것이나 고집을 피우다가 큰 실패를 경험하는 것도 내 세계의 죽음이라 볼 수 있다.

모든 게 무너진 것 같고 더 이상 남 탓할 힘도 남지 않은 상태까지 갔을 때, 사람들은 진짜 자신의 바닥을 마주할 수 있고 자신의 민낯을 받아들일 준비가 된다. 그런 순간에 가서야 살기 위해 관점을 바꾸는 선택을 하는 사람이 그나마 생긴다. 그런 순간에 가서야 자신이 실제로는 얼마나 많은 것을 가졌는지 볼 수 있는 눈이 생긴다. 그때는 그렇게 해야만 삶을 유지할 동력이 생기기 때문이다.

숨을 쉬는 자신을 보며 공기에 감사하고, 반짝이는 자연을 비춰주는 눈에 감사하게 된다. 마음만 먹으면 현재 겪는 문제를 해결할 수 있는 무료 강의를 끊임없이 찾을 수 있고, 언제든 가슴을 두근거리게 만들어주는 책을 무료로 볼 수 있는 도서관을 발견할 수 있다. 걸을 수 있으면 할 수 있는 배달 아르바이트가 있음에 감사하게 되고, 운전만 할 수 있으면 할 수 있는 대리운전 아르바이트가 있음에 감사하게 된다. 글을 써서 올리면 언제든 내 생각과 상품을 알릴 수 있는 블로그에 감사하게 되고, 사진 찍어 올리고 댓글로 소통하면서 잠재고객을 만날 수 있는 인스타그램에 감사하게 된다.

'○○'이 부족해서 시작도 못 하고, 불리하다고 인식하는 것은 스스로를 보이지 않는 감옥에 가두는 것과 다르지 않다. 자신이 그런 감옥에 갇혀 있다는 사실을 인정하기는 어렵다. 그걸 인정하면 평생 자신을 지탱한 과거가 부정당하는 것이기 때문이다. 인정하는 순간 내가 버텨온 과거에 대한 사망선고가 시작되는 것이기 때문이다.

아들러라는 심리학자는 "모든 사람은 언제나 자신의 입장에서 스스로 생각했을 때, 가장 유리한 선택을 하고 있다"라고 말했다. 그것이 설령 자신에게 물리적인 고통을 주고, 큰돈을 잃고, 관계를 무너뜨리는 선택이라도 말이다. 그렇게 해서라도 그동안에 유지해온 자신의 심리적 감옥을 지키려고 애쓰는 게 바로 사람이다. 그 정도로 심리적 감옥은 강력하고 튼튼하다.

'○○'이 없어서 사업을 못 하고, 부자가 될 수 없다고 말하며 공평하지 않은 세상 탓을 하면 할수록 심리적 감옥의 쇠창살은 더욱 튼튼해져만 간다. 세상을 살다 보면 억울한 일도 많고 예상 못한 피해를 입고 사는 일도 종종 생긴다. 그런 일이 벌어지는 것을 미리 알고 전부 대비하면서 살 수는 없다. 벌어질 일은 벌어지기 때문이다.

다만 벌어진 일을 어떻게 바라보고 어떻게 반응할 것인지만 유일하게 네가 결정할 수 있다. 그래서 누군가는 모든 게 부족한 상황에서도 그 안에서 기회를 보는 해석을 하고 성과를 낸다. 다르게 해석할 수 있는 여지가 있다는 사실을 알면서도 굳이 부정적으로 해석해서 도전하지 않을 핑계만 댄다면 무의식적으로 감옥 안을 더 편하게 느끼는 사람이 되어갈 뿐이다.

잊지 말거라. 모든 것은 네가 세상을 어떻게 바라보는지에 달려 있다는 사실을.

2

잘하는 일을 할까?
좋아하는 일을 할까?

잘하는 일을 할까? 좋아하는 일을 할까?

너는 어떻게 생각하는지 궁금하구나. 아빠가 이런 질문을 받으면 보통 이렇게 말한단다.

"그것과 상관없이 지금 당장 바로 시작할 수 있는 일부터 해야지요."

과거에 아빠는 이왕이면 좋아하는 일을 하는 게 낫다고 이야기하는 편이었다. 덧붙여서 "그런데 지금 좋아하는 일이 스스로 좋아한다고 착각하는 것일 수도 있다"라는 말도 했다. 지금 좋아하는 일이 평생 좋아할 일인지 아닐지는 모르는 일이기 때문이다.

잘하는 일이지만 좋아하지 않는 일을 하느라 힘들다고 말하는 사람도 있다. 그런 경우에도 그 일 자체를 정말로 좋아하지 않는 일인지 짚어볼 필요가 있다. 그 일을 하면서 겪은 부정적 감정 경험 때문에 좋아하지 않는 일이라 단정 짓고 그대로 믿고 사는 건 아닌지 살펴봐야 하는 것이다.

단순한 질문 같지만 이렇게 복잡한 상황들이 내포되어 있는 질문이다. 그래서 만약 네가 아빠에게 이런 질문을 하면 어떤 이야기를 해줄지 고민해봤다. 그 과정에서 정리한 세 가지 포인트는 다음과 같다.

첫째, 지금 좋아하는 일과 잘하는 일은 과거 행동과 선택의 결과물이다.

오직 과거 경험에만 의존해서 현재 판단하려는 것을 경계하도록 꺼낸 말이다.

만약 네가 바다 근처에만 살고 산은 한 번도 안 가봤다고 가정해보자. 그러면 너는 산보다 바다를 좋아한다고 말할 확률이 높고, 수영을 잘한다고 믿고 있을 확률이 높다. 이때 중요한 건 네가 산을 경험해보지 못했다는 사실이다. 산에서 새 소리 듣는 걸 더 좋아하고, 산 타는 걸 더 능숙하게 잘할 가능성도 있는데 그것을 배제하고 매번 선택을 하게 된다.

경험해보지 않은 게 더 많은데 과거 경험에 갇혀서 굳이 잘하는 것과 좋아하는 것을 딱 잘라 구분하려고 애쓰고, 어떤 게 더 나을지 고민하느라 오랜 시간을 지체할 필요가 없다. 과거에 해보지 못했던 경험을 우연히 하고 네가 좋아하는 일이 하루아침에 달라질 수도 있다. 과거에 잘했던 일도 우연한 경험에 의해서 뒤로 밀려나고, 그보다 훨씬 더 잘하는 일이 나타날 수 있다.

좋아하는 일과 잘하는 일의 구분 자체가 완전히 의미 없는 것은 아니다. 하지만 한국 교육 특성상 경험의 폭이 지극히 제한적인데 그 안에서 둘을 구분하려고 애쓰기보다는, 일단 지금 바로 시도하기 편한 것부터 시작해보고 현실에서 자신도 몰랐던 자신에 대해 좀 더 발견하는 게 차라리 낫다는 말이다.

그렇게 현실에 발 담그는 과정에서 좋아하는 일, 잘하는 일에 대해 구분해보는 시간을 가져도 늦지 않다. 현실 경험으로 업데이트 된 데이터를 가지고 판단할 수 있기 때문에 과거 경험에 한정된 판단과는 비교할 수 없이 선명한 구분이 될 수 있다.

둘째, 좋아하는 일로 돈 벌면 안 된다는 말은 신경 쓰지 마라.

창업 코칭을 오래 하다 보니, 좋아하는 일로 돈 벌지 말라는 말을 미신처럼 믿고 있는 분들이 생각보다 많더구나. 좋아하는 일도 결국 억지로 하는 일이 되고 싫어져 버린다는 논리였다. 그런 두려움 때문인지 좋아하는 일은 절대 돈으로 연결하지 않겠다고 고집을 내세우는 분들이 많았다.

하지만 주변 사람들이 한 이야기만 듣고 자신이 경험해보지 않은 세상에 대해 미리 단정 짓는 것은 위험하다. 바다 같은 나의 인생을 작은 어항에 가둬버리는 행동이다. 막상 내가 좋아하는 일로 시작했을 때는 돈도 더 잘 벌고 오히려 그 일을 더 좋아하게 될 수도 있기 때문이다.

본인 경험이 아니라 자기 주변 사람들이 한 이야기를 여과 없이 사실처럼 전하는 경우도 많다. 그렇게 무책임하게 전해지는 말들 때문에 아직 경험하지 못한 미래에 대해 부정적인 편견을 가지고 발조차 내딛어보지 못하는 것은 안타까운 일이다.

너도 그렇게 생각하겠지만, 이왕이면 좋아하는 일로 돈을 잘 벌면서 사는 게 당연히 더 행복하지 않겠니? 그렇다면 실제로 그렇게 사는 사람이 있는지 내 주변뿐만 아니라 범위를 확장해서 찾아보는 노력 정도는 해야 한다. 내가 원하는 삶이 이상적일수록 그렇게 사는 사람을 찾기 힘들지만 어딘가에 남겨진 그들의 흔적이 분명 있기 때문에 찾아볼 필요가 있다.

이 과정에서 감수해야 할 일도 물론 있다. 말로만 그렇게 사는 사람을 만날 수도 있고, 기대와 달라서 실망하게 될 수도 있다. 하지만 이상적인 삶을 누리는 사람이 적은 이유는 이런 과정들을 감수하며 필요한 정보를 습득해서 어렵게 자신이 원하는 삶을 개척하기 때문이다.

보통은 그 과정을 알아보지도 않으며, 대다수는 그 과정 중에 포기하기 일쑤다. 소수만 누리는 이상적인 삶에 도달하는 과정에 진입장벽이 없다면 오히려 이상하게 생각하는 게 맞다. 안 그렇다면 모두가 이상적인 삶을 살고 있을 테니까 말이다.

좋아하는 일을 하면서 이상적인 삶을 사는 사람들은 소수이지만 어딘가에 자신의 흔적을 남기고 있으니 그들을 발견해보거라. 이렇게 발견해보는 노력도 하지 않고 좁은 소견을 가진 주변의 조언에 따라 삶의 스펙트럼을 좁히지 않았으면 좋겠다.

셋째, 좋아하면 잘하게 된다. 잘하면 또 좋아하게 된다.

좋아하는 일과 잘하는 일에 대해 스스로 판단하기 어려운 이유는 그 경계가 불분명할 때도 많기 때문이다. 앞서 좋아하는 일로 돈을 벌게 되면 문제가 생기고, 일을 싫어하게 될 거라는 편견에 관해서 이야기했다. 이런 편견에 많은 사람이 공감하고 있다.

하지만 이것은 좋아하는 일을 하느냐 아니냐의 문제가 아니라, 내가 일을 하면서 어떠한 고객 경험을 하느냐에 따라 달라지는 부분이다. 내가 좋아하는 일을 통해서 만족스러운 고객의 피드백을 주로 받으면 그 일을 더 좋아하게 된다. 자신이 잘하는 일 중에는 직장 생활을 통해 터득한 게 있을 텐데, 직장 생활을 하면서 겪은 감정적 고통 때문에 잘하는 일로 돈 벌 생각을 피하게 된다.

좋아하는 일과 잘하는 일을 구분하는 방식으로 바라보지 않고, 어떤 일이든 그 일을 하면서 겪는 감정적 경험이나 고객 반응의 관점에서 접근해야 좋아하면서도 잘하는 일로 돈 벌 수 있는 실마리를 찾을 수 있다.

물론 새로 시작하는 단계에서는 경험이 제한적이기 때문에 바로 좋아하면서 잘하는 일이라는 게 눈에 잘 띄지는 않는다. 그래서 아빠는 뭐가 됐든 당장 바로 쉽게 시작할 수 있는 일부터 일단 하라고 말하는 것이다. 그리고 아빠가 썼던 창업 책들에서 매번 강조하는 이야기지만, 지금 자신이 감당할 수 있을 만큼만 작게 시작하고 적은 고객을 커버해보는 경험부터 해야 한다.

시작하자마자 대박을 내야 한다는 강박감에 무리하게 고객 유치를 하면, 고객에게 약속을 제대로 지키지 못하는 경우가 더 자주 생기고, 그에 대한 컴플레인 때문에 좋은 감정적 경험을 얻기 어렵다.

정보성 콘텐츠처럼 무료로 줄 수 있는 것들을 잠재 고객들에게 나누고, 그 가운데 내가 하는 일을 호의적으로 바라봐주는 분과 인연을 맺고, 그분을 만족시키면서 내 일을 더 발전시키는 과정이 필요하다.

이런 단계를 거쳐야 내가 만족시킬 수 있고 감당할 수 있는 고객이 무리없이 늘어난다. 한 분, 두 분 내 일을 응원해주고, 감동의 후기를 써주고, 비슷한 고객들이 자석처럼 당겨져 올 때 감정적으로 안정된 상태로 돈 버는 경험을 할 수 있다.

고객뿐 아니라 팀원들도 마찬가지다. 무리해서 인원을 늘리면 감정적으로 좋은 경험을 하면서 일을 늘릴 수가 없다.

사업을 하다 보면 주변에서는 빠르게 덩치를 키우라고 재촉하는 경우가 많다. 그럼에도 불구하고 기존 고객 만족도와 기존 팀원의 만족도를 지키기 위해 천천히 덩치를 키우면 좋아하는 일을 계속 좋아하면서도 돈 벌 수 있는 확률이 늘어난다. 그래야 잘하는 일을 점점 더 잘하게 될 수 있다. 시간이 지나면 경험도 늘고, 인맥도 쌓여 자신도 모르게 전문성을 갖추고 고객 만족도도 높게 유지하는 상태가 되어 있다.

이런 상황까지 구축하면 어떤 사람은 새로운 일을 발견하기 위해 또 다른 세계로 뛰어들 것이다. 혹은 이전에 잘하던 일을 계속 잘하면서 그 일을 더 키우는 선택을 할 수도 있다. 어떤 경우든 나쁜 선택은 없다.

"좋아하는 일을 할까? 잘하는 일을 할까?"

같은 자리를 계속 맴도는 이 선택의 미로 속에서 이분법적인 질문에 갇혀 소중한 너의 시간을 오래 낭비하지 않으면 좋겠구나. 과거의 감정적 불편함과 미래의 불안감 때문에 자신이 좋아하는 일을 외면하고, 자신이 잘하는 일에는 자신감을 잃은 채 빠져버린 선택의 미로에서 누가 과연 헤어나올 수 있겠니?

그래서 아빠는 마지막으로 한 번 더 강조해본다.

"지금 당장 바로 시작할 수 있는 것부터 일단 작게 시작하면서, 이전에 하지 못한 경험부터 쌓아라."

3

실패를 피하려는 행동이 감당하기 힘든 실패를 부른다

어떤 일이든 실패하고 싶어 하는 사람은 세상에 없을 거다. 머릿속에 성공한 모습을 그리면서 달리기도 바쁜데, 실패를 생각할 겨를이 어디 있냐고 말하는 사람도 많다. 다들 실패는 피해야 하고 겪어서는 안 되는 일로 받아들이고 있는 것 같다.

하지만 사람들은 어떻게든 실패를 피하려다가 더 크게 실패하고, 또 반복해서 실패하게 된다는 이상한 말을 지금부터 들려주려고 한다. 이번에도 아빠의 말을 설명하는 데 꽤 시간이 필요할 것 같으니 집중해서 잘 봐주길 바란다.

실패를 피하기 위한 가장 쉬운 방법은 무엇일까? 잠시만 생각해보자.

맞다. 도전하지 않고 아무런 시작도 하지 않는 것이다. 실패를 피하기 위해 이만큼 쉽고 간단한 방법은 없다는 것에 너도 동의할 거다.

실제로 실패로 인해서 받게 될 스트레스가 너무 무서워서 아예 도전조차 하지 않는 경우가 많다. 시도하지 않는 것은 당장 실패한 것이 없어 보인다. 그래서 마치 성공률이 높은 것처럼 보이는 효과가 있고, 그 때문에 스스로를 객관적으로 보지 못한다. 시간이 더 지나면 어떻게 될까? 행동하지 않는 선택은 실패로 연결될 수밖에 없다. 원하는 것을 얻지 못했을 테니 말이다.

행동하다 실패하든, 행동하지 않든, 원하는 것을 얻지 못하는 건 마찬가지다. 그런데 행동하지 않는 선택은 실패에서 배울 기회조차 얻지 못한다. 그렇다 보니 다음 도전 역시 같은 이유로 시도하지 않게 되고 이것은 관성이 되어서 쉬운 일조차 시도하지 않는다. 이것이 반복되면 시작하지 않아야 하는 이유를 누구보다 많이 아는 사람이 돼버린다.

실패를 피하는 또 다른 방법은 바로 철저하게 계획하기다.

사람들은 계획하기에 높은 가치를 매긴다는 것을 관찰할 수 있다. 특히 기업에서 프로젝트를 진행할 때도 시장조사에 오랜 시간을 투자해서 수십 장의 계획서를 작성한다. 기업은 장기적으로 인력·시간·자본을 투자해야 하고 실패하면 타격이 크기 때문에 계획을 하는 데 공을 들이는 것은 어찌 보면 자연스러운 현상이다.

하지만 계획에 너무 공을 들이면 막상 시도하는 과정에서 벌어지는 의외의 상황 앞에서 유연하게 대처하기 어렵다. 위급 상황까지도 대비하고 있으면 대비 계획을 그대로 따르면 되지만, 모든 문제를 예측하는 건 불가능하다. 모든 계획은 대부분 계획대로 진행되지는 않는다.

어쩌다 계획대로 되는 것 같은 경우가 간혹 있지만, 그건 엄청난 운이 따랐을 경우이다. 운이 따랐다는 걸 인정하지 않고 자신이 다 예측할 수 있다고 생각하고 더 크게 계획을 짜다가 다음번에는 계획이 틀어져서 큰코다칠 수 있다.

아빠는 지금 계획이 무의미하다고 말하는 게 절대 아니다. 하지만 완벽한 계획을 위해 너무 많은 에너지를 쓰는 건 무의미하다고 생각한다.

오랜 시간 완벽한 계획을 위해 시간과 에너지를 많이 썼는데 실제로 그것을 실현할 때 현실적으로 맞지 않는 경우, 완벽한 계획을 지켜야 한다는 압박감 때문에 계획 수정을 잘못해서 오히려 실패하기도 한다.

실패를 목표로 삼고 노력한다는 건 말이 안 되지만, 실패 없이 목표에 도달할 거라 믿는 것도 말이 안 된다. 아빠가 육아하면서 조심했던 것 중 하나가 너에게 "안 돼"라는 말을 쓰지 않는 것이다. 직접 경험하기도 전에 미리 안 된다는 판단을 주입받는 것을 아빠는 원치 않았기 때문이다. 네가 가끔 실수를 하거나 질문에 틀린 답을 말해도 괜찮다고 이야기했던 엄마 아빠의 모습을 기억할 거라 생각한다. 실패에 대한 감정적 불안을 최소화하고 싶은 엄마 아빠의 노력이었다.

아빠를 비롯해서 대한민국에서 치열하게 살아온 어른들은 실패에 대해 무의식적으로 두려움을 갖고 있다. 그 원인은 어린아이 때 하면 안 되는 것들에 대한 어른들의 과한 우려를 비롯해서 실수했을 때 어른들이 보이는 격한 부정적 반응 때문이라는 것을 알았다.

내 자식은 나보다 나았으면 하는 바람, 내가 한 실수를 내 자식은 하지 않았으면 하는 욕심, 내 자녀는 실패 없이 꽃길만 가길 바라는 마음, 모두 부모의 선한 의도에서 출발한 마음들이다. 하지만 이 때문에 오히려 자녀가 실패를 극도로 피하는 사람으로 자라게 만들었다. 그래서 실패에 대처하는 법을 모른 채 자라고, 실패 경험이 없으니 잘못을 인정하고 사과하는 게 어려운 사람으로 자라게 되었다. 출발은 선했지만, 결과는 그렇지 못하게 된 것이다.

사람들은 선한 의도에 대해 관대한 편이다. 하지만 의도와 다른 결과를 만드는 것을 안 이상 다르게 행동하는 사람이 생겨나야 한다고 생각한다. 가해자는 없고, 모두가 감정의 피해자가 되어가는 상황에서 누군가는 냉정하게 이 현실에 대해 짚어줄 필요가 있기 때문에 용기 내서 하는 말이다.

사랑하는 아들아, 혹시 지금 아빠에게 너의 실패를 들키기 싫어서 끙끙 앓고 있다면, 그건 아빠의 부족함이 의도치 않게 너에게 실패의 공포를 갖게 했기 때문일 것이다. 의도가 그렇지 않았다고 해서 모든 게 괜찮은 것은 아니란 걸 잘 알고 있다.

혹시 지금 그런 상태에 있고, 실패를 들킬 것이 무서워 아무 도전도 못 하고 있다면 이 부분에 대해서 아빠가 사과할 기회를 줬으면 좋겠다. 그것은 너의 잘못이 아니다. 그것은 너의 잘못이 결코 아니다.

마지막으로 아빠가 실패를 경험하면서 계속 성장할 수 있었던 것처럼 네가 앞으로 맞이할 실패도 아빠가 진심으로 응원한다는 말을 전하고 싶다. 시간이 지나 돌아보면 실패 경험이 많아서 다행이었다고 말하는 순간이 분명 올 거란다.

그때까지 끝까지 믿어주는 사람이 되기 위해 부족한 아빠는 계속 노력할 거란다. 사랑한다, 아들아.

4

단군 이래 가장 돈 벌기 쉬운 세상이 초래한 부작용

최근 몇 년간 돈 버는 법과 관련한 유튜브에서 가장 많이 사용된 문구 중 하나를 꼽는다면 다음 문장일 거다.

“지금은 단군 이래 돈 벌기 가장 좋은 시대입니다.”

이 말은 실제로 돈을 벌면서 돈 버는 법을 전파하는 유튜버들의 입에서 입으로 전파되었고, 이제는 반박할 수 없는 기정사실처럼 인용되고 있다.

하지만 아빠는 이 말이 반은 맞고 반은 틀리다고 생각한다. 심지어 너를 키우는 교육관과도 연계해서 말할 부분이 있어 이렇게 펜을 또 들어본다. 돈 벌기 가장 쉬운 시대가 되었다는 근거는 보통 다음과 같다.

첫째, 돈 들이지 않고도 브랜드나 제품을 홍보할 수 있는 다양한 채널이 있다.

둘째, 고객들이 쉽게 결제할 수 있는 앱, 웹 인터페이스가 있다.

가장 중요한 근거인 셋째는 돈 버는 법과 성공하는 법에 대한 노하우가 끊임없이 생산되고 있다는 점이다.

이런 근거들을 보면 실제 돈 벌기에 좋은 환경이 되었다는 것을 부정하기는 어려운 게 사실이다. 하지만 이에 대한 부작용 역시 계속 목격되고 있다. 큰돈을 빨리 벌기도 하지만 그보다 더 큰 돈과 성과를 잃게도 만드는 쉽고 빠르게 돈 버는 법의 한계에 대해 이야기해보려 한다.

디지털기기를 다루는 데 거부감이 적고 신기술과 새로운 트렌드를 빠르게 습득해서 금방 자기 것으로 만드는 후배들을 보면 어쩜 이렇게 습득력이 좋을까 감탄할 수밖에 없다. 어떤 후배는 실제 사업 경험도 없고, 잘 아는 분야도 아닌데 넘쳐나는 정보들을 빠르게 습득해서 금방 사업 노하우를 쌓더구나. 그다음 과감하게 노하우를 적용하며 수익이 생기니 더 재미를 느끼고 자신감은 하늘을 찌를 듯했다. 여기까지는 딱히 별문제가 없어 보이고, 오히려 롤모델로 삼을 만한 이야기에 가깝다.

하지만 이것은 일종의 선행학습을 한 초등학생들에게 생기는 고질적인 문제와 결을 같이한다. 어떻게 연결되는지 잘 들어보렴.

아빠는 너에게 선행학습을 강요하지도 않고, 기대하지도 않는다는 것을 지금쯤 충분히 느끼고 있을 거다. 앞서 나가는 친구들은 선행학습을 통해 몇 년 후에 배울 진도를 벌써 나가기도 하고, 그래서 성적도 잘 받게 될 텐데 아빠는 왜 선행학습을 경계하는 걸까?

신행학습을 통해 빨리 알게 된 중학교의 공식으로 초등학교 때 문제를 풀어버리면 그 시기에 키워야 할 사고력을 제대로 키우지 못하기 때문이다.

예를 들어서 초등학교에서 방정식 문제를 풀 때는 중학교 때 배우는 방정식 풀이와는 다른 접근이 필요하다. 초등학교 때는 미지수 자리에 어떤 숫자가 들어가면 좋을지 예측해보고 여러 숫자를 대입해보면서 문제를 푼다. 시간이 걸리더라도 이 방식으로 사고하는 법을 훈련하는 것이다. 이 과정을 통해서 숫자 감각도 좋아지고, 문제를 푸는 다양한 시각을 가지게 된다. 공식으로 푸는 것보다 시간이 더 걸리더라도 말이다.

그런데 선행학습을 해서 중학교 풀이 방식으로 초등학교의 문제를 풀어버리면 어떻게 될까? 사고하는 과정 없이 외운 공식을 대입해서 기계적으로 답을 도출할 뿐이다. 이 방식을 사용하면 답을 빨리 도출하고 심지어 더 정확하기까지 하다. 당연히 성적을 잘 받는 데 도움이 된다. 이처럼 선행학습을 통해 얻은 지식들은 초반에 일부 성취감과 일부 차별화된 성과를 선물해준다.

하지만 고학년으로 갈수록 새로운 패턴의 문제나 사고력을 필요로 하는 과정을 더 자주 만나게 된다. 선행학습으로 접근했던 방식만으로는 한계가 생긴다. 기계적인 접근으로 빠르게 푸는 방식에만 익숙하다 보니, 자신이 아는 방식에서 약간이라도 벗어나면 다르게 생각하지 못해 당황하고 좌절한다.

익숙한 방식 외에 다른 문제는 해결하기 어려워하고, 앞서 나간 경험이 있다 보니 뒤처지는 상황을 견디기도 힘들어진다. 그래서 주변에 자기 고민을 쉽게 털어놓지도 못한다. 자존감이 떨어지고, 그것이 반항심으로 표출되다가 수포자가 되거나 공부를 멀리하면서 일탈하는 단계로 발전한다. 물론 그 와중에 악착같이 따라가는 친구들도 있지만 정신적·체력적으로 피폐해지는 것을 감수해야 하는 게 사실이다.

다시 돈 버는 이야기로 돌아가보자.

세상에 빨리 돈 벌 수 있는 노하우들이 넘쳐난다. 이런 노하우를 두고 '타이탄의 도구'라고 부르기도 한다. 타이탄의 도구라고 불리는 것들을 빠르게 습득하는 게 바로 돈 벌 때의 선행학습이다. 그것들은 누군가가 검증한 도구이고, 초보자도 마치 베테랑처럼 큰 성과를 만들게 도와주는 효과가 있다.

하지만 그렇게 선행학습으로 손에 넣은 타이탄의 도구는 오히려 그 시기에 해야 할 진짜 성장을 방해한다. 실제로 돈 버는 현장에서 치열하게 해야 할 고민을 하지 않게 만들기 때문에 스스로 생각할 힘을 기르지 못하게 한다. 선행학습으로 초반에 성적을 올린 학생들이 시간이 가면서 새로운 문제를 푸는 데 한계를 느껴 공부에 흥미를 잃고 간혹 일탈을 선택하는 것과 같은 문제이다.

자신의 현 위치를 제대로 파악 못 한 상태에서 기존에 잘 쓰던 도구들로 해결되지 않는 문제들을 만나게 된다. 그 와중에 억지로 잘하는 것처럼 보이는 성과를 만드는 데 집착하다가 도덕적·법적으로 문제가 되는 선택을 하기도 한다. 자꾸 다른 도구에만 집착하고, 근본적인 문제 해결은 뒷전이 된다.

모든 사람이 이런 결말을 맞이한다고 말하는 건 무리가 있다. 다만 단군 이래 가장 돈 벌기 좋을 만큼 돈 버는 정보들이 넘쳐나면서, 돈 버는 초기에 겪어야 할 크고 작은 실수들을 프리패스 하는 사람들이 늘어나는 것을 부정할 수 없다. 그 과정에서 겪는 실수들이 본질적인 성장을 도와주는 기폭제인데 그것을 다 외면하고 실수없이 외형적으로 폭발적으로 성장하는 모습만 쫓고 있다.

그 때문에 초반에 빨리 성공을 맛보지만, 그 성공을 오래 유지하지 못하고 소리소문없이 사라지고 몰락하는 모습은 생각보다 잘 알려지지 않는다. 그래서 이런 부작용에 관한 이야기를 꼭 한 번은 다뤄야 한다고 생각했다.

타이탄의 도구라고 불리는 다양한 돈 버는 노하우들은 대부분 납득이 가는 것들이다. 하지만 그런 도구에만 시선을 빼앗기면 실제 자신이 타이탄이 될 수 있는 기회를 놓치게 된다.

도구가 있어서 타이탄이 되는 게 아니다. 타이탄이 되는 과정에서 자기에게 맞는 도구가 만들어지는 것이다.

단군 이래 돈 벌기 가장 좋은 시대가 되고 사람들은 타이탄의 '도구'에만 집착하는 부작용이 나타나고 있다. 실제로 돈을 벌고 그 돈을 지키고 그 돈을 불리고 세상에 기여하는 가치를 만드는 긴 여정을 완주하려면 자신이 '타이탄'으로 성장하는 것의 중요성을 알아야 한다. 진짜 '타이탄'이 되는 과정은 도구 하나를 운 좋게 얻어서 선행학습을 하는 방식으로는 이뤄질 수 없단다.

그럴듯해 보이는 도구 하나를 얻어서 그걸로 네가 타이탄이라 우기면서 사는 게 나을까? 아니면 진짜 타이탄이 되어서 네 손에 쥔 모든 것을 타이탄의 도구라 불리도록 만드는 게 나을까?

5

꽉 막힌 전문가보다 열린 바보가 낫다

아빠는 작은 규모지만 법인을 여러 개 설립해보고, 광고비와 인건비를 줄이면서 매출을 키울 수 있게 돕는 일을 주로 해왔다. 그 과정에서 꽤 많이 팔린 책도 쓰고 끊임없이 강의도 하고 있다. 그러다 보니 아빠는 종종 전문가라는 말을 듣게 되더구나.

과거에 대단한 전문가라고 하는 사람들을 찾아다닌 적이 많았는데 막상 만나보면 전문가와는 거리가 먼 경우가 왕왕 있었다. 그래서인지 아빠가 전문가라는 말을 들으면 괜히 부담이 되더구나.

너는 전문가가 어떤 사람이라고 생각하니? 사전을 보면 "어떤 분야를 연구하거나 그 일에 종사하여 그 분야에 상당한 지식과 경험을 가진 사람"이라고 적혀 있다. 한 분야에 오랜 시간 지식을 쌓아온 것은 인정받을 부분이다. 하지만 지금은 전문지식만 있다고 해서 자신이 원하는 삶을 사는 게 다 보장되지는 않는다.

내가 알고 있는 전문지식에서 끝나는 게 아니라, 이것을 상대에게 잘 전달하고 또 어떻게 추가적인 가치를 만들 수 있을지에 대한 고민이 동반돼야 전문지식도 빛을 발한다.

사실 한 분야에서 전문가 위치에 오르면 자신도 모르게 대접받으려고 하고, 우월감에 취해서 상대방을 무시하는 언사가 나오는 경우를 보기 쉽다. 하지만 이제 그런 전문가는 인정받기 어려운 시대다. 그런 전문가들은 자기 세계가 전부라 착각하고 좁은 시야에 갇혀 있다. 지금 당장 자신은 편하고 주변이 불편해지는 상황에서 큰 문제를 못 느끼지만, 이것이 지속되면 결국 자신 혼자만 불편해지는 상황으로 흘러간다. 이유도 모르는 채 말이다.

이런 꽉 막힌 전문가가 될 바에는 귀를 열고 있는 바보가 되는 게 낫다. 혼자 잘난 전문가는 주변에서 기꺼이 나서서 도와주는 사람이 없다. 있더라도 금방 떠나간다. 이런 전문가는 혼자 고고해서 주변에 도움도 잘 요청하지 못한다. 그리고 자기 혼자 충분히 잘할 수 있다고 떠들고 다닌다. 체력이 남아있고 중요한 직책을 맡고 있을 때는 어느 정도 버틸지 모르겠지만, 그때뿐이다.

하지만 모르는 게 많아도 잘 듣는 바보라면 사람들이 먼저 알려주고 도와주려고 한다. 모르는 게 많다고 놀리거나 무시하는 사람도 있을 거다. 그런 사람은 자신에게 도움이 되는 사람에게만 친절하고 조금이라도 도움이 안 될 것 같으면 금방 돌아설 사람이다.

바보로 살면 언젠가 안 좋게 멀어질 인연을 빨리 발견하고 정리할 수 있기 때문에 오히려 다행스러운 일도 많다. 생각보다 많은 전문가가 자신이 먹고살 걱정에 힘들어하고 이런 걱정을 다른 사람에게 들키지 않으려고 애쓴다. 아빠가 이런 사실을 잘 알고 있는 건, 다양한 전문가분들이 아빠에게 그런 고민을 털어놓았고 긴 시간 이야기를 나눠봤기 때문이다.

혼자 오랜 시간 고민해도 이런 문제는 쉽게 풀리지 않는다. 자존심 때문에 주변에 도움을 요청하지 못해서 문제는 더욱 안 풀린다. 평소에 자신이 전문가라 드러내고 살다 보니, 막상 누군가에게 도움을 청하는 것은 창피한 일이라 생각하기도 한다. 전문가로 사는 것도 참 쉽지 않은 일이다.

아빠를 7년 넘게 스승이라 부르며 따르는 삼촌이 한 명 있다. 말타기 장난감을 사줬던 바로 그 삼촌이다. 이 삼촌은 2015년에 아빠의 책을 보고 휴가 중에 부산에서 서울까지 올라와서 강의를 들었다. 얼마 뒤 그 삼촌은 대학교를 그만두고 서울로 올라왔고, 아빠가 하는 강의를 무한 반복으로 들으면서 완전히 외워버렸다.

당시 그 삼촌은 집에서 배고플 때 수돗물만 마셔야 할 정도로 가난했다. 하지만 그런 바닥부터 시작해서 다양한 투자법을 공부했고, 사업을 시작했다. 그리고 20대 후반에 꽤 많은 자산을 보유하게 되었다. 처음 만났을 때부터 이 삼촌은 항상 헤헤 웃고 있었다. 어린 나이에 항상 실없이 웃는 그 삼촌을 보면서 사람들은 돈 벌려면 더 전문가처럼 행동하고 웃지 말라고 조언했다.

하지만 아빠는 반대로 말했다. 지금보다 더 웃고 더 모른다고 말하고 바보인 척하라고 말이다. 아빠는 그 삼촌이 얼마나 똑똑한지 잘 알고 있었다. 실없이 웃는 것은 자기 삶을 지키기 위한 삼촌만의 선택인 것을 아빠는 잘 알고 있었기에 그렇게 조언한 것이었다. 다행히 삼촌은 아빠 말을 믿고 따라주었다.

삼촌은 똑똑한 머리로 다양한 금융 투자와 부동산 공부를 하러 다녔고 다양한 스승들에게 이쁨을 받았다. 모른다고 이야기를 잘 하니 하나라도 더 가르쳐주고 싶은 사람이 되었던 것이다.

이 삼촌은 점점 돈을 많이 벌기 시작했고, 더 많은 돈을 벌려고 하다 보니 다양한 사람들을 만나고 투자 제안을 받기도 했다. 그 때마다 아무것도 모르는 척하고 헤헤거리고 웃고 있으면, 사기꾼은 이때다 싶어 방심하고 자기 정체를 빨리 드러냈다. 그럴 때마다 그 삼촌은 자신을 속이는 사람들을 어떻게 파악했는지 아빠에게 자랑하듯 말했다.

전문가라고 자칭하는 사람 중엔 자신의 판단만 믿다가 철저히 계획된 사기꾼의 전략에 말려들어서 큰 낭패를 보는 경우도 많다. 차라리 평소에 빈틈을 보이면서 상대를 방심할 수 있게 하고 남들이 자신을 돕고 싶은 마음이 들 여지를 만들어두는 게 훨씬 마음 편하게 사는 방법이다.

아빠가 너무 전문가를 깎아내리는 말을 한 것처럼 들을까봐 우려스러운데, 모든 전문가가 그렇다는 말은 아니다. 자기 혼자 정답이라 생각하고 남의 말에 귀를 열지 않는 전문가는 결국 헛똑똑이라서 바보만도 못하다는 말을 하고 싶었다. 그렇기 때문에 단순히 전문가라고 해서 일방적으로 동경할 필요도 없고, 자기 자신과 비교할 필요도 없다.

네가 아빠의 지난 SNS를 보면 알겠지만, 아빠는 자주 '모른다', '못 한다', '도와달라'는 이야기를 꺼내고 있다. 아빠가 실제 모르는 게 많기도 하지만, 혼자 똑똑한 전문가인 척 착각에 빠져서 살다 보면 주변 사람이 다 떠나고 만다는 걸 알기 때문이다. 사람들이 아빠를 전문가라고 대단하다 치켜세워도 아빠는 그저 그렇게 봐주셔서 감사하다고 대답할 뿐이다.

그러니 전문가라고 하는 말에 너무 큰 환상을 가지지 말거라. 소통하지 않고 혼자만 잘난 전문가는 귀를 열고 있는 바보보다 훨씬 불행한 삶을 살고 있을 테니까 말이다.

6

우선순위 잘 정하는 연습

우선순위 잘 정하기만큼 우선순위가 높은 일이 있을까? 공부든 인간관계든 사업이든 더 능숙한 단계로 가려다 보면 결국 우선순위를 정하게 된다. 학교나 학원에서 공부 스케줄을 정하거나, 오답노트를 만들어 무엇을 모르는지 확인하는 것도 결국 우선적으로 해야 할 것들을 파악하기 위해 진행하는 과정이다.

다이어리를 쓰고 약속 일정을 조정하는 것도 결국엔 우선순위를 조정하는 과정이다. 효율적으로 시간을 쓰고, 성과를 높이기 위해 우리는 우선순위를 정하는 일을 하고 있다.

비즈니스에서는 말할 것도 없다. 사업을 하든 직장에 다니든 수많은 회의를 한다. 회의에서는 무엇을 우선적으로 할지, 무엇을 안 해도 되는지를 합의해서 결정하는 게 핵심이다. 우선순위를 정한다는 말만 안 쓸 뿐이지, 결국 우선순위를 정하고 있는 것이다.

너도 들어봤는지 모르겠지만 선택장애라는 말을 종종 듣게 된다. 그렇게 좋아하는 단어는 아니지만, 아빠도 선택할 때 유사한 문제를 겪는 사람이고 왜 그런지 이해도 된다. 내가 해야 할 선택을 나 대신에 부모님이니 선생님이 하는 시간을 오래 보내면 자연스럽게 선택장애가 올 수밖에 없다. 학교에서 아이들에게 진로를 물어보면 "엄마에게 물어봐주세요"라고 답한다는 게 우스갯소리가 아니라 실제 현실이다.

과거를 돌이켜보면 아빠 역시 그런 마음이 있었다. 그리고 그런 생각을 이상하다고 여기지 않았다. 지금 보면 당연히 이상해야 하는데 그렇지 않았다. 그저 작은 결정부터 큰 결정까지 온전히 다른 사람에게 맡기고 있었다. 앞서도 말했지만 아빠 역시 여전히 선택이 어려운 사람이다.

성인이 되어서도 선택을 하는 게 항상 어렵고, 지금도 여전히 선택은 피하고 싶은 대상이다. 그러다 보니 선택을 잘하는 네 엄마에게 선택을 미루는 일도 자주 발생한다. 선택의 결과에 책임을 회피하고 싶은 마음도 있고, 선택 후 나오는 결과에 대해 왠지 모를 불안감이 드는 것도 영향을 미치는 것 같다. 어린 시절에 주도적으로 선택을 해본다거나 부담 없는 선택 후에 부담 없는 책임도 져보면서 나만의 기준을 세우는 과정을 경험하지 않았기 때문에 이런 증상을 겪고 있다.

그래서 선택에도 연습이 필요한 것이다. 아빠가 마케팅과 브랜딩을 도와드린 은사님은 아빠에게 항상 질문을 하면서 스스로 선택할 수 있는 연습을 하게 해주셨다. 선택을 결정하게 돕는 질문을 하고 나머지는 거의 맡기는 식이었다.

"이 콘텐츠는 어느 채널에 올릴까요?"

"어느 채널이 좋겠니?"

"이러이러한 게 있습니다."

"그중에 뭐가 제일 맞을지 찾아보고 직접 선택해봐."

거의 이런 식으로 대화를 나누면서 아빠가 직접 선택하는 연습을 했다. 선택에 대한 책임은 은사님이 거의 지는 방식으로 하다 보니 아빠는 부담 없이 선택하는 연습이 가능했다.

또한 은사님은 선택에 어려움을 겪는 아빠에게 이런 말도 해주셨다.

"태순아, 세상에는 네가 할 일, 상대가 할 일, 하늘이 할 일이 있어. 너는 네가 할 일만 하면 되는 거야."

이 말은 조금 더 가벼운 마음으로 선택을 하는 데 실제로 도움이 되었다. 아빠가 선택의 결과까지 무리하게 책임을 지려는 마음 때문에 선택을 회피하는 부분도 있었기 때문이다. 여전히 선택을 미루는 편이지만 선택 후 결과는 하늘에 맡기자는 마음으로 일단 선택하고 진도를 나가보고 있다.

아빠가 너와 유치원 갈 때마다 네가 어떤 신발을 신을지 선택하게 하고, 어떤 길로 갈지 선택하도록 질문했던 걸 기억할 거다. 또 평소에 무엇을 먹을지 어떤 책을 읽을지 너에게 물어보는 것에 익숙할 거다. 물론 네가 스트레스를 받지 않도록 주의하지만 아빠는 네가 가벼운 선택을 하는 것부터 익숙해지게 돕고 싶어서 그런 질문을 계속했던 것이란다.

사실 아빠가 어릴 적에는 대부분의 선택을 네 할머니가 다 정해주고 아빠가 선택해야 할 것들은 별로 없었다. 지금 너는 책가방에 뭐가 들어가는지 챙기고 있지만, 아빠는 초등학교 내내 기의 네 할머니가 챙겨주셨다. 그러다 보니 지금도 아빠는 가방을 챙기면서 항상 뭘 넣을지 고민하다가 손에 잡히는 대로 다 넣는다. 그래도 뭔가 빠뜨린 것 같은 불안감을 항상 느낀다.

네 할머니가 아빠를 걱정하고 사랑했기 때문에 다 챙겨주신 걸 아빠는 잘 알고 있다. 일부러 아빠가 선택에 어려움을 겪게 만들려고 한 게 아닌 걸 모두가 알고 있다. 특히 네 할머니가 항상 그렇게 챙겨주는 모습을 배운 덕분에 다른 사람을 잘 챙기는 마음도 배웠고 그것으로 얻은 사람들이 훨씬 많기 때문에 항상 감사하게 생각하는 부분이다.

그럼에도 불구하고 네가 앞으로 살아갈 세상에서는 주도적으로 선택하는 법을 알고 우선순위를 능숙하게 정하는 게 생존에 도움이 될 거라 생각하기 때문에 너에게 선택을 많이 연습시키는 거란다.

아빠는 항상 선택에 대한 두려움이 있었고, 작은 선택도 스스로 하지 못해 고민하고 자책하는 시간을 오래 보냈다. 그리고 영업직을 선택하거나, 강사가 되거나, 사업가가 되거나 하는 식으로 이전에 하지 않았던 도전을 하면서 선택을 안 하면 안 되는 상황으로 스스로를 던지면서 연습을 했다.

작은 선택부터 직접 해보는 연습을 지금처럼 하면, 나중에 커서 아빠처럼 무리한 방식으로 트레이닝 하지 않아도 스스로 선택하는 것에 대한 자신감을 가질 수 있을 거다.

이 정도가 우선순위를 능숙하게 정하기 위한 기초 체력에 대한 이야기다. 우선순위 정하는 것은 모두 선택의 문제이기 때문이다. 그래서 우선순위가 중요하다고 생각해도 막상 선택에 대한 연습이 안 돼 있다면 우선순위를 정하는 게 어려울 수밖에 없다.

아빠는 거의 매일 해야 할 일들을 떠오르는 대로 일단 컴퓨터에 적고 있다. 그것들을 보면서 오늘 꼭 할 일과 그렇지 않아도 되는 일을 가볍게 생각해본다. 일단 다 적어놓고, 분류해서 보는 것은 생각을 편하게 하는 데 도움이 된다.

그래서 우선순위는 머릿속으로 정하지 않는 게 좋다. 무조건 적어서 정하는 게 스트레스를 덜 받는다.

예를 들어서 지금 공부하기 와 지금 운동하기 중에 어떤 것을 선택할지 고민이라고 해보자. 그러면 '지금 공부해야 하는 이유'와 '지금 운동해야 하는 이유'를 A4 용지 반을 접어서 적어두고 그 이유들을 아래에 실제로 써보는 것이다. 그렇게 써놓은 내용을 보고 양쪽을 비교하면서 마음이 끌리는 대로 우선순위 결정을 하면 선택이 더 쉬워진다.

매번 이런 식으로 이유를 다 적고 우선순위를 정하는 것은 비효율적이라는 생각도 들 거다. 평소에는 선택안을 적어두고 직관적으로 마음이 끌리는 우선순위를 정하면 된다. 그러다가 이렇게 선택하는 게 불안감이 드는 안건이나 시간을 충분히 두고 결정할 수 있는 것일 때는 구체적으로 적어가면서 우선순위를 정하면 좋다.

굳이 이런 귀찮은 방법을 알려주는 이유는 이렇게 시간을 들여서 글을 적어가며 우선순위를 정했으면 그것에 따라 다음 행동을 할 때 좀 더 책임감 있게 우선순위를 더 잘 지키게 되기 때문이다.

매번 중요한 결정을 할 때마다 기준이 흔들리고 아예 결정을 회피하는 선택을 반복하게 된다면 다 펼쳐놓고 생각을 적어보는 게 분명 도움이 될 거다. 여유가 있다면 지금 바로 종이를 펼쳐서 떠오르는 것들을 적어보는 것도 나쁘지 않을 것 같구나.

7

빠른 성과를 오히려 경계하거라

"무자본 창업을 하면 얼마 만에 돈 벌 수 있나요?"

"콘텐츠를 쌓는 기간은 얼마면 될까요?"

"어떤 멘토는 한 달 만에 월 천 번다 하고, 어떤 멘토는 최소 1년은 투자하라는데, 누구 말이 맞나요?"

온·오프라인에서 고민을 털어놓는 분들이 절박한 마음으로 주시는 질문 중에 몇 개를 적어보았다.

이런 질문들을 그분들이 왜 하는지 아빠는 잘 알고 그 마음에 공감하기 때문에 이런 질문을 들을 때마다 매번 마음이 아릿해진다. 왜냐면 이렇게 질문하는 분들의 마음속에는 조급함이 크게 자리하고 있기 때문이다. 그 조급함 때문에 조금이라도 남들보다 앞서가는 방법을 찾아야 자신이 제 속도대로 갈 수 있다는 무의식적인 믿음이 있다.

사실 지금까지 무언가를 제대로 시도하지 못하고, 작은 성과라도 만들어보지 못한 건 이러한 조급함의 영향이 가장 크다. 어떻게 해야 더 빨리 갈 수 있는지 고민하면서, 빠른 길만을 쫓다가 정작 시도는 못 해서 출발은 늦어지고, 더뎌진 출발 때문에 마음이 더 조급해져서 실수를 연발하는 악순환에 빠져서 고통받는 경우는 세대와 성별을 가리지 않는다.

"어떻게 해야 지금이라도 빨리 갈 수 있을까요?"

아빠에게 이런 질문을 하는 분들의 마음에는 자신은 이미 많이 늦었다는 불안이 강하게 내포되어 있다. 그리고 그 불안은 자신을 뺀 주변의 다른 모든 사람이 빨리 가는 것처럼 보이게 만든다. 그리고 그 불안은 점점 더 증폭된다.

아빠 역시 이러한 불안을 키워가던 사람이었다. 왜 성인이 되어서도 끊임없이 불안하고 조급한 걸까? 이런 고민을 해결하기 위해 많은 사람을 만나 상담과 코칭도 받아보고 전문가분들과 이에 관한 이야기를 나눴다.

아빠가 나름대로 내린 결론은, 이 불안은 실제 자신이 뒤처져서 오는 것보다는 어린 시절부터 학습된 불안의 요인이 크다는 것이다.

네가 태어나고, 네가 뒤집기를 하고, 기어가고, 조금씩 말문이 트이고, 스스로 일어나 걷기까지 하는 그 모든 날은 엄마 아빠에게 축제였고, 하루 종일 그 이야기가 대화의 주제였다. 남보다 늦게 기고, 걷는 것에 연연하지 않았기 때문에 주변이 어떤지, 평균이 어떤지 그런 것에 별로 관심이 없었다. 그냥 그 일 자체가 축복이고 축제니까 말이다.

하지만 아이를 키우면서 평균보다 처지는 건 아닌지 신경 쓰는 부모가 훨씬 더 많다는 사실을 잘 알고 있다. 그분들의 마음 또한 이해한다. 작은 사고에도 혹시나 잘못되면 어쩌나 하고 심장이 철렁 내려앉는 기분을 아빠도 느껴봤기 때문이다.

하지만 그런 불안감이 부모를 완전히 지배해버리면 전혀 문제가 없어 보이는 아이에게도 부모는 극도로 예민하게 반응한다. 자신도 모르게 말이다. 간혹 병이나 선천적인 원인 때문에 발달이 느린 경우도 있지만 평균보다 약간 늦고 빠른 건 모두 정상인데, 어떤 식으로든 평균에서 벗어나면 불안해하는 부모가 많다.

그럼 이런 불안감을 가지는 부모가 잘못인 걸까? 그것 또한 아니다. 그분들 역시 무의식적으로 불안감을 학습한 경우이고, 그것이 그저 발현되는 것뿐이기 때문이다. 사람은 보통 태어났을 때부터 자신의 부모, 친척 어른들의 과한 관심 속에서 계속 뒤처짐에 대한 걱정을 받으며 그런 불안을 무의식 속에 장착해버린다.

"그래도 그게 다 사랑이고, 관심이잖아요."

맞는 말이다. 하지만 단순히 사랑과 관심이라는 말로 아름답게 포장하고 넘어가기엔 그 부작용이 너무 크다. 걱정을 빙자한 비교와 조언이라고 들려주는 출처 불명의 정보들은 자라나는 마음에 불안의 씨앗을 심게 된다.

맑은 무의식에 흙모래 한 줌을 던져넣는 것과 같다. 흙모래는 세대를 계속하면서 더 쌓여만 가고 맑아질 기미를 보이지 않는다. 그래서 이전 세대에게 잘못을 돌리는 것만으로는 해결할 수 있는 문제가 아니다. 태어날 때부터 안고 자란 통제할 수 없는 불안감을 자기도 모르게 다음 세대에 전달하고 있을 뿐이기 때문이다.

아빠와 엄마는 네가 선물처럼 왔을 때부터 입버릇처럼 나눈 이야기가 있다.

"우리 아이는 굳이 선행학습을 시키지는 맙시다."

"학교 들어가기 전까지 공부 말고 노는 것을 최우선 순위로 둡시다."

"스스로 뒤처지는 느낌이 들면 알아서 극복할 수 있도록 자신감을 평소에 심어줍시다."

이런 대화들을 나누었고, 관련된 정보가 있으면 서로 공유하면서 엄마, 아빠의 육아관을 최대한 맞춰왔다. 그리고 실제로 엄마 아빠는 최대한 너를 그렇게 키웠고, 지금도 그렇게 키우는 중이다.

선행학습을 하면 당장은 빨리 가는 것처럼 보인다. 부모 입장에서는 자신의 조급함을 아이가 대신 해결해주는 것 같은 느낌을 받을 수 있다. 하지만 이것은 착각이다. 앞서 이야기했지만 초등학교 방정식 문제를 중학교 공식으로 풀면 성적을 잘 받을 수 있다. 답도 더 정확하고, 푸는 시간도 단축된다.

그런데 이렇게 해서 당장 좋은 성적이 나오는 게 길게 보면 좋은 일이 아니란 것을 우리는 이미 알고 있다. 특정 시기에 남보다 빨리 가는 것처럼 보이는 데 집착해서 선행학습을 통해 답을 빨리 맞히고 뿌듯해하길 원하지 않는다. 계속 더 빨리 가라는 압박을 받으면서 공부를 하는데 어떻게 공부를 좋아할 수 있겠니?

대학 가면, 아니 고등학교만 가도 당장 던져버리고 싶은 게 공부가 되고 마는데, 그게 선행학습을 통해서 얻고자 했던 결과물은 절대 아닐 거다.

극단적인 상황을 가정하는 것 같지만 이런 속도를 처음에 잘 쫓아가다가 낙오하고 자신의 존재를 다른 방식으로 입증하려고 일탈하는 아이들을 실제로 많이 만나봤다. 성공했다고 불리는 부잣집 자제의 일탈 문제를 아빠가 들으면서 위로하고 같이 고민한 것도 한두 번이 아니다. 어떻게든 일탈 없이 빠른 속도를 끝까지 감당했던 아이들도 성인이 되면 어김없이 느끼게 된다. 그렇게 빠르게 달려온 길이 자신보다는 부모나 친인척을 덜 불안하게 만들기 위한 길이었다는 사실을 말이다.

그때 마음이 어떻겠니? 인생을 낭비한 것 같고, 조급해지고, 원망에 사로잡힌다.

안타까운 것은 이런 조급증을 고스란히 품고 새로운 도전을 한다는 것이다. 이런 상황에서 조급함에 쫓기는 질문들이 이 글 처음에 소개했던 질문들이다. 그래서 이런 질문을 들으면 아빠는 마음이 아리다. 그분들이 얼마나 치열하고 불안하게 살았는지 느껴지고 너무 공감되기 때문이다.

이런 질문을 들었을 때, 단순히 "1년이면 됩니다.", "사람마다 다릅니다"라고 답변할 수도 있다. 하지만 이런 대답이 근원적인 문제를 보게 만들지는 못한다. 지금 자신의 조급함과 불안감이 어디서부터 왔는지 알고 왜 이런 질문을 하고 있는지 알아야 이전과 다른 시작을 할 수 있는 가능성이 있다.

과거에 끊임없이 더 빠른 길을 찾느라 지금의 이 조급한 상황에

놓였는데 여기서 또다시 빠른 길을 찾고 있는 아이러니한 상황이라는 것을 스스로 인지할 필요가 있다. 수면제에 의존해 빨리 잠드는 데 익숙해지면 나중에 더 강한 수면제를 찾게 되는 것과 마찬가지다. 처음에는 수면제가 약효를 발휘하지만, 나중에는 수면제가 건강하게 잠들지 못하게 만든 원인이 되는데도 점점 더 그것에 의존하게 되는 것이다.

조금이나마 수면제에 덜 의존적일 때 운동도 하고, 햇빛도 보고, 건강한 음식을 먹고, 명상을 하면서 긍정적인 생각하는 습관을 들이는 게 근본적인 해결책이다.

이 과정은 지루하고 비효율적으로 보이기 마련이다. 하지만 그렇게 본질적인 문제부터 천천히 해결해 나가면 수면 문제뿐 아니라 인생의 다른 문제들도 실타래처럼 풀려나간다. 결국 느리게 가는 것처럼 보여도 본질에 집중해서 문제를 해결하는 게 사실은 가장 빠르고 많은 문제를 동시에 해결하는 효율적인 길이다.

당장 부자처럼 보이려고 하면 진짜 부자가 되는 길은 훨씬 더 멀어진다. 당장 행복한 척하려고 신경 쓰면 진짜 행복해지는 길은 찾지 못할 확률이 높다. 마음속의 조급함을 숨긴 채 부자인 척, 행복한 척, 공부 잘하는 척하는 사람들이 천지다. 그런 척하는 사람의 속도와 내 속도를 비교하면서 조급함의 소용돌이로 스스로를 왜 밀어넣어야 하는지 다시 한번 생각해볼 필요가 있다.

빠른 길이 아닌 다른 길도 있다는 것을 많은 사람에게 알리고 싶었다. 그래서 아빠는 빨리 달리는 선택이 아닌 천천히 가는 선택을 하는 분들을 돕는 커뮤니티를 팀원분들과 키워가게 된 것이다. 바로 티는 안 나지만 1년, 2년, 3년…… 점점 시간이 지나면서 깜짝 놀랄 정도로 안정되게 성장하고 불안감을 해소하는 분들을 보면서 참 다행이라고 생각하며 살고 있다.

네가 빨리 가는 길을 더 좋아할지, 천천히 가는 길을 좋아할지 아니면 계속 왔다 갔다 할지 모르겠지만, 적어도 천천히 가는 길에서는 아빠가 꼭 너의 페이스메이커가 되어주고 싶구나.

8

좋은 리더가 되려면 꼭 알아야 하는 이야기

아빠도 소중한 팀이 있다. 아빠는 그분들과 세상에 기여할 수 있으면서 돈도 따라오는 일을 하고 있다. 또 그런 일을 하고 싶은 분들을 성장시키는 일을 한다. 팀 없이 아빠 혼자라면 절대 할 수 없는 일들이다.

창업 관련 분야에서 이력이 생기다 보니 스타트업을 하는 분들에게 강의를 하거나 코칭을 하는 경우도 종종 생긴다. 실제로 아빠는 몇몇 스타트업에서 CMO 역할을 하기도 해서 스타트업 리더가 팀을 꾸리면서 겪는 어려움에 대해서도 잘 알고 있고, 해줄 수 있는 이야기들도 많이 있다.

팀의 리더가 되고자 하는 친구들을 보면 결연한 의지가 보인다. 실행력과 실력을 두루 갖춘 리더가 책임감 있는 말로 팀을 이끄는 모습을 보면 아빠도 가슴이 두근거릴 때가 있다. 문제는 이런 분들이 인원을 확장하는 과정에서 무척 지치고 신경이 쇠약해지다가, 나중에는 심지어 사업을 접어버리는 상황도 곧잘 생긴다는 것이다.

어떤 심리학자분의 이야기를 들었는데, 규모가 큰 회사를 경영하고 있는 리더 중에는 사이코패스(Psycho-path, 반사회적 성격장애) 기질을 갖고 있는 경우가 많을 거라는 이야기였다. 사람에게 감정적으로 공감을 못 하는 사이코패스 기질이 있어야 조직에서 스트레스를 덜 받고, 냉정하게 사람 관리를 하고, 회사를 크게 키우는 데까지 견뎌낼 수 있을 정도가 되는가 보다 하고 안타까운 마음이 들었다.

어느 정도 공감되는 말이기도 하지만 그렇다고 사업하는 리더에게 사이코패스가 되라고 말할 수는 없는 노릇이다. 또한 아무리 그렇게 되어야 한다고 말을 해도 절대 되지 못하는 사람이 더 많을 거다.

리더분들에게 그럼 어떤 이야기를 해주면 좋을까? 아빠가 고민하고 평소에 해드렸던 이야기를 바탕으로 몇 가지 내용을 정리해 보았다. 물론 네가 리더가 되고 싶은지는 모르겠지만, 혹시나 리더가 되고자 할 때 아빠가 지금 해주는 말이 너에게 조금이나마 도움이 되었으면 좋겠다.

첫째, 리더는 모든 걸 다 잘하는 사람이 절대 아니다.

많은 사람이 정반대로 알고 있더구나. 리더는 전부 다 잘해야 한다는 믿음이 정확히 어디서 나온지는 모르겠다. 리더가 되기 위해 팀원들이 할 일을 웬만큼은 다 해야 한다고 생각하는 경우도 흔하다.

하지만 리더의 역할은 팀원들이 일을 더 잘하게 만드는 것이라는 것을 놓쳐서는 안 된다. 팀원들의 업무를 직접 다 잘하기 위해 노력하는 리더와 오래 일하고 싶은 팀원은 없기 때문이다.

'그렇게 잘하면 당신이 직접 다 하지?'

팀원들은 이렇게 생각할 것이다.

하지만 리더는 자신이 팀원을 돕고 있다고 생각한다. 이렇게 리더와 팀원 간의 큰 오해는 쌓여간다. 이런 일이 반복되면 그 리더의 곁에는 리더보다 일을 못 하는 팀원들만 남게 된다. 그러다 혼자서 일을 다 떠안고, 인복이 없는 자신의 신세를 한탄하게 된다. 그것은 모두 리더 자신의 과한 욕심과 불안이 가져온 결과다.

이런 욕심과 불안은 리더가 모든 일을 다 잘해야 한다는 비인간적인 편견에서 비롯된 것이다. 그래서 이것은 온전히 리더의 잘못만이라 할 수 없다. 그런 편견을 당연하게 사회 전반에 스며들게 받아들인 우리 모두에게 원인이 있다.

둘째, 리더가 훌륭해야 훌륭한 팀원이 모인다.

스스로 훌륭한 사람인지, 혹은 그렇게 되고 싶은지 생각해보자. 물론 훌륭하다는 것은 모든 일을 다 잘한다는 뜻은 당연히 아니다.

① 타인에 대해 충분한 배려를 할 줄 아는가.

② 말을 무겁게 뱉고, 그 말을 잘 지키는가.

③ 긍정적으로 현실을 재해석할 수 있는가.

④ 자신이 맡은 일에 끝까지 책임을 지는가.

이 정도에 부합되는 사람이라면 훌륭한 리더의 자질을 넘치게 가지고 있는 것이다.

보통 리더들은 내 팀원도 저렇게 훌륭한 사람이길 원한다. 그리고 저런 팀원이 있으면 소개해달라고 한다. 하지만 그런 팀원을 찾기는 정말 어렵다. 왜 그럴까?

이미 훌륭한 리더들과 일을 하고 있기 때문이다. 좋은 인재가 우리 회사에 안 오고 마음에 드는 훌륭한 직원은 금방 그만둔다고 탄식만 하기 전에, 리더 스스로 최소한의 훌륭한 행동을 하고 있는지 돌아볼 일이다.

계속 강조하지만 모든 일을 다 잘하는 것과는 다른 이야기이다. 리더가 사업을 할 때 당연히 지켜야 할 것에 관한 이야기다.

스스로 훌륭한 리더라고 생각하는 경우도 많이 본다. 하지만 그런 사람 중에 정말 위에 언급한 훌륭한 리더는 별로 없었다. 훌륭한 리더 곁에는 훌륭한 팀원들이 오래 머물고 있다. 자신이 훌륭한 리더라는 것은 이것으로만 증명할 수 있다.

자기 객관화를 못 하고, 남 탓만 하면 좋은 직원이 오지도 않고 뽑을 수도 없는 상태가 된다. 훌륭한 인재를 곁에 두고 싶다면 리더 스스로 훌륭한 행동을 해야 한다.

셋째, 리더도 인간이다.

리더분들을 만나보면 하나같이 외로운 경우가 많았다. 힘든 이야기는 숨겨야 하고, 괜찮은 척하는 데 익숙해져 있었다. 대단한 행동이지만 한 인간의 생에서 따져보면 너무나 가혹한 상황이다.

리더는 마지막에 먹는다는 말이 있다. 리더는 자신의 몫을 덜 챙기면서 팀원들과 같이 나눠 먹을 파이를 크게 키우는 데 재투자하다가 운이 좋으면 마지막에 크고 배부르게 먹는다는 것을 뜻하는 표현이다.

하지만 실제로 기업을 운영하다 보면 마지막에 먹을 수 있는 기회가 중간에 사라지는 경우가 빈번하다. 그럴 때 리더는 아무것도 먹지 못하는 사람이 돼버리는 경우도 많다. 직원의 월급을 안 챙기면 법적으로 문제가 생기니 사채를 써서라도 막는 리더분들을 많이 보았다. 그렇게까지 하면서 자신이 가져가는 것을 끝까지 미루지만 괜찮은 척해야 하는 분들이었다. 사업을 키워가는 리더가 안고 가는 저 삶의 무게가 한 개인이 감당하기에 과연 적정한가 하는 의문이 들 정도로 치열한 리더의 삶이었다.

리더에게도 자신이 짊어진 짐을 잠깐 내려놓을 수 있는 사람이나 커뮤니티가 꼭 필요하다. 현재 빠져 있는 문제 상황을 입체적으로 보고 관점을 전환해서 완전히 새로운 돌파구를 만들 수 있기 때문이다.

예를 들어, 충분히 사업을 잘 키우고 있는데 내부적인 인사 문제를 처리하느라 지쳐있다면, 리더는 자신이 사업을 잘못하고 있다고 느끼기 쉽다. 그럴 때 객관적으로 상황을 봐줄 수 있는 사람이 내부적인 문제보다 사업을 잘 키워가고 있는 현실에 집중해서 칭찬해주면 리더는 좀 더 큰 마음으로 내부적인 문제를 해결할 여유가 생길 수 있다.

많은 리더가 자신이 리더이기 때문에 남들이 감당하기 힘든 스트레스를 스스로 감내해야 한다는 강박에 시달린다. 리더가 약한 모습을 보이면 만만한 사람이 되는 것이고 그러면 더 많은 문제가 생길 거라고 미리 걱정한다. 그러면서 억지로 강한 척을 하느라 애를 쓴다. 어차피 강한 척하면서도 생길 문제는 다 생기고, 그럴수록 건강만 더 나빠진다.

리더의 인간적인 모습을 보면서 이용해 먹으려고 하거나 만만하게 대하는 무례한 팀원은 미련 없이 정리하는 게 맞다. 인간적인 모습을 보고도 덜 실망하고, 그에 공감해주고 보완하는 팀원은 곁에서 오래 함께 일을 하는 인연이 된다.

마지막으로 리더분들이 직원을 어떻게 잘 뽑을 수 있을지 모르겠다고 물어보면, 아빠는 기업의 철학과 비전 그리고, 그것을 위해 달려가고 있는 자신의 이야기를 계속 온라인에 남기는 것부터 하라고 말한다. 여유가 되면 책을 쓰는 것도 추천한다.

왜냐면 이런 이야기들에 공감하고, 매력을 느끼고 다가오는 사람 중에서 팀원을 찾으면 훨씬 덜 지치면서 결이 맞는 인재를 구할 수 있기 때문이다. 오직 연봉과 회사복지만으로 어필해서 마음 맞는 인재를 뽑으려고 하면 꽤 오랜 시간 희생을 감수해야 한다. 다른 기업에서 연봉과 회사복지를 내세우니까 덩달아 거기 맞춰야 한다고 생각하는 것은 큰 오산이다. 어차피 연봉과 회사복지에 끌려서 온 사람은 더 좋은 조건이 보이면 언제든 떠날 확률이 높다. 그리고 이게 당연하다. 리더의 철학과 기업의 비전에 이끌려서 올 수 있게 성장하는 기록을 계속 남기면 그 정성을 보고 정성스러운 인재가 올 확률이 높아진다.

이 글을 마치면서 하고 싶은 말이 있다. 네가 외로운 리더의 길을 선택했다면 그것대로 응원할 것이고 설령 선택하지 않았어도 아빠는 그것대로 응원할 것이라는 말이다.

혹시 네가 외로운 리더의 길을 가다가 털어놓고 싶은 이야기가 있을 때 묵묵히 네 이야기를 들어줄 사람이 세상에 한 명은 꼭 있다는 사실을 기억하길 바라며 글을 마친다.

Chapter 3

게으르지만 잘 사는 아빠의 비밀

1

육아를 하며 10개 넘는 회사의 일을 할 수 있는 이유

네가 어린이집 다닐 때부터 시작해서 유치원까지 거의 매일 너를 데려다주다 보니 선생님들이 아빠를 신기하게 보시더구나.

'왜 등원 버스를 안 태우고 아빠가 매일 데려다줄까? 아빠가 백수인가?'

너에게는 당연한 일상이지만 가만 생각해보면 유치원에 매일 엄마랑 등원하는 친구는 간혹 있어도 아빠랑 등원하는 경우는 거의 못 봤을 거다. 또 네가 유치원에 가지 않는 평일 낮에 오락실에 가거나 동물원에 가거나 키즈카페에 가서 아빠가 같이 놀고 있었다는 사실이 점점 더 이상하게 느껴질 때가 올 거다.

네가 엄마 아빠에게 선물처럼 오고 나서부터 아빠는 쭉 이렇게 살고 있는데, 도대체 어떻게 이렇게 사는 걸까? 네가 자라면서 이런 의문이 들었을 때, 지금 이 페이지의 내용들이 그 힌트가 될 수도 있을 것 같다.

첫째, 아빠는 한 번에 몰아서 일하는 시스템을 만들었다.

예를 들어서, 일주일에 한 번, 한 달에 한 번 강의를 하거나 중요한 미팅을 하거나 세일즈를 하는 식이다. 사업 코칭을 한다고 하면, 일주일에 한 번 짧게 통화 나누면서 상대의 문제를 파악한다. 그리고 문제에 대한 해결책을 같이 고민하고 그 문제를 해결하는 데 필요한 미션을 정한다. 중간중간 궁금한 게 생기면 카톡으로 질문을 받지만 웬만하면 정해진 미션 진도 나가는 것에 초점을 맞추고 정해진 일정에 다시 진도를 정해서 직접 액션을 취하도록 한다.

아빠가 정해진 일정만 소화해도 나머지 시간 동안에 상대의 문제가 해결되고 진도가 나갈 수 있는 방식이다. 일반적으로 한 달에 한 번, 일주일에 한 번 일정을 최소로 잡아 놓고 그때만 몰입하면 될 수 있도록 해놨기 때문에 다른 신경 쓰지 않을 수 있었고, 그런 흐름에 무의식적으로 맞춰서 오랜 시간이 지나다 보니 이 방식으로 성과를 내는 데 익숙해졌다.

둘째, 아빠가 특별하게 잘하는 것만 고집했다.

아빠는 배우는 걸 무척 좋아한다. 그리고 혼자서 문제 해결을 하고 주변에 그것을 전파했을 때 쾌감을 얻다 보니 다양한 문제 해결 능력과 기술을 자연스럽게 습득하게 되었다. 책쓰기 강의,

마케팅 강의, 홈페이지 제작, 영상 제작, 카드뉴스 제작, 아이템 고도화, 비즈니스 모델 설계, 카피라이팅, 자동화 퍼널 설계, 뉴스레터 설계 등등 무자본 창업 성과를 만들기 위한 과정에서 아빠 혼자 커버할 수 있는 영역이 무척 많아졌다.

하지만 이 가운데서 아빠가 제일 잘하는 것에만 집중했다. 그것이 콘텐츠 제작과 이를 활용한 마케팅 자동화 분야다. 아빠는 어떤 낯선 아이템이라도 누구보다 거기에 필요한 콘텐츠 기획을 잘할 자신이 있고, 고객 유입을 만들기 위한 마케팅 퍼널 설계를 할 수 있다.

잘 모르는 분야면 모르는 대로 고객 입장에서 풀어가면 되었고, 아는 분야면 아는 대로 기존 고객 반응을 찾고 기획하면 되었다. 재미난 사실은 실제 사업을 하고 계시는 분들은 스스로 어떤 능력을 지니고 있고 본인 아이템으로 어떤 콘텐츠를 만들어낼 수 있는지 잘 모르는 경우가 많았다는 것이다. 아빠는 그런 분이나 기업이 가지고 있는 잠재능력을 끄집어내서 고객에게 필요한 콘텐츠로 기획을 하면 좋은 반응을 얻을 수 있었다. 왜냐면 대부분 이런 고민을 잘 안 하는 경우가 많았기 때문이다.

아빠가 잘하는 것에 집중하고 나면 훌륭한 디자이너, 개발자, 마케터분들과 협업을 하면서 더 발전시키면 된다. 즉 아빠가 전체적인 콘텐츠 기획과 퍼널에 대해 큰 방향을 풀어나가면 실무적인 부분을 도와줄 수 있는 팀이 있는 곳과 협업하거나, 팀이 없어도 자금이 있어서 프리랜서를 고용할 수 있는 곳이면 상관이 없었다.

보통은 콘텐츠를 활용해서 고객 유입을 만드는 자동화 퍼널 설계를 하고 싶어 했기 때문에 아빠는 전체 방향 설계를 하고 진행하면서 중간 피드백만 하면 되는 방식으로 일을 할 수 있다. 고객 유입이 되는 부분은 설계에 의해 자동으로 진행되기 때문에 지속적으로 관여하는 게 적어도 유의미한 성과를 만들기 좋은 형태다.

그러다 보니 상대적으로 업무를 하는 데 시간과 공간의 제약이 없다. 이것저것 애매하게 손을 댈 수도 있지만 시공간 제약을 가장 덜 받으면서, 창의성을 요하는 핵심 파트를 캐치하고 경험이 쌓일수록 부가가치가 기하급수적으로 높아지는 쪽으로만 집중했다. 다른 업무들에도 욕심부렸으면 아빠가 지금 하는 핵심업무에 대해 제대로 인정받기 어려웠을 거다. 그래서 진입장벽이 높고, 대부분의 기업이 필요로 하는 광고비와 인건비를 절감할 수 있는 부분만 집중해서 능력을 키웠다.

몇 년간 다양한 사업군에서 이런 문제 해결 사례를 만들다 보니 다른 사람이 한 달 해야 할 고민을 10분 만에도 풀어낼 수 있었다. 여러 가지 일을 다 잘할 수 있을 것 같은 욕심이 있어도 하나를 좁게 파고 들어야 하는 이유다. 그것이 아빠의 전문성을 만들었고, 누구도 대체 불가능하게 만드는 요인이 되어서 아빠가 시간과 공간에 상관없이 원하는 일을 선택할 수 있는 조건이 만들어진 거란다.

셋째, 아빠의 사상을 적극적으로 응원해주는 분들 위주로 함께 일을 한다.

아빠는 육아를 하면서 영감을 얻고 창의성을 유지할 수 있다고 공공연하게 책과 강의에서 외쳐오고 있다. 어떤 분은 그냥 콘셉트라고 생각할 수도 있지만 아빠의 이런 목소리에 무척 공감하는 분들도 많았다.

물론 이런 외침을 오래 지속해왔고, 실제로 그것을 증명하는 행동을 꾸준히 하면서 지금 같이 너를 위한 책도 쓰고 있기 때문에 더 인정해주고 알아봐주는 분들이 늘어났다.

그래서 아빠의 라이프 스타일에 대한 이해를 바탕으로 업무 제안을 주시는 분들하고만 일을 진행하기 때문에 지금처럼 너와 시간을 오래 보내는 데 지장을 받지 않고 일을 할 수 있다.

"그건 인맥이 많아서 유리한 거 아닐까요?"

반은 맞고, 반은 틀리다고 말할 수 있다. 아빠가 만약 지금까지 알고 지내는 사업가분들과 일을 한다면 더 크고 많은 일을 벌일 수 있을 거다. 하지만 아빠의 이런 집돌이 성격을 이해해주고, 본인 역시 가족과의 시간을 소중히 여겨서 술자리나 불필요한 미팅 자리를 안 만드는 분을 만나기는 어렵다.

인맥보다는 꾸준히 아빠의 육아관이나 라이프 스타일을 적극적으로 노출해왔기 때문에 가능한 일이다. 술자리도 안 나가고 미팅도 잘 안 나가는 것은 일반적으로 인맥을 쌓는 것과 반대되는 행동이니 인맥 덕분이라고만 할 수는 없다. 실제로 아빠는 이런 라이프 스타일을 존중해주는 분들하고만 주로 가까운 인연을 맺고 있어서 오히려 인맥이 좁은 편에 가깝다.

아빠는 이상적인 삶의 방식을 설정해두고, 그렇게 사는 데 필요한 전략들을 하나씩 찾고 실험하면서 지금의 라이프 스타일을 만들어왔다. 이렇게 사는 게 정말 가능하다는 것을 증명하면서, 이런 라이프 스타일을 존중해주고 아빠의 전문성을 인정해주는 분들이 나타나 계속해서 기회를 얻게 된 것이다.

단기적 수익으로 끝나는 경우, 지분으로 받는 경우, 꾸준히 수익을 나누는 경우, 정해진 돈을 꼬박꼬박 챙겨주시는 경우, 혹은 아빠가 역으로 투자하는 경우 등 정형화된 방식은 없지만 아빠는 지금 너와의 일상을 지키면서도 업무 부담을 최소화하고 일을 더 늘려가도 괜찮은 구조를 만들었다는 것에 큰 자부심을 느끼고 있다.

끝으로 이것만은 기억해줬으면 좋겠다. 아빠가 처음부터 이런 능력이 있어서 너와 시간을 많이 보내게 된 게 아니라 너와 시간을 많이 보내고 싶어서 지금 같은 능력을 개발했다는 것을 말이다.

2

아빠는 무자본 창업을 찬양한다

무자본 창업이라는 단어는 아빠에게 애증의 단어다. 요즘 무자본 창업에 도전한다는 이야기나 무자본 창업 교육을 한다고 하면 대부분 고개를 끄덕이며 낯설지 않게 받아들인다. 무자본 창업이라는 단어가 사람들의 시선에서 이상하게 보이지 않는 세상이 된 것이다.

2013년 아빠는 기존에 여러 창업 경험이 있던 분과 무자본 창업을 전파하는 회사를 설립했다. 무자본으로 창업할 수 있는 아이템과, 무자본 창업을 해야 하는 이유, 무자본 창업을 할 때의 마인드 세팅, 실제 사례 등을 교육하기도 하고 기획한 아이템을 바탕으로 법인을 계속 만들었다.

당시 무자본 창업이라는 단어를 들은 사람들은 보통 "다단계 하시는 건가요?"라고 거의 되물었다. 이미 머릿속에 안 좋은 인식을 가지고 질문을 하다 보니 그에 대한 아빠의 답변들은 상대의 귀에 닿기 전에 허공에서 흩뿌려지는 것처럼 보였다.

하나둘씩 무자본 창업으로 돈을 버는 사례들이 생기고 첫 번째 책이 인기를 끌면서 그나마 아빠가 하는 사업을 이해하는 분들이 늘어났다. 하지만 무자본 창업이라는 단어가 대중에게 친근해질 때까지는 훨씬 더 많은 시간이 걸렸다. 그 시간 동안 울고 웃었던 아빠의 모습이 잠시 스쳐가는구나.

지금 무자본 창업이 이토록 대중화된 데는 최근 몇 년간 자본을 적게 들이면서 사업하는 방법을 알려주는 유튜버가 많이 늘어난 영향이 크다. 무리하게 자본을 들여 창업해도 망하거나 돈을 못 벌 수 있다는 것을 알게 된 사람들이 늘면서, 무자본 창업에 대해 마음을 여는 분들이 더 늘어나기 시작했다.

아빠는 이런 유행이 얼마나 반가웠는지 모른다. 일단 대중에게 창업에 대한 문턱이 낮아지고, 가볍게 창업을 대하는 분위기가 좋았다. 무리하게 창업하는 사람들도 적어질 테니 큰돈을 써서 창업했다가 망해서 가정이 힘들어지는 사례도 줄어들 거란 기대감도 생겼다. 이것은 실제로 아빠가 무자본 창업 교육을 하면서 가지고 있던 사명이기도 했기 때문이다.

짧게 이야기했지만 나름 무자본 창업에 대해 오래 고민하고 치열하게 사례를 만들었던 사람 중 한 명으로서 무자본 창업에 관심 있는 분들과 같이 나눌 만한 화두를 정리해봤다.

첫째, 자본이 적게 드는 것만이 무자본 창업일까?

아빠는 아니라고 말한다. 이렇게 정의하면 무자본 창업의 범주가 너무 좁아지기 때문이다. 현재는 초기에 자본이 적게 드는 온라인 강의 제작, 전자책 제작, 콘텐츠 제작 같은 지식 창업이 무자본 창업의 전부처럼 보인다.

하지만 단순히 비용이 적게 드는 지식 창업의 영역만 무자본 창업이라고 정의해버리면 아이템 선정에 한계가 생기고, 그만큼 경쟁률도 높아질 수밖에 없다. 실제로 현재 무자본 창업을 한다고 하는 사람들의 아이템은 서로 겹치기 일쑤다. 서로의 책과 강의를 참고하다 보니 더더욱 비슷한 아이템들이 넘쳐난다. 심지어 남의 지식을 그대로 옮겨서 자기 것처럼 파는 사례도 늘고 있다.

계속 새로운 시장이 생기고, 나눠 먹을 수 있는 파이가 커져야 무자본 창업에 도전하는 사람들의 만족도가 올라갈 텐데 지금은 그것과 거리가 먼 상황으로 보인다. 아빠가 말하는 무자본 창업은 초기 비용 상관없이 자신이 하고 싶은 아이템을 미리 돈을 받고 판 다음, 그 돈으로 제품을 만들고 서비스를 제공하는 방식이다. 이런 관점으로 접근해야 무자본 창업에서 사업 아이템의 제약이 사라지기 때문이다.

과거에 썼던 여러 책에 무자본 창업에 대한 아빠의 생각을 풍성하게 담았지만, 무자본 창업을 지식창업에 한정하는 좁은 관점은 꼭 한 번 더 짚고 싶었다. 실제로 아빠가 사업 파트너분과 무자본 창업 아이템을 만들거나 사업체를 설립할 때는 오프라인 사업부터, 제품 판매까지 누가 봐도 비용이 드는 사업들로 무자본 창업을 했었다.

둘째, 무자본 창업은 사기와 딱 한 끗 차이다.

무자본 창업은 돈부터 미리 받고, 제품과 서비스를 제공하는 약속을 하는 것의 반복이다. 그러다 보니 만약 돈을 받고 약속을 제대로 지키지 않는다면 흔히 말하는 사기가 된다.

그래서 자신이 얼마나 약속을 잘 지킬 수 있는지, 현재 어느 정도로 감당할 수 있는지 파악하면서 무자본 창업에 도전하는 것도 나쁘지 않다. 왜냐하면 자신을 과대평가해서 지킬 수 없는 약속을 하고 나서 낭패를 보는 경우를 많이 보기 때문이다.

사실 자신이 할 수 있는 것보다 더 큰 것에 도전하는 것은 의미가 있다. 그럼에도 불구하고 관계 속에서 약속을 지키고 어기고 하는 과정을 제대로 겪어보지 않은 사람이 근거 없는 자신감으로 무리한 약속을 남발하다가 약속을 못 지키고 뒷마무리를 못 해서 평판이 바닥으로 가는 일은 안 벌어지는 게 낫다.

그렇기 때문에 작은 약속부터 지킬 수 있는지 테스트해 보면서 중간 단계를 거쳐가며 점점 크게 도전해보는 것을 추천한다. 잠재고객에게 신뢰를 쌓고 큰 약속을 할 수 있게 돕는 역할을 하는 게 콘텐츠이기 때문에 아빠는 사업을 하는 사람들에게 콘텐츠 제작을 계속 권하고 있는 것이다.

말로만 아이템이 좋다고 하고, 믿어달라고 하는 것은 신뢰를 얻기 힘들다. 말이 아닌 실제로 보여준 행동만이 증명할 수 있다. 그렇게 보여줄 수 있는 행동 중 가장 효율적인 건 자신이 하는 사업과 관련해서 성장하는 모습을 블로그, 유튜브에서 계속 콘텐츠로 기록하는 것이다.

자신의 사업과 관련해서 잠재고객에게 도움이 되는 정보를 지속적이고 정기적으로 발행하면 시간과 함께 복리로 쌓이며, 고객들의 거대한 신뢰로 돌아온다. 이렇게 콘텐츠를 발행하면서 솔직한 모습과 정보를 진달하다 보면 실수를 하는 때도 생긴다. 하지만 그 덕분에 실수를 만회할 기회가 충분히 주어진다. 진정성 있게 사업 하는 모습을 콘텐츠 발행으로 증명해왔기 때문에 이런 주체가 하는 사과에는 힘이 있다.

그래서 무자본 창업 하려는 사람은 필수적으로 콘텐츠 제작을 해야 한다. 당장 돈 벌기 위해서 콘텐츠를 만드는 게 아니라 신뢰를 쌓기 위해서, 사기꾼으로 몰리지 않기 위해서 콘텐츠를 만들어야 한다.

여전히 과거 자신이 겪었던 힘든 이야기를 스토리텔링으로 구성하고 반짝 돈을 벌었던 통장내역을 인증하면, 많은 사람의 신뢰를 얻고 돈도 벌 수 있는 상황이다.

하지만 앞으로는 돈이 벌리든 안 벌리든 꾸준히 자신의 잠재고객을 위해서 콘텐츠를 발행하면서 도움을 준 사람이나 브랜드가 아니면 진정성과 신뢰를 어필하기 어렵게 될 것이다.

셋째, 무자본 창업은 학생 때부터 배워야 한다.

학생인 자녀가 창업할 거라고 말한다면, 부모는 공부나 열심히 하고 안정된 직장에 가라고 권하는 비율이 아직은 많을 것이다. 직장에 가는 게 나쁜 것은 절대 아니지만, 언젠가 은퇴하는 나이가 되거나 혹은 내 의도와 상관없이 퇴사를 해야 하는 상황도 온다.

그런 상황에 갑자기 직장에 의존하지 않고 홀로서기를 준비하는 것은 매우 늦다. 사실 늦다기보다는, 그렇게 되면 사람이 조급해져서 제대로 된 판단을 잘하지 못하고 위축되어 과감하게 도전하지 못한다.

언제든 내 몸 하나만 건사하면 무자본 창업으로 먹고살 수 있다는 자신감을 가진 사람들이 아빠 주변에 계속 늘어나고 있다. 시행착오를 많이 거치지만 이런 마인드가 탑재되었을 때 심적으로 매우 편안한 상태에서 직장을 다니기도 하고, 자유로운 프리랜서로 일을 하면서 제 성과를 낸다.

"살면서 뭘 해도 굶어 죽을 일은 없을 것 같아요."

무자본 창업을 하면서 성과를 내다가 이런 말을 하는 단계가 오면, 그때부터 진짜 자유로 향하는 단계가 시작되는 거라고 아빠는 생각한다. 이런 자신감은 단순히 회사 생활을 오래 한다고 생기는 게 절대 아니다. 이런 생각은 마음에 꽤 두꺼운 안전 쿠션을 깔아준다. 어떤 선택을 하든 여유를 가지게 만들어준다.

무자본 창업에 도전해서 자신의 힘으로 돈을 벌어보면 마음의 안정감을 얻고, 무리한 선택을 감수하지 않게 되고, 시간이 갈수록 점점 행복해지는 사람이 될 수 있다. 아빠는 그렇게 변해가는 분들을 계속 목격하고 있다.

학생일 때 공부만 잘하면 나중에 별문제가 없을 거라는 기대감, 직장에서 열심히 일해서 승진하면 별문제가 없을 거라는 기대감, '사' 자 직업을 가지면 순탄한 인생을 살 거라는 기대감을 일찌감치 내려놓도록 돕는 게 현실적으로 필요하다고 생각한다. 그 가운데 어디에도 의존하지 않고도 돈 벌 수 있는 무자본창업을 학생 때부터 배워야 한다고 보는 것이다. 사회와 학교가 원하는 공부만 잘 따라가고 성적을 잘 받으면 장밋빛 미래가 온다는 허황된 기대감을 네게 주고 싶지는 않다.

오히려 그런 길을 누구보다 훌륭하게 따랐어도 장밋빛의 눈물이 멈추지 않는 경우를 더 많이 보았다. 허황된 기대감을 뺏은 대신 다른 대안들을 네가 잘 만나볼 수 있게 아빠는 무자본 창업으로 많은 실험을 해왔고, 지금도 하고 있단다. 그리고 계속 기록으로 남기고 사람들에게 전파하고 있다.

아직 어려서 잘 모르겠지만, 네가 참여해서 이미 수익을 발생시키는 무자본 창업 아이템도 있단다. 너와 앞으로 이런 이야기를 더 자주 나눌 일이 많을 것 같아 무척 기대된다. 아빠의 무자본 창업 찬양 이야기가 지루했을 텐데 끝까지 잘 들어줘서 고맙다. 그리고 지금 너는 무자본 창업에 대해서 어떻게 생각하고 있는지 궁금하구나.

3

돈 되는 아이템으로 차별화하고 싶을 때 보거라

"빨리 돈 되는 아이템 좀 알려주세요."

이런 질문도 단골 질문 중 하나다.

지금 돈 좀 번다는 사업 아이템 중엔 그 시작이 무척 초라했고 대중의 관심도 적었다는 사실을 아는 사람은 별로 없는 것 같다.

시작하자마자 돈 잘 벌 수 있을 것 같은 아이템은 경쟁이 치열한 게 당연하다. 그런데도 돈 되는 아이템이라는 말만 듣고 창업했다가 생각보다 높은 경쟁의 벽 앞에서 후회만 하다 사업을 접는 경우가 허다하다.

지금 블루오션인 아이템을 시작할 때는 검증이 덜 된 것 같아서 불안해한다. 그런데도 용기를 내서 창업했다가 생각보다 차가운 시장의 반응에 한숨만 쉬다가 사업을 접는 경우도 허다하다.

경쟁이 치열한 아이템으로 창업해서도 차별화를 만들면서 자기만의 브랜드를 알리는 창업자가 있고, 아직 시장 형성이 안 된 아이템으로 창업에 뛰어들어 얼리어답터 팬들을 만들면서 시장을 더 키우는 사람이 있다.

돈 되는 아이템만 찾고, 아이템에 의존하는 마음이 크다면 원하는 결과를 내지 못할 확률이 높다. 돈 되는 아이템만 찾는 창업자는 자신의 인생으로 만들 수 있는 레버리지를 외면하고 있는 상황이기 때문이다.

창업을 하면 초반에 창업자가 아이템을 이끌고 나가는 노력이 필요하다. 어떤 아이템이든 그 시장에서 창업자의 매력과 철학으로 포장을 해서 더 가치 있게 만드는 노력이 필요하다. 배달의 민족이 길거리의 전단지를 주우며 거기 나온 정보를 가지고 배달앱을 만든다고 했을 때, 사람들은 집에 '상가로' 같은 광고 소책자로 주문하면 되는데 왜 배달앱이 필요하냐고 되물었다. 당연히 이런 아이템으로 돈 벌 수 있다는 기대감도 적었고 배달 시장 자체도 작았다.

하지만 불필요하게 만들어지고 버려지는 종이 쓰레기를 줄이고, 전화 통화 자체를 불편해하는 세대가 주문을 편하게 하고, 배달 안 되던 맛집도 배달로 먹을 수 있게 만들겠다는 창업자의 의지가 결국 돈 되는 아이템을 만들었고, 시장을 폭발적으로 키웠다.

물론 당장 투자받기에 좋은 인맥이 있고, 큰 자본과 훌륭한 팀으로 큰 시장에 뛰어들어서 돈 되는 아이템으로 대박을 내고 빠르게 투자금을 회수하고 큰돈을 버는 경우도 있다. 하지만 이건 흔한 케이스가 아니다.

투자자들도 바보가 아니기 때문에 억 소리 나는 돈을 아무에게나 투자하지 않는다. 적어도 자기 색깔과 철학 없이 돈 되는 아이템만 좇으면서 이 분야, 저 분야 기웃거리기만 하는 사람이나 팀에게는 특히 기회가 오기 힘들다.

차별화를 하면서 돈 되는 아이템을 만드는 것도, 시장을 키우는 것도 창업자의 철학과 결부되어 있다는 말을 하는 것이다. 당장 돈이 안 되더라도 내가 오래 겪은 불편함을 개선해야겠고, 내 가족을 위해서 끝까지 붙잡고 해결해야 한다는 강력한 다짐과 그 가운데 탄탄해진 철학이 결국 돈 되는 아이템에 도달하게 만든다.

스마트스토어 창업을 한다고 했을 때도 마찬가지다. 트렌드에 맞춰서 돈 되는 아이템을 운 좋게 선정해서 대박이 날 수 있다. 하지만 이런 정보는 사업자들에게 금방 소문이 난다. 그러면 더 저렴하게 판매할 수 있고, 더 광고를 많이 할 수 있는 곳이 나타나서 경쟁이 치열해지고 이전처럼 돈 벌기 어려워진다.

누구나 돈 버는 아이템이 어느 순간 돈 못 버는 아이템이 되는 것은 한순간이다. 여기서도 창업자의 인생과 철학이 녹아 있어야 차별화가 되고, 누구보다 끝까지 아이템을 붙들고 있을때 함부로 따라 하기 힘든 아이템으로 키워낼 수 있다. 프로그램을 사용해서 판매 물건을 대량 등록하거나 매일 10시간씩 수동으로 아이템 등록하는 일만 반복해서 불특정 다수에게 특색 없이 파는 방식으로 매출을 많이 올릴지는 모르겠다. 하지만 브랜드를 키우기 어렵고, 단골 고객 만들기 어렵고, 경쟁에서 우위에 서기 어려워진다. 그러다 보면 이전에 벌었던 돈을 까먹는 것도 한순간이다.

돈 되는 아이템으로 보이던 게 막상 내가 해보면 돈이 안 되기도 하고, 돈 안 되는 아이템인데 어떤 사람이 하느냐에 따라 대박 아이템이 되기도 한다. 다시 한번 이 문장을 보면서 말하는 바를 잘 느껴보길 바란다. 돈 되는 아이템만 쫓아다니기 전에 이전에 내가 살았던 삶, 지금 살고 있는 삶으로 레버리지를 어떻게 만들지 고민을 할 때 차별화가 생긴다.

"저는 아무리 생각해도 제품을 차별화시킬 만한 무기도 없고, 그런 인생을 살지도 않았어요."

이렇게 말하는 분도 딱 30분만 이야기 나눠보면 자신이 얼마나 많은 차별화 포인트를 가지고 있는지 발견할 수 있다. 하지만 애초에 자기 인생에는 그런 포인트가 아예 존재하지 않는다고 철석같이 믿고, 아무런 시도조차 안 하는 경우가 더 많다는 것을 잘 알고 있다.

존재 자체로 인정받는 경험이 없고 오직 성적·학점·자격증 같은 것으로만 평가받으며 평생을 살아왔기 때문에, 수치화할 수 있는 부분이 상대적으로 적으면 자기 인생에 대해 회의적으로 생각하기 쉽다.

이전과 다르게 원하는 삶을 살려면 완전히 다른 관점을 가지고 자신의 차별화 포인트를 발견해야 하는데, 과거 프레임에 갇혀서 스스로를 괴롭히고 평가절하하며 살아가는 사람들이 너무나 많다. 설령 스스로 차별화 포인트가 없다고 믿어도 지금부터라도 그런 포인트를 만드는 노력을 하면 된다. 그리고 과거에서 탈피한 새로운 인생을 살아가면 된다.

내 아이의 피부가 너무 민감해서 아무 비누나 사용하면 안 될 때 어떤 아빠는 논문을 뒤지고, 제조업체에 전화를 돌리고, 공장을 찾아다니면서 제품을 직접 테스트해 보고 개선하면서 과거에 없던 자기만의 차별화를 만들어낸다. 이 아빠가 화학전공을 했거나, 화장품업에 종사했다거나 하는 과거가 없어도 얼마든지 새롭게 차별화를 만들어낼 수 있다. 누가 법으로 막은 것도 아니다. 이런 진짜 스토리들이 차별화를 만든다.

당연히 처음부터 잘되지는 않을 거다. 과거를 그렇게 살지 않았으니까. 어떤 날은 공장 미팅에 갔는데 바람맞는 날도 있을 것이다. 그런 날 스스로를 위로하는 이야기를 담은 블로그 포스팅 하나 툭. 어떤 날은 피부 테스트를 하는데 피부가 빨갛게 반응하는 것을 본 날, 시행착오를 기록하는 유튜브 영상 하나 툭. 이런 게 쌓여서 아무도 따라오지 못하는 차별화되고 돈 되는 아이템을 만든다. 대단한 일을 하라는 게 아니라, 누가 봐도 사업 아이템에 애정이 있는 행동을 지속하라는 것이다.

누가 봐도 돈 되는 아이템이라고 드러난 것들에 관심을 가질 때는 한 발 떨어져서 볼 필요가 있다. 나는 저 아이템이 돈 되는 아이템이 되는 단계까지 가는 데 얼마나 기여했는가? 혹은 앞으로 얼마나 기여할 생각이 있고, 그만한 동기부여가 되는 아이템인가? 이런 질문에 대해서 작은 확신이라도 들면 시도해도 좋다.

아무리 생각해도 답변이 잘 안 나온다면 그것은 나에게 금방 신기루처럼 사라질 아이템이다.

돈 되는 아이템만 쫓느라 정신 없어도 이런 책을 볼 때마다 한 번씩 빠져나와서 스스로 돌아보는 시간을 가져보길 바란다.

'돈 되는 아이템이라고 말해도 쉽게 돈이 되는 것만은 아니구나.'

'결국 내 진정성이 전달돼야 차별화가 되고 롱런할 가능성이 생기는구나.'

'나(회사)한테서 사야 할 명분을 끊임없이 만들어야 하는구나.'

자신의 생각과 아이템이 발전하는 과정을 기록으로 남겨라. 시간이 지나 어느 순간 돌아봤을 때 그게 차별화를 만들고 브랜딩을 해주고 있을 것이다. 그 과정에서 내 제품과 서비스를 구매하는 고객이 점점 늘어난다. 그리고 그들에게 감사하는 마음을 진심으로 표현하는 가운데 단골이 늘고, 그들이 대신해서 홍보를 해주고 사업은 건강하게 확장된다.

"맞는 말이긴 하지만, 너무 어렵게 느껴져요."

당연하다. 돈 되는 아이템을 찾거나 만드는 과정은 어렵게 느껴져야 맞는 거다. 그래야 경쟁자들이 함부로 쫓아오지 못할 테니까. 그 과정이 어려워 보이면 어려워 보일수록 거기에 진짜 돈 되는 아이템이 기다릴 확률이 높다.

그러니 이제는 누굴 만나 돈 되는 아이템 뭐 있냐고 가볍게 물어보지 말자.

"내가 지금 이런이런 스토리를 만들면서 이런이런 아이템을 구상 중인데요. 돈은 빨리 벌어야 하는 상황입니다. 이 상황에서 제가 해야 할 것과 안 해야 할 것은 무엇이 있을까요?"

적어도 이 정도는 설명을 해야 의미 있는 답변을 들을 수 있다.

돈 되는 아이템을 좇으면서 시작하는 사업 여정은 그다지 즐기기가 어려워 보이더구나. 아이템을 선정할 때, 돈이 되는지 안 되는지도 물론 중요하지만, 시작할 때는 그에 대한 판단을 제대로 하기 정말 어렵다.

이왕이면 마음이 계속 가서, 안 하면 못 견딜 것 같아서, 심장이 두근거려서 하고 싶은 아이템이 있으면 돈이 안 될 것 같아도 일단 시작해보길 바란다. 잘되든 안되든, 돈 되는 아이템을 좇아다니는 과정보다는 훨씬 더 많은 성장을 할 것이기 때문이다.

언젠간 너만의 아이템을 가지고 같이 밤새 토론할지도 모른다는 생각을 하니 저절로 미소가 지어지는구나.

4

전 세계를 대상으로 사업하지 않을 이유가 없다

각계각층의 사람들이 사업에 도전하고 성장하는 과정을 돕는 일에서 희열을 느끼고 심지어 그 과정에서 매번 새로운 영감도 얻을 수 있다. 그래서 과분하다고 느낄 정도로 즐거운 일이다. 아빠가 실험한 노하우를 나누면서 더 많은 사람이 자신의 사업적 문제와 감정적 문제를 해결하면서 행복하길 바라며 해오고 있는 일이다.

언젠가부터 각자의 사업 노하우를 적극적으로 알리는 게 유행이 되었다. 그리고 더 적은 비용으로도 고급 사업 노하우를 빠르게 습득할 수 있는 환경이 조성되기 시작했다. 자연스러운 현상이지만, 안타까운 부분도 존재했다.

모두 비슷비슷한 사업 아이템과 같은 교육 내용으로 경쟁하기 시작했다는 것이다. 오리지널은 사라진 지 오래고 누가 잘 짜깁기해서 더 자극적으로 퍼뜨리느냐가 인정받는 척도가 되는 경우도 비일비재하다. 이런 식으로 경쟁이 치열해지면 살아남기 위해서 다음 차원으로 도약하는 사람도 있지만, 지저분한 경쟁에 환멸을 느끼고 사업에 대한 꿈을 접어버리는 사람도 생긴다.

그래서 아빠는 세계를 무대로 사업을 준비하라고 계속 이야기 해왔다. 아빠 역시 아마존 책 출간, NFT, 해외 블로그 운영, 해외 소프트웨어 파트너십 등의 비즈니스를 진행하면서 글로벌을 타깃으로 인력과 솔루션을 활용하는 테스트를 해보고 있다.

실제로 아빠가 NFT 프로젝트를 시작할 때 한국 시장은 염두에 두지 않았다. 해외 인력을 활용해서 디자인도 하고, 커뮤니티도 만들어 튀르키예인 매니저를 두고 커뮤니티 관리를 전담시켰다. 아마존 출간도 마찬가지다. 해외 에디터들과 협업해서 글 집필을 마무리하고 해외 디자이너들에게 책 커버 디자인을 맡기고, 영어책을 네 엄마와 함께 지속적으로 출간하고 있다.

특히 이 분야만큼은 엄마와 아빠가 천천히 오랜 시간 실험하고 개척해가는 분야로, 국내에서 엄마와 아빠만큼 아마존 책 출간 관련해서 디테일한 노하우를 가진 사람은 없을 거라 자부한다.

다양한 방식으로 50권 가까이 책을 출간했고, 앞으로 그 속도도 점점 빨라질 것이다. 상장사 회장님이나 유명 작가분도 우리를 통해 출간을 대행할 정도였다. 무리한 시간을 들이지 않고도 천천히 성장하면서 이런 단계까지 온 것도 글로벌로 시선을 돌렸기 때문이다.

아빠가 영어를 능숙하게 못 해서 번역기를 사용하는 등의 번거로움은 있지만 그럼에도 불구하고 어떤 사업이든 글로벌을 염두에 두고 설계하는 게 항상 옳다고 생각한다.

글로벌로 사업 진행할 이유는 너무나 많지만 두 가지로 정리하면 다음과 같다.

첫째, 경쟁을 초월할 수 있다.

아빠는 학창 시절부터 경쟁하는 게 무척 스트레스였다. 공부든 운동이든 이기기 위해서 애쓰는 것 자체가 곤욕스러웠다. 내가 하고 싶어서 하면 그냥 즐겁게 할 텐데 옆에 누군가를 누르기 위해서 하게 되면 그 순간부터 다 하기 싫어졌다. 반장 선거, 회장 선거에 나가게 됐을 때도, 주로 춤을 추거나 웃긴 말만 하다가 내려오곤 해서 선생님들을 곤란하게 만들었다. 그외에 경쟁이 싫어서 중간에 그냥 포기한 적도 자주 있었다.

사업을 하면서도 경쟁하는 게 싫었다. 그런데 경쟁에 진심인 사람들이 너무 많았다. 지기 싫어서 자신을 도와준 사람을 음해하기도 했다. 친한 사람이 가진 아이템의 비밀을 고스란히 빼돌리고 그걸 살짝 발전시켜서 자기 것처럼 키우고, 법정 공방에 휘말리면서까지 치열하게 경쟁하며 사업을 하는 경우도 있었다.

소리 없는 총성이 울리는 가운데서 누가 총을 덜 맞느냐, 혹은 더 맞고도 버티느냐 하는 싸움처럼 보였다. 그런 모습을 보면서 어차피 치열하게 경쟁해야 한다면, 글로벌에서 생판 모르는 사람들하고 경쟁하는 게 차라리 속 편하겠다고 생각했다.

실제로 글로벌로 눈을 돌리고 나면 한국에서 벌어지는 치열한 경쟁 압박에서 벗어나는 느낌이 들었다. 한 다리 걸치면 다 아는 사람들끼리 좁은 시장에서 경쟁하는 느낌이 덜하다 보니 훨씬 마음이 편하다. 마음 편하게 시도해볼 수 있다는 것은 아빠에게 굉장히 중요한 부분이다. 너도 혹시 주변과의 경쟁 때문에 마음이 불편하면 글로벌로 눈을 돌려보거라. 마음이 한결 편해질 수 있다.

둘째, 유연성이 높아진다.

한국에서 돈을 벌거나 직원을 모실 때는 단순히 돈 버는 것 이상으로 훨씬 더 신경 써야 할 것들이 많다. 돈 버는 데 집중하기만도 바쁜데 이런저런 서류 작업이나 채용을 하고 또 직원을 내보내야 하는 과정에서도 심적으로 부담되는 부분이 많이 생긴다.

한국도 점점 프리랜서 풀이 커지고 전문가들과 프로젝트 단위로 일을 하는 게 자연스러워지고 있지만 글로벌 시장에서는 훨씬 이전부터 이런 흐름이 존재했고, 그렇다 보니 좀 더 안정화된 부분들이 있다.

예를 들어, 프리랜서가 각자 일하는 동안에 스크린샷을 찍어서 공유해야 비용 지급을 해준다거나 하는 식으로 사업자 보호를 위한 장치도 균형 있게 존재한다. 또한 글로벌로 인재를 구하게 되면 뛰어난 능력을 가진 사람도 국가의 물가 수준에 따라 인건비를 적게 들이고 구할 수 있다.

실제로 몇 년 전에 엄마는 페이스북 페이지를 만들고 관리를 베트남의 마케터에게 맡겼는데 매달 20만 원 정도 비용으로 거의 매일 페이스북 콘텐츠 업로드와 댓글 응대 작업을 진행할 수 있었다.

실제로 페이스북 페이지는 성장했고, 최근에는 관리 안 한 지가 꽤 되었지만 지금도 계속 유입이 되고 있다. 놀라운 것은 당시 마케터가 그 돈으로 자기 동생들 뒷바라지 다 하고 집안 가장 노릇을 충분히 하고도 남아서, 오히려 고맙다는 말을 여러 번 들었을 정도였다는 것이다.

한국에서 비슷하게 업무를 진행했다면, 이 금액으로는 절대 못 했을 것이고 진행 중에도 여러 신경 쓸 일이 부가적으로 생겼을 거다.

일한 대가를 정당하게 지불받는 게 직원의 권리인 만큼, 대가를 누구에게 치를 것인지 선택하는 것은 사업하는 사람의 권리라고 생각한다. 이럴 때 글로벌에서 선택지를 찾으면 훨씬 더 유연한 결정이 가능하다.

이외에도 글로벌로 사업을 시작하면 좋은 이유는 많다. 심지어 영어가 서툴더라도 어떤 식으로든 도전을 해보면 좋겠다. 서툴러서 생기는 도전 의식이나 용기 같은 게 생기기 때문이다. 한국어로 서로 불만을 이야기하고 컴플레인을 하는 것은 심리적으로 부담이 있는데 영어로 하면 조금 더 직설적으로 이야기할 수 있어서 편한 부분도 있다.

이렇게 도전을 하다 보면 이 방식만의 매력을 하나씩 알게 되는 것 같다. 그리고 영어를 완벽하게 하지 않더라도 얼마든지 소통하고 진도를 나갈 수가 있다는 사실이 꽤 큰 자신감을 준다.

영어에 대한 장벽 때문에 사람들은 진입도 하기 전에 글로벌 사업에 대한 도전 자체를 접는 경우가 많다. 하지만 막상 시도해본 사람은 그 장벽이 생각보다 허술한 부분도 많다는 것을 알게 된다.

비용도 아끼고 경쟁의 부담도 덜하고, 시장도 더 큰 글로벌로 도전하는 것을 굳이 외면할 이유는 없는 것 같다. 이 글을 보고 나서 어떤 생각이 드는지 궁금하구나.

5

부지런히 일하려는 욕심을 버려야 성공한다

아빠는 약 10년간 꾸준히 다양한 콘텐츠를 만들어 왔다. 그리고 그렇게 만들어낸 콘텐츠의 양도 네가 상상하는 것보다 훨씬 많을 거다. 그래서 아빠가 쓴 《게으르지만 콘텐츠로 돈은 잘 법니다》라는 책을 본 몇몇 독자분들은 아빠가 절대 게으르지 않다고 말씀하시기도 했다.

게으름에 대한 정의가 사람마다 상대적이긴 하지만 실제로 방대한 콘텐츠를 오랜 시간 만들기 위해서는 여전히 게을러야 한다는 아빠의 입장은 변함이 없다.

부지런히 애쓰면서 콘텐츠를 만들면, 보통 한 달, 매우 길어야 1년 정도 지속하다가 완전히 번아웃이 오기 때문이다. 풀코스 마라톤을 하는데 전력 질주로 42.195km를 계속 뛸 수 있는 사람은 선수 말고는 거의 없다.

장거리를 완주하기 위해서는 힘도 빼야 하고, 자기 페이스를 잃고 무리하면 절대로 안 된다. 아빠가 만든 콘텐츠의 양이 방대해진 것은 무리해서 애쓰지 않고 가볍게 즐길 만큼 최소한으로 만드는 것을 지속했기 때문이다. 처음에는 한정된 시간 동안 만들어내는 콘텐츠의 양이 어림도 없이 적었지만 상관없었다. 아빠는 열정적으로 하면 빨리 지치는 편이었고 쉬지 않으면 지속할 수 없다는 사실을 경험으로 터득했기 때문이다.

남들처럼 중간에 슬럼프가 세게 올 만큼 콘텐츠를 부지런히 만들지도 않다 보니 별로 지치는 날이 없어 콘텐츠 제작을 오래 지속할 수 있었다. 이게 핵심이다. 중간에 지쳐서 멈추는 시간이 필요할 만큼 에너지를 쓰지 않다 보니 콘텐츠를 제작하는 감각이 1년, 2년, 3년 계속 유지가 된다. 그리고 그 감각은 복리로 상승하기 시작했다.

10년 가까이 이것을 반복하니 어떻게 하면 더 쉽고 편하게 콘텐츠를 만들지에 대한 아이디어가 자동으로 떠오르기 시작했다. 예전에는 4~5시간 걸리던 콘텐츠 제작 일이 30분 미만으로 걸리기 시작했다. 그렇다 보니 예전과 같은 시간 동안 콘텐츠를 만들어도 과거의 몇 배나 되는 콘텐츠 생산 능력이 생겼다.

아빠에게 이런 능력이 생겼을 때, 주변을 보니 과거에 애쓰면서 콘텐츠 만들던 사람들은 대부분 중도 포기를 하거나, 콘텐츠 제작을 쳐다보기도 싫어하는 상태에 가 있었다. 아빠는 그래서 게으르게 힘 빼고 콘텐츠를 만들어야 한다고 강조하는 것이다. 처음에는 진도가 나가는 것처럼 보이지도 않는다. 그런데 아주 작은 스텝이라도 조금씩 나아가면 시간이 지날수록 복리로 커지기 시작하는 순간이 온다.

중간에 성장이 단절만 안 되면 복리는 마법을 부린다. 애쓰고 부지런히 콘텐츠를 만드는 사람은 반드시 중간에 중단하고, 정체기를 오래 겪는다. 그러면 나중에 다시 처음부터 시작해야 한다. 그럴 바에는 게으름 피우면서 천천히 가고 중간에 단절되지 않도록 만드는 게 시간이 지났을 때 훨씬 더 크게 돌아온다.

이런 과정에서 반짝하고 떠오르는 아이디어들은 하늘이 주는 선물처럼 느껴지곤 한다. 예를 들어 아빠는 오래전부터 한 달에 한 번 라이브 방송을 유튜브로 하고, 그 영상 녹화한 것을 여러 편으로 편집해서 유튜브에 다시 올리고, 임팩트 있는 부분만 1분 미만으로 잘라서 숏폼으로 여러 채널에 올리는 식으로 운영했다. 그리고 이런 방법을 주변에 게으른 크리에이터 분들에게 전파했다.

이렇게 하면 라이브 방송 한 번으로 소통도 하고, 한 달에 올릴 수 있는 영상 개수를 꽤 많이 채울 수 있었다. 이렇게 영상 편집된 것들은 음성파일로 변환해서 음성 플랫폼에 업로드를 한다. 편집된 영상에 자막을 붙였으면 캡처를 해서 인스타그램에 게시물로 올리면 된다.

이 와중에 영상에 구독자의 질문이 달리는 경우가 있는데 답변하기 좋은 질문이 있으면 댓글로 일단 짧게 대답한다. 그리고 그렇게 아빠가 한 답변을 바탕으로 좀 더 떠오르는 생각을 블로그 같은 곳에 정리해서 텍스트로 발행을 한다. 댓글에 짧게 달은 답변이나 블로그에 정리한 글을 스마트폰으로 이미지 캡처를 해서 또 인스타그램에 게시글로 올릴 수 있다.

위에서 여러 채널에 다양한 형태로 콘텐츠를 생산하는 과정에서 쓰인 소스는 바로 한 달에 한 번 있는 라이브 방송이었다는 것을 기억해야 한다.

아빠가 게으르지 않고, 체력도 좋았다면 매번 다른 기획을 하면서 자주 다른 영상을 촬영했을 것이고, 각각 채널에 맞는 콘텐츠 템플릿에 맞춰서 제작을 별도로 진행했을 것이다. 그리고 점점 한계에 부딪혔을 것이다. 실제로 아빠가 함께 커뮤니티를 키우고 있는 순간랩도 이런 방식으로 콘텐츠를 무수히 많이 생산했다.

또 다른 사례도 있다. 유튜브를 꼭 하고 싶은데, 제대로 준비해야 한다는 생각에 오래 미뤄왔던 친구가 있었다. 사업이 바빠서 유튜브 촬영을 위한 시간을 빼는 것 자체에 대한 부담도 있었다. 아빠는 그 친구에게 한 달에 딱 2시간만 인터뷰를 하면 된다고 했다.

중간 중간 옷을 바꿔 입으면서 넉넉하게 2시간 동안 인터뷰를 했고, 그 영상을 8등분으로 나눠서 편집하도록 편집자분에게 맡겼다. 결국 한 달에 2시간 촬영하고, 일주일에 2번씩 한 달간 올라가는 영상으로 유튜브 채널을 키웠다.

장담하는데 부지런한 사람은 절대로 이런 방식으로 일하지 않는다. 자신이 게으른 것을 인정하는 사람만이 이런 방식을 선택해서 성과를 낸다.

한 달에 2시간 촬영하는 것을 두고, 부지런하다고 말하는 사람은 없을 거다. 대신 이런 식으로 하면 1년, 2년, 3년 무리 없이 할 수 있고, 그러면 영상이 엄청나게 쌓이고, 뒤로 갈수록 퀄리티도 높아지고, 촬영시간도 더 짧아지는 것이다.

이게 아빠처럼 게으른 사람이 콘텐츠를 방대하게 만들어서 사람들에게 "왜 이렇게 부지런하세요?"라는 말을 듣는 비밀이다.

콘텐츠 제작을 위해서 많은 공부를 하고 완벽히 준비하려는 사람은 콘텐츠를 지속적으로 만들 수도 없고, 효율적으로 만드는 자기만의 방법을 찾기도 어렵다. 너무 공부를 많이 해서 그 안에 갇히기 때문이다.

너도 동의하겠지만 오리지널 콘텐츠를 많이 가진 사람이 돈 버는 게 점점 유리해질 수밖에 없다. 당장 반응이 없더라도 즐기면서 오래 콘텐츠를 많이 만들다가 그중에 하나가 우연히 좋은 반응을 얻으면 다른 콘텐츠들도 덩달아서 주목을 받기 마련이다. 음악도 그렇고, 영화도 그렇고, 책도 그렇게 알려진다. 장기간 콘텐츠를 생산하면서 조금씩 조금씩 나아지다가 그것이 폭발하는 순간을 맞이하면서 이전의 노력까지 다 보상받는 이벤트가 벌어진다.

치열한 경쟁에서 처음부터 이기려고 애쓰다가 지쳐서 그 업계를 잠깐 떠난 사람은 설령 나중에 돌아오더라도 조급함에 더 애를 쓰기 마련이라 즐기기도 어렵고, 그래서 더 오래 하기도 힘들다.

그래서 아빠는 계속 사람들에게 제발 애쓰지 말라고 부르짖고 있는 것이다. 자신을 갈아넣으면서 치열하게 하는 것은 결과가 생각보다 좋지 않았을 때 "그래도 열심히 했잖아"라는 말을 들을 수 있는 위안거리밖에 되지 않는다.

즐기면서 오래 하면 당장은 아닐지 몰라도 좋은 결과를 향해 가게 되어 있다. 그 과정에서 계속 신선한 아이디어들을 만나고, 방향을 조정하면서 속도가 붙고, 원하는 성과를 향해 가게 된다.

콘텐츠 제작에 도전할 때, 질이 중요하냐 양이 중요하냐로 질문하는 분들이 계신다. 둘 다 중요하고 어떤 것도 배제할 수 없다. 그럼 어떻게 둘 다 취할 수 있을까? 앞서 이야기한 대로 게으르고 천천히 양을 늘려가는 방식을 선택하면 된다. 그래야 더 짧은 시간에 질 좋은 콘텐츠를 만들 수 있는 감이 생기고, 또 여유도 생긴다.

'왜 더 빨리 하지 않느냐, 왜 최선을 다하지 않느냐' 답답해하면서 너에게 채찍질을 가하는 사람들도 있을 거다. 그런 사람들은 천천히 즐기면서 복리로 성장하는 것의 위대함을 전혀 모르는 사람들이니 너는 너만의 속도로 즐기면서 가면 된다.

이게 아빠가 게으르게 콘텐츠를 만들어오면서도 왜 이렇게 많은 일을 하냐는 이야기를 듣게 된 비밀이고, 남들보다 몇 배 빠르게 콘텐츠 생산하는 법을 터득하게 된 과정이다. 보면서 떠오른 아이디어가 있다면 바로 책에다 메모를 해봐도 좋을 것 같다.

6

엄마가 2억 받으면서 사업할 수 있었던 이유

가진 돈이 없으면 사업을 할 수 없다는 게 상식이었던 적이 있었다. 그런 때에 아빠는 돈이 없어도 사업할 수 있는데 필요한 관점과 아이디어를 정리해서 주는 사업을 했다. 그 당시 네 엄마는 외국계 은행을 다니면서 한국 기업에 대한 투자를 서포트하는 업무를 했다.

하지만 엄마는 네가 태어난 뒤 고민을 하기 시작했다. 너와 시간을 더 보내기 위해서는 직장을 그만두는 선택을 해야 했기 때문이다. 실제로 회사에서 대체할 인력도 없고 승진을 하며 능력을 인정받고 있던 터라 직장을 그만두는 건 꽤 큰 용기를 필요로 했다.

아빠의 책을 보고 사업을 시작해서 돈을 벌거나 작가가 되거나 강사로 사는 길을 선택한 사람은 많았지만, 정작 곁에 있는 네 엄마는 커리어가 쌓인 직장을 쉽게 그만두기 어려웠다. 청춘을 바친 공부와 경력을 내려놓는 것과 동시에 앞으로 받을 거라 기대되는 복지와 연봉을 포기해야 하는 선택이었다.

하지만 처음 세상을 맞이하는 너와 오랜 시간을 보내고 싶은 엄마의 열망은 컸다. 아빠와 엄마는 많은 대화를 나눴고, 억만금을 주더라도 바꿀 수 없는 게 세상을 처음 경험하기 시작한 너와 오랜 시간을 보내는 것이라는 결론을 내렸다.

그런 결정을 하고 나서 네 엄마 역시 출퇴근 없이 하는 사업을 준비하기 시작했다. 아빠는 이전에 다른 분들에게 했듯이 엄마에게도 미션을 주고, 피드백하면서 사업 아이템을 하나씩 찾으며 실험해보기 시작했다.

사람들은 가족에게 무언가를 가르치는 게 쉽지 않고 많이 싸울 거라고 걱정했다. 다행히 싸우지는 않았지만 부담감도 있고 조심스럽다 보니 쉬운 과정은 아니었다.

다양한 분들의 창업 과정을 함께해서 꽤 자신이 있었는데, 막상 네 엄마와 이 과정을 진행해보니 스스로 부족함도 느끼고 동시에 성장하는 계기도 되었다.

그 과정에서 아빠가 고집부렸던 부분들도 좀 더 열린 마음으로 받아들이기 시작했다. 예를 들어 이전에는 정부 지원사업이 있다는 것을 알면서도 사람들에게 권한 적이 없었다. 왜냐면 고객을 설득하는 데 신경 쓰지 않고, 지원금을 받기 위해 계획서 작성만 하는 것은 진짜 성과를 만드는 데 방해가 된다고 생각했기 때문이다. 또한 지원사업에서 요청하는 서류 작업을 처리하고 교육받으러 다니느라 사업에 집중 못 하는 것도 마이너스 요소라고 판단했다.

하지만 네 엄마와 사업을 준비하면서 이 생각이 많이 바뀌었다. 아빠는 행정 처리와 재무 관리 능력이 꽝이었는데, 엄마는 전혀 그렇지 않았고 서류 처리에 대한 거부감도 덜했기 때문이다. 네 엄마는 오랜 직장 생활을 하면서 그런 처리에 매우 능숙했다.

애니메이션 제작 툴을 만든 해외업체와 파트너십을 맺고 영상 제작 사업을 시작한 엄마는 생각보다 빠르게 영상 제작을 능숙하게 하기 시작했다. 심지어 처음 해보는 일인데도 말이다.

행정 처리와 재무 관리에 능통한 엄마는 아빠에게 번거로운 일이 누군가에게는 쉬운 일이 될 수 있다는 것을 목격하게 해주었다. 같이 사업을 준비하면서 엄마의 특별한 장점을 다양하게 발견할 수 있었다. 그 와중에 복잡한 서류 관리가 많은 정부 지원사업에 도전해봐도 되겠다는 생각이 들었다.

정부에서는 창업을 권장한다. 왜 그럴까? 창업하고 돈을 버는 사람이 많이 생기면 세금을 걷는 데 도움이 되기 때문이다. 또 창업을 통해서 일자리 창출이 되면 취업률을 높이기 좋고 자연스럽게 또 세수에 반영이 된다. 수출을 하거나 글로벌 사업을 하면 외화를 버는 데 도움이 된다. 이러한 이유로 사업을 진지하게 하려는 사람이 있다면 정부는 적극적으로 돕는 편이다. '천'은 물론이고 '억' 소리 나는 지원금을 주면서 말이다.

당연히 이런 지원을 악용해서 가짜로 사업계획서를 만들고 돈을 유용하는 재빠른 사람들이 많아질 수밖에 없다. 그래서 가짜로 사업하는 사람들을 걸러내기 위해 여러 심사 과정이 존재한다.

네 엄마는 그 과정을 여러 번 통과했고 약 2억의 돈을 지원받으며 창업 이후 매년 억대 매출을 올렸다. 지원금을 이렇게 받을 수 있었던 중요한 이유는 진짜로 사업을 하고 진짜 고객을 만나면서 돈을 벌었고 채용을 했기 때문이다. 지원을 받고 실제 매출도 만들고 세금도 많이 내면서 성과를 냈기 때문에 지속적인 지원을 받을 수 있었다.

돈을 지원해주는 기관 입장에서는 항상 우려하는 부분이 있다. 돈을 지원했는데 성과를 내지 못하는 경우가 많아지는 것이다. 실제로 지원받은 돈으로 매출을 못 만드는 경우도 비일비재했다.

너무 당연한 이야기 아닌가 하는 생각을 할 거다. 맞다. 당연한 이야기를 하는 것이다. 하지만 당연한 것도 채우지 못하고 가짜로 승부 보려는 사람들이 있기 때문에 오히려 제대로 사업을 하려는 사람에게 기회가 있다. 하지도 않을 사업을 돈 받기 위해서 하는 것처럼 꾸미거나, 창업과 폐업을 반복하면서 지원받기 유리한 형태로 계속 아이템을 바꾸고 도전하는 경우도 많다는 것을 지원사업에 참여해보며 알았다. 진짜로 지원사업에 뛰어들어서 경험하지 않았다면 제대로 모르고 그냥 넘겨짚었을 내용이다.

이런 가운데 네 엄마가 여러 번 지원금을 받으며, 복잡한 문서 처리도 하고, 사업 운영을 무난히 할 수 있었던 이유들은 다음과 같다.

첫째, 콘텐츠로 홍보하면서 불필요한 광고 집행을 줄였고 그 때문에 광고 관리에 드는 에너지가 적었다. 지원금을 받으면 그 돈으로 광고 회사를 통해 시험삼아 광고 집행을 해보는 정도였다. 그래서 가장 중요한 일인 영상 제작에만 집중할 수 있었다.

둘째, 콘텐츠를 제공하는 사업을 했기 때문이다. 실제로 물건이 유통되는 사업을 했을 때는 상대적으로 문제가 발생할 수 있는 포인트가 많다. 배송상 문제가 생길 수도 있고, 제품 검수가 제대로 안 돼서 문제가 생길 수도 있다. 이때 반품이나 환불이 진행되면 그 절차를 커버하는 게 골치 아프다. 하지만 영상 콘텐츠를 제공하며 수정하는 일은 그에 비해 상대적으로 대처하기가 훨씬 좋다. 그래서 시간적인 여유가 또 생긴다.

셋째, 만족한 후기를 압도적으로 많이 받았기 때문이다. 경쟁 업체에 비해 후기들을 압도적으로 많이 쌓았기 때문에 굳이 고객을 설득하는 데 시간을 많이 보내지 않았다. 다른 여러 곳을 검토하더라도 결국에 엄마가 대표로 있는 콘텐츠랩코리아에 일을 맡기게 되는 것이다. 그 이유는 비교할 수 없이 많은 고객의 좋은 후기들 덕분이다.

이것은 사업 초기부터 중요한 전략이었다. 아빠는 엄마에게 사업 시작할 때부터 최우선 과제는 고객 후기 확보를 위한 후기 요청이라고 항상 강조했다. 그렇게 100개 이상의 만족스러운 후기가 달리니 어느 순간부터 별다른 요청 없이도 후기가 많이 달렸고, 압도적으로 후기가 많이 생기자 문의가 지속되는 선순환이 생겼다. 원하는 고객만 선택할 수 있었고 설득에 시간을 덜 쓰니 또 역시 시간적 여유가 생겼다. 감당하기 어려워질 때가 되면 그때 직원을 늘리면서 업무를 커버할 수 있었다.

이렇게 콘텐츠를 활용하는 방식으로 고민거리를 해결하고 사업에서 여유를 만들어냈기 때문에 정부 지원사업을 하면서 진행하는 서류 처리도 충분히 감당할 수 있었다. 물론 번거로운 부분도 있었지만 배운다는 생각으로 시도해보기 좋을 정도였다.

다행히 이런 복잡한 서류 작업을 많이 해보다 보니 네 엄마는 많은 서류 작업이 필요한 큰 기관들과 일을 할 때도 능숙하게 준비해서 대처할 수 있었고, 충분히 여유 있게 커버하는 법을 터득했다.

여러 번 엄마에게 고백(?)했지만, 아빠는 네 엄마가 최고의 사업 파트너라고 생각한다. 그리고 아빠보다 훨씬 더 경영과 인력관리에 소질이 있다는 것을 발견했다. 점점 더 그런 능력이 향상되어가는 모습을 보고 있고, 그런 엄마를 진심으로 존경하는 마음을 가지고 있다. 이렇게 아빠보다 뛰어난 분들 곁에서 아빠가 잘하는 작은 일로 조력하며 같이 성장하는 게 아빠에겐 큰 기쁨이다.

지금까지 네 엄마가 직장을 그만두고 정부 지원사업을 통해 성장하고 수입도 안정적으로 만들었던 내용을 정리해보았다. 네가 사업을 하는 순간이 왔을 때 이 이야기가 네게 조금이나마 도움이 되길 바라며 이만 줄인다.

Chapter 4

돈 굴리는 방법은 따로 있다

1

100조 번 할아버지도 40달러 주식으로 시작했다

부자 되는 이야기에서 빠지지 않고 등장하는 할아버지 한 분이 계신단다. 바로 워런 버핏이라는 분이다. 아빠도 대학생 때 주식에 관심 가지면서부터 워런 버핏이라는 분을 알게 되었다. 그분의 이야기는 매체를 가리지 않고 수십 년째 다뤄지고 있는 것 같다. 그런 걸 보면 돈을 불리는 법에 있어서는 세계에서 가장 거대한 영향력을 미치는 분이자 흔들리지 않는 투자의 본질을 전파하는 분이라는 생각이 든다.

"10년 이상 보유할 주식이 아니면 단 10분도 갖고 있지 말라"라고 한 말에서 볼 수 있듯이, 워런 버핏은 좋은 주식을 사서 오래 보유하는 장기투자에 대한 중요성을 강조한다.

현재 100조가 넘는 자산을 가진 워런 버핏의 첫 투자는 열한 살 때부터 시작되었다. 38달러를 주고 산 주식을 40달러에 팔고 첫

수익을 얻은 것이다. 그런데 그 주식이 200달러까지 올라가는 것을 보고 장기로 주식 보유하는 것의 중요성을 깨달았다.

너도 점점 더 알게 되겠지만 돈을 효율적으로 벌기 위해서 공부하다 보면 필연적으로 만나게 되는 것이 복리의 힘이다.

복리는 이자에 이자가 붙는 개념이다. 처음 이자가 붙을 때는 돈이 불어나는 게 느껴지지 않지만, 시간이 지날수록 상상을 초월해서 돈이 불어나는 효과를 만드는 게 바로 복리의 힘이다.

91세인 워런 버핏 할아버지도 100조가 넘는 자산의 90% 이상이 65세 이후부터 복리에 의해 쌓인 자산이라고 하더구나. 시간이 지나면서 복리의 힘이 더 크게 작용했기 때문이다. 너무 부러워할 필요는 없다. 좋은 주식을 사서 오래 보유하면 워런 버핏만큼은 아니더라도 남부럽지 않은 부자가 될 수 있으니까 말이다.

"그런데 왜 그렇게 돈 번 사람을 찾기 어려운 걸까요?"

이 질문이 나오는 게 당연할 정도로 그런 사람을 찾기 어려운 게 사실이다. 사실 아빠도 너에게 지금 장기투자의 중요성을 말하고 있지만, 아빠가 처음 주식 투자를 할 때도 급등할 것 같은 주식을 찾아다니면서 돈을 거의 매번 잃었다.

또 비밀 정보를 얻었다는 친구의 추천을 통해서 주식을 샀다가 그때부터 계속 떨어지기만 하는데, 내가 선택했으니 남 탓도 못하고 속앓이를 한 적이 여러 번이다. 주식 책을 독파하며 기술분석 같은 것을 배우니 주가 예측이 쉬워 보이는 착각에 빠져 시간과 비용도 많이 날렸다. 그러다 심리를 배제한다고 정해진 규칙에 따라 자동으로 투자하는 프로그램을 찾아서 최고의 투자 규칙을 발견하겠다고 강의를 듣기도 했다.

너무 한심하게만 보지 않았으면 좋겠다. 아빠만 그런 게 아니라 주변에 사업으로 돈을 많이 번 분들도 비슷한 실수를 하면서 번 돈을 재테크로 크게 잃곤 하더구나. 운 좋게 단기투자로 돈을 조금이라도 벌면, 금방 돈을 불릴 수 있을 것 같은 자신감이 생기면서 흥분되는 것은 자연스러운 일이다.

주변에 자산을 불렸다는 투자전문가와 인맥이 생기면 그들을 통해서 쉽게 돈을 벌 기회가 생길 것 같은 기대감에 사치품에 눈이 먼저 가는 것도 자연스러운 일이다. 실제로 한 방에 큰돈을 벌었다는 주변 사람들의 이야기를 들어보면 자신도 금방 부자가 될 것 같은 기대감이 든다. 그렇게 계속 좋은 정보를 쫓다가 단기투자로 큰돈을 벌기도 하지만, 단 한 번의 잘못된 판단으로 큰돈을 걸었다가 번 돈 이상을 잃었다는 소식은 한참 뒤에 들려오곤 한다.

사람들은 자신이 수익을 얻을 때는 부풀려서 자랑을 하지만, 잃을 때는 거의 이야기를 하지 않는다. 그래서 다들 단기투자로 돈을 잘 벌고 있는 줄 착각하는 경우가 대부분이다.

아빠가 단기투자만 고집하는 사람과 이야기 나눠보면 그들 역시 장기투자가 좋다는 것도 알겠고, 복리가 큰돈을 벌어다준다는 이야기도 귀에 딱지가 생기도록 들었다고 한다. 하지만 당장 일주일, 한 달 안에 초대박을 내고 싶은 욕심을 내려놓을 수 없어서 장기투자를 선뜻 선택하지 못한다. 그래서 장기투자를 고집하는 몇 안 되는 사람들을 보면, 단기투자로 시간과 비용을 상상 이상으로 많이 날려보고 치열하게 마음고생을 해보다 욕심을 내려놓은 경우가 대부분이다.

아직 너는 단기투자로 돈 벌고자 하는 욕심도 없고, 그것을 통해서 수익과 손해를 본 경험도 없기 때문에 잘 모르겠지만 단기투자로 돈 버는 방식으로는 오래 즐기면서 투자하기 어렵다는 것을 이번 기회로 인지했으면 좋겠다.

설령 주변에 단기투자로 큰돈을 벌었다고 하는 사람이 있어도 흔들리지 말거라. 아빠도 그렇게 돈 벌었다는 전문가를 여러 명 만나봤지만, 그 방식으로 끝까지 자기 이름을 걸고 오래가는 사람을 보기는 어려웠다. 단기간에 반짝 돈 벌었다고 하는 공식들은 시간의 흐름과 시장의 변화 속에서 몇 년에 한 번씩 시퍼런 칼날에 의해 갈기갈기 찢겨 나갔다.

워런 버핏은 어릴 때부터 적은 돈으로 시작해서 좋은 주식을 계속 사 모으는 연습을 끊임없이 했다. 그렇게 모인 주식들이 배당금을 주고, 그것을 재투자하면서 복리로 돈이 불어나다 보니 워런 버핏은 세계적인 부자가 될 수 있었다.

아빠가 복리가 위대하다고 생각하는 이유는 지금 작게 시작해서 천천히 가도 결국엔 무시 못 할 거대한 자산을 만들 수 있기 때문이다. 부잣집에서 태어나지 않더라도, 높은 연봉을 받지 않더라도, 적은 돈부터 습관적으로 좋은 주식을 사 모으면 복리의 마법을 통해 누구나 부자가 될 수 있다.

그래서 복리는 '평등'의 다른 말이라고 느껴진다. 누구에게나 부자가 될 수 있는 공평한 기회를 주기 때문이다. 이런 복리를 경험할 수 있는 장기투자의 가치는 오직 시간이 지나서만 확인할 수 있다. 시작하는 순간에 그 가치를 온전히 알기는 거의 불가능하다는 말이다.

아빠가 이렇게 장기투자를 강조해도 네가 그 가치를 아빠가 느끼는 만큼 위대하게 느낄 수 없다는 것을 잘 알고 있다. 아빠 역시 장기투자로 나름 수익을 만든 경험이 있지만 그것이 인생을 바꿀 만큼 큰 부를 가져왔다고 말할 만큼은 안 된다.

그래서 너에게 장기투자의 가치를 온전히 전달할 수 없다는 한계를 받아들이면서 지금의 글을 쓰고 있다. 그렇기 때문에 혹시 네가 단기투자에 마음이 너무 끌린다면, 실제로 관련 공부도 하고 크고 적은 돈을 벌고 잃어보는 경험도 해보라고 말해주고 싶다.

"단기투자로 돈을 잃어보라는 말인가요?"

맞다. 물론 일부러 까먹을 필요는 없고, 일부러 단기투자를 선택할 필요도 없다. 하지만 적어도 단기투자가 심리적으로 얼마나 감당하기 힘들고, 일상생활을 어렵게 만드는지, 그러면서도 벌었던 돈을 한 번에 다 잃기도 좋은지 일부라도 경험하면 장기투자의 가치를 좀 더 잘 알게 될 거다.

다시 한번 말하지만 이런 시행착오 없이 장기투자의 가치를 체감하는 것은 거의 불가능에 가깝다. 주변에서 단기투자와 내부 정보를 가지고 한 방에 크게 벌었다는 이야기가 끊임없이 너를 유혹할 것이기 때문이다.

장기 주식 보유로 인해서 1000%대 수익을 보는 경우를 네가 최대한 어릴 때 경험하게 해주고 싶어서 네 이름으로 이미 복리

투자를 하고 있다. 딱 한 번만 이런 경험을 하면 애쓰지 않고도 큰 수익을 만들 수 있는 최선의 선택이 장기간 투자하는 것이라는 확신이 들 거다.

"그래서 어디에, 어떻게 투자를 해야 하나요?"

이쯤 되면 네가 이렇게 물어볼 것 같았다.

앞서 살짝 이야기했지만 아빠는 네 이름으로 벌써 장기투자를 시작했단다. 이번 챕터에서 이와 관련된 이야기를 계속 더 나눠보기로 하고 마무리하는 게 좋겠구나. 시간을 활용해서 복리로 돈을 벌어야 적은 돈으로도 여유를 부리면서도 큰 부자가 될 수 있다는 사실을 꼭 기억하고 넘어가길 바란다.

2

뉴스를 볼수록 재테크 수익은 떨어진다

신문과 뉴스를 보는 게 트렌드를 따라잡고 돈 버는 필수조건이라는 말이 자연스러운 환경에서 아빠가 또 이상한 소리를 한다는 생각이 들 거다. 너도 알겠지만 우리는 실시간 TV를 틀어놓고 사는 집이 아니다. 원하는 영상 콘텐츠를 스마트폰에서 선택한 다음 큰 모니터로 송출해서 보고 있다.

처음부터 이렇게 살지는 않았다. 아빠가 혼자 자취할 때부터 의도적으로 TV를 들이지 않았지만 아빠가 어릴 적에 가족과 함께 살 때는 TV가 항상 켜 있었다. 특히 뉴스 위주로 틀어져 있었고 뉴스에 나온 이야기들은 부모님의 주된 대화 소재가 되었다. 친구들의 집안 환경도 별로 다르지 않았다.

그런데 지금 아빠는 왜 뉴스를 안 틀어놓고, 뉴스를 챙겨보지 않는지 궁금할 거다. 거기에는 세 가지 정도 이유가 있다.

첫째, 뉴스와 신문은 심각하게 자극적이다.

아무래도 한 명이라도 더 많은 사람의 관심을 끌어야 하다 보니 자극적인 이야기 위주로 다뤄진다. 또한 짧은 시간 동안에 여러 내용을 전달해야 해서 충분한 설명이 전달되지 않고 단정적인 메시지로 표현이 된다.

예를 들어, 누가 10분 동안 한 이야기 중에 가장 자극적인 부분 10초만 떼어서 그게 전체 메시지를 대표하는 것인 양 전달되는 것이다.

그런 정보는 반드시 오해를 부르고, 판단의 근거로 삼기에도 불충분하다. 하지만 뉴스를 틀어놓고 있으면 그러한 정보들에 무의식적으로 반복 노출이 되고, 불충분한 근거들을 바탕으로 판단하면서도 스스로는 꽤 정확한 정보로 판단하고 있다는 착각에 빠진다.

그래서 뉴스나 신문의 제목만 보고 자극적인 메시지에 무의식적으로 노출되는 것은 온전한 판단을 흐리게 만들고, 그게 문제라는 것을 스스로도 파악할 수 없는 단계까지 이른다.

이게 정말 무서운 일인게, 현재 대한민국이 세대와 성별이 나눠져서 싸우게 만드는 대표적인 원인 중에 하나이기 때문이다.

둘째, 부정적인 메시지들이 훨씬 더 많다.

앞서 뉴스와 신문이 자극적이고 압축한 내용을 많이 담는다고 말했다. 그런데 심지어 부정적인 감정을 불러일으키는 메시지 비중이 더 높기까지 하다. 사건 사고 소식, 우울한 소식, 속 터지는 소식의 비중이 더 크고, 일부 감동적이고 축하할 일들이 나머지를 채운다.

부정적 소식이 불필요한 정보라고 단정 짓는 것은 아니다. 다만 그러한 소식 위주로 반복 노출될수록 판단을 할 때마다 부정적인 프레임에 갇혀서 치우친 판단을 하게 되는 게 문제다.

아빠 역시 그러한 프레임의 영향에서 자유롭지 않은 사람 중 하나라고 생각한다. 다만 거기서 벗어나기 위한 연습을 상대적으로 좀 더 하는 편이다.

그런 뉴스를 보다 보면 세상에 믿을 만한 사람이 없다는 생각이나 비리를 저지르는 부자들을 보며 좋지 않은 선입견을 자연스럽게 장착하게 된다.

세상이 위험하다 생각할수록 안전 자산에만 눈을 돌리고 리스크를 감수하는 투자를 하거나 창업에 도전하는 것에 두려움을 갖게 된다. 어쩌다 한 번이 아닌 어린 시절부터 지속적으로 반복 노출이 되었을 때 이런 두려움은 더 커지고, 아빠 역시 지극히 안전을 추구하는 성인으로 자라난 대표적인 케이스이다.

대학생 때부터 나를 찾는 것에 대해 좀 더 깊은 고민을 시작했던 아빠는 무의식에 관심을 더 가지면서 나도 모르게 가지고 있던 두려움을 해체해야겠다고 생각하게 되었다.

그것을 위해서 과거에 해보지 않았던 다양한 도전을 했었고 지금도 하는 중이지만, 오랜 시간 구축된 프레임을 깨는 것은 너무 어려운 일이라는 것을 여전히 느끼고 있다. 그만큼 무의식적으로 부정적인 메시지에 자주 노출되는 것은 인생에서 중요한 선택을 하는데 매번 영향을 미친다. 특히 큰돈을 벌기 위한 투자나 창업을 주저하게 만드는 요인이 된다.

셋째, 뉴스와 신문을 볼수록 복리 수익과 멀어진다.

재테크로 돈을 많이 벌려면 뉴스와 신문을 매일 빠짐없이 보라는 말에 아빠는 동의하지 않는다. 특히 초보 투자자의 경우는 더욱 위험하다. 예를 들어, 주식의 경우에 매일 재테크 뉴스들을 보다 보면 계속 사고팔기를 반복하게 되기 때문이다.

장기투자를 통해서 복리 수익을 얻으려면 좋은 투자처를 선정하고 수익을 충분히 낼 때까지 기다리는 시간이 필요하다. 그런데 뉴스를 보면 떨어질 때 더 떨어질 것 같은 두려움 때문에 손해 보더라도 빨리 팔고 싶어지고, 오르면 더 오를 것 같은 불안감에 꼭지에서도 사고 싶어진다. 이렇게 계속 돈을 까먹게 된다.

주식시장은 예측의 대상이 될 수 없다. 그래서 대응의 대상으로 바라봐야 한다. 어느 누구도 매번 주식시장을 틀리지 않게 예측하는 것은 불가능하다. 그런데 전문가 타이틀을 단 사람들은 계속 예측을 한다. 몇 번은 예측이 맞을 수 있다. 그리고 그런 예측을 통해서 여러 번 큰돈을 벌 수도 있다.

하지만 그러다가 한 번 예측을 잘못하는 타이밍에 큰 욕심을 부리면 번 돈을 다 잃게 된다. 이게 전형적으로 큰돈 벌었다가 더 크게 잃고 시장에서 사라지는 대표적인 투자 실패자의 패턴이다.

예측할 수 없는 것을 예측하는 정보를 매일 보면서 자신이 보고 싶은 메시지에만 반응해서 샀다 팔았다를 반복한다. 그렇게 증권

사 좋은 일만 시키고, 투자금을 탕진한다. 이런 식으로는 장기투자가 될 수도 없고, 복리의 마법을 통해서 부자가 되는 기회를 만들 수도 없다.

"아빠는 그럼 뉴스를 아예 안 보나요?"

아니다. 아빠도 뉴스를 본다. 다만 선택적으로 필요한 것만 보려고 노력한다. 시장과 종목을 예측해서 단기에 수익을 올리기 위해서 뉴스를 보지 않는다.

시장에서 큰 변동성이 생기면 왜 그런 일이 생겼는지에 대한 사실 확인을 위해서 보기도 하고, 그에 대한 해석도 가끔 보지만 그조차도 매우 비판적으로 본다. 코에 걸면 코걸이, 귀에 걸면 귀걸이 식의 해석이 대부분이기 때문이다.

어제는 금리 상승이 원인이 되어 기업 부담이 커져서 주가가 떨어졌다고 해석했다가, 오늘은 금리 상승 소식 덕분에 경기 회복 기대감이 생겨서 주가가 올랐다고 해석하는 식이기 때문에 이런 아전인수격 해석에 매번 신경 쓸 이유는 없다.

돈을 벌려면 대중과 반대로 가라는 말이 있는데 시간이 갈수록 아빠는 이게 정말 맞는 말이라는 생각이 든다. 이것을 실행하기 위해서라도 뉴스와 신문을 열심히 챙겨보지 않는 게 돈 버는 데 훨씬 도움이 된다.

이런 아빠의 말에 심한 불편함을 느낄 수도 있다고 생각한다. 뉴스와 신문은 절대적인 존재처럼 대우 받아왔기 때문이다. 그럼에도 불구하고 꼭 한 번 더 곱씹어서 아빠의 이야기를 생각해봤으면 좋겠다. 아빠도 이렇게 말하는 데는 용기가 필요했다. 네가 이 이야기를 한번 이해하기 시작하면 이전에 보이지 않던 것들을 보는 데 도움이 되기 때문이다.

뉴스와 신문의 메시지에 따라 매번 반응하면서 주식을 샀다 팔기를 반복하면 보이지 않는 것을 보지 못하고 돈만 까먹는 99%에 속해버린다.

그러니 꼭 명심하길 바란다. 무의식적으로 뉴스와 신문의 메시지에 노출되는 고리만 끊더라도 너는 건강한 정신으로 장기투자를 하면서 스트레스 없이 큰 부자가 될 수 있는 추월차선에 올라탄 것이나 마찬가지라는 것을 말이다.

3

돈 벌리는 게 통장에 보이면 진짜 부자가 될 수 없다

얼핏 평범한 사람처럼 보이지만 평범한 사람이 따라 갈 수 없는 수준으로 돈을 많이 번 자산가가 한 분 계신다. 아빠는 운 좋게 이분과 가끔 이야기 나누는 관계가 되었고, 네 엄마 사업도 좋게 봐주시고 사업 방향성도 가이드해 주시는 감사한 분이다.

오래전 아빠가 매월 버는 돈이 커지기 시작할 때, 그 대표님은 이제 장사 그만하고 사업을 하라고 하셨다. 아빠 뿐만이 아니라 주변에 계신 유명 강사분들이 월에 억대로 버는 것을 보면서도 항상 걱정하듯이 말씀하셨다.

"그렇게 돈 벌어서는 평생 부자 못 된다."

아빠는 그 말이 처음에 너무 이해가 안 되더구나. 지금도 월 천, 월 억 벌 수 있다는 방법이 유행하고 있고 그렇게 돈 벌어서 부자가 됐다는 사람들의 강의가 끊임없이 나오는 상황에서, 그분의 말은 계속 귀에 맴돌면서 아빠를 불편하게 만들었다.

"아니, 그렇게 돈을 안 벌면 도대체 어떻게 부자가 되라는 말씀인가요?"

"신 대표, 통장에 찍히는 돈이 얼만지 모르고 살아야 부자가 된다니까? 월 천, 월 억 계산하고 있다는 것 자체가 아직 부자랑은 거리가 멀었다는 증거야."

구체적인 설명없이 해주신 이 말을 처음에 들었을 땐 뜬구름 잡는 이야기처럼 들리기도 하고, 동의하기도 어려웠고, 사실 이해하고 싶지도 않았다. 마치 아빠가 당시 돈 벌고 있는 방식이 부정당하는 느낌이 들었기 때문이다.

하지만 시간이 흐르면서 다양한 방식으로 돈 버는 사람을 목격하면서 그제야 아주 조금 이해할 수 있는 때가 왔다.

매출이 적거나 오히려 적자를 보는 상황에서도 성장하는 기업에 초기 자금을 지원하고 몇 년 지나 그 돈이 수십, 수백 배로 돌아오는 모습을 곁에서 보기도 하고 아빠도 한두 군데에 투자한 돈이 그렇게 불어나서 돌아오는 경험을 하며, 그분이 한 말을 아주 조금은 이해할 수 있게 되었다.

물론 이런 방식으로 돈 버는 건 단순히 돈이 많다고 해서 가능한 일이 아니었다. 좋은 투자처들은 아무에게나 돈을 받지 않기 때문이다. 오랜 시간 믿고 기다릴 필요도 있고, 기업이 성장하는 데 직·간접적인 도움을 줄 수 있어야 의미 있는 투자자로 인정받으며 투자 기회도 생긴다. 물론 기업이 망해서 투자금을 돌려받지 못하는 위험도 감수해야 한다.

다행히 아빠는 콘텐츠 마케팅 쪽으로 쌓아온 이력들이 있고, 다양한 사업가분들과 인연을 맺은 덕분에 이런 투자 기회가 가끔 생겼다.

아빠는 우량주식에 장기간 모아가는 것이 리스크도 적고, 신경 쓸 일도 적고, 기대 수익도 높은 투자라고 믿기에 대부분 이런 식으로 투자할 예정이다.

하지만 이와 더불어서, 아빠가 쌓아온 능력과 과거에 쌓아온 신뢰 관계를 바탕으로 초기 스타트업에 소액으로 투자를 해서 아빠가 잘하는 일로 도움도 주고 기업을 성장시키면서 상상 이상의 수익률을 얻을 수 있는 방향도 계속 병행할 예정이다.

세계적인 기업이 된 배달앱 회사가 있는데 이 사업의 초기에 은사님 덕분에 회사 대표님과 인연을 맺을 수 있었다. 그리고 그 회사가 초고속으로 성장하는 모습을 지켜볼 수 있었다. 하루는 글로벌 투자기관에서 수백억 원의 투자를 받고 조촐한 축하파티를 하는 자리에 초대받아 참석했었다. 그리고 대표님께 축하의 말을 전했다가 뜻밖의 대답을 들었다.

"어차피 제 돈 아니에요. 그리고 그 돈 당장 필요하지도 않구요."

투자유치를 한 다양한 사업가분들을 봤지만 이런 대답은 처음이라 꽤 충격을 받았다. 그때 어렴풋하게 느꼈던 것 같다. 투자금이 필요 없는 회사가 매력적인 회사이고 잘될 만한 회사라는 당연한 사실을 말이다.

그렇기 때문에 그런 회사에 투자하는 기회를 잡기 어려운 것이다. 이미 다음 투자유치까지 계획하거나 예정된 경우가 많으니,

이런 투자 기회는 당연히 아무에게나 돌아가지 않는다. 돈이 들어가면 1년 안에 몇 배로 돈을 벌 텐데 그런 기회를 아무에게나 주지 않는 것은 너무 당연한 일이었다.

아빠는 지금 너에게 스타트업 투자를 꼭 권하기 위해 이 말을 하는 것은 아니다. 아빠 역시 꽤 많은 수업료를 지불하면서 겨우 몇 번의 수익을 얻어본 게 전부이기 때문이다. 지수 상품에 장기 투자하는 것에 비하면 비교할 수 없을 만큼 높은 리스크를 감수해야 한다.

이 글에서는 너에게 그저 다음 두 가지 정도에 대해 들려주고 싶었다.

첫째, 돈 버는 방식에 한계를 둘 필요가 없다.

대중이 관심을 가지고 월 천, 월 억 버는 법이 유행하지만 오히려 거기에 매몰되면 그것을 훨씬 더 초월하는 다른 방법들은 전혀 모른 채 살아가게 될지 모른다.

둘째, 사람과의 관계에 대해 조금 더 무게를 둘 필요가 있다.

책을 보다 보면 아빠가 계산기를 덜 두드리면서 사람의 마음을 얻는 이야기를 많이 하고 있다는 것을 계속 느끼게 될 거다. 계산하지 않는 관계로 신뢰를 쌓지 않으면 존재도 모르고, 접근도 할 수 없는 투자처들이 세상에는 많이 존재한다. 물론 어떤 사람과 관계하느냐에 따라 처음부터 망한 투자를 하게 될 수도 있다.

아빠는 서로 계산하지 않는 사람과의 관계를 통해서 얻을 수 있는 이익을 극대화해보는 과정 중에 있다. 그러면서 수억대의 손해를 보기도 했지만 결국 또 사람을 통해 그보다 더 큰 이익을 만들었고, 그 확률은 앞으로도 계속 올라갈 거라는 느낌이 든다. 어차피 혼자서 모든 것을 다 완벽하게 잘할 수 없다는 것을 잘 알기 때문이다.

처음에 언급했던 말로 다시 돌아가보자.

"통장에 돈이 찍히는 걸 셀 수 있으면 큰 부자가 될 수 없다."

꼭 통장에 숫자가 얼마씩 찍혀야만 부자가 되는 게 아니라 심지어 적자를 보면서도 투자자들은 수십, 수백 배의 돈을 번다. 이렇게 기존 상식에서 벗어난 돈 버는 방식들도 존재한다는 사실만 알고 있어도 괜찮을 것 같다.

또한 오랜 시간 응원하는 관계를 통해 쌓은 신뢰와 힘들 때 누군가를 도와준 가치는 통장에 찍히는 숫자로 표현하기 어렵다. 가끔은 그것이 무한대에 가깝게 표현될 때도 있다.

아빠 곁에는 아빠가 잘되게 하려고 자신의 전 재산을 걸거나 자신의 모든 능력과 인생을 거는 분들도 계신다. 물론 말만 그렇게 한 분도 계시지만 실제로 그런 분들이 여러 명 존재한다.

아빠 역시 그분들이 리스크를 지도록 그냥 두지는 않을 것이다. 심지어 아빠에게 모든 걸 걸라고 아빠는 말하지도 않았지만 아빠에게 받은 게 크다고 하면서 어려울 때 자신을 도와준 것에 대한 보답을 해주신다. 이런 것은 계산을 통해서 만들어질 수 없는 관계다.

아빠는 이렇게 다양한 경험을 통해 맨땅에 헤딩해가면서 계속 또 다른 단계로 갈 수 있는 길에 대한 탐구를 하는 중이다. 그다음 단계의 문을 여는 순간이 오면 꼭 너에게 먼저 귀띔해주고 싶다. 그 순간 같이 두근거려줄 네가 있어서 아빠는 오늘도 즐겁게 삽질을 시작할 수 있단다. 사랑한다, 아들아.

4

가장 높은 확률로 부자 만들어주는 주식 투자 팁

"이 종목은 투자하면 무조건 대박이야."

"이건 아무도 모르는 정보야, 너만 알고 있어."

이런 달콤한 속삭임에 아빠의 욕심은 여지없이 반응했고, 그 때문에 여러 번 큰돈을 잃은 적이 있다. 내가 잘 모르는 건 전문가에게 맡긴다는 아빠 나름의 원칙으로 인해 크게 손해를 본 사례들이기도 하다.

'투자 전문가들의 예측은 과연 잘 맞는가', '그들도 지속해서 돈을 벌고 있는가' 하는 본질적인 의심은 그들의 현실이 드러나면서 의심이 아니라 확신으로 변해갔다.

주식 전문가든 부동산 전문가든 한 번은 반짝 돈 벌 수 있지만 그것을 유지하는 경우는 매우 적었고, 그렇기 때문에 믿을 만한 사람이라는 판단은 매우 보수적으로 내려야 한다는 것을 깨달았다.

주식으로 돈 버는 것은 모두가 바라는 일종의 자동화 수익 방식에 가깝다. 왜냐면 나를 대신해서 우량한 회사가 일을 하고, 회사가 일을 잘하면 주가 상승으로 인한 수익과 배당금을 받기 때문이다.

부자가 되기 위해서 주식 투자는 반드시 해야 한다고 생각하는데, 전문가라고 하는 사람들도 잘될 때만 돈 벌고 안 될 때는 파산까지도 가니 이런 불확실성을 어떻게 통제해야 할지 고민이 많았다.

실제로 10년 가까이 선물, 옵션, 코인, 주식 등에 골고루 투자해보고, 각 분야에서 돈을 벌었다는 분들을 만나서 이야기를 듣고, 책과 영상으로 공부하며 고민을 해봤다. 그러다 보니 아빠에게 맞는 하나의 방향성이 잡히기 시작했다.

차트를 열심히 분석하고 타이밍을 노려야 하는 투자는 아빠와 전혀 맞지 않았다. 또 트렌드를 매번 파악하고 뜨는 섹터와 종목을 선택해서 기업의 재무 분석을 하는 데에 시간을 투자할 자신도 없었다.

아마도 아빠와 비슷한 고민이 있는 사람이 정말 많을 거라 생각한다. 자기 본업이 있으면서 주식 투자를 하려고 하는 사람이나, 천천히 삶을 누리면서 사는 사람이 접근하기에는 감당하기 어려운 투자법들이다.

이런 상황을 인정하고 받아들이니 명확한 방향성이 나왔다. 그런데 놀랍게도 이 방법은 세계적인 투자 구루인 워런 버핏도 추천하는 투자 방식이고, 투자 종목까지 명확했다. 궁금할 테니 바로 말하자면, 아빠가 평생 주식으로 투자해야겠다고 생각한 종목은 바로 미국 지수 ETF다.

사실 10년 전쯤에 아빠는 한국에서 ETF 투자하는 법을 가지고 특강을 열기도 했었다. 돌고 돌아 다시 ETF 투자를 선택하고 시장만 미국 시장으로 바뀐 것이다. 그러면 왜 미국 지수 ETF를 선택하고, 그 주식만 평생 모아가겠다고 생각했는지 이유를 좀 들려주려고 한다.

첫째, 미국 지수 ETF에는 세계를 선도하는 우량기업들이 다 들어있다.

ETF는 말 그대로 펀드라서 다양한 기업의 주식이 포트폴리오로 들어가 있고, 일반 주식처럼 거래할 수 있는 장점이 있다. 테슬라, 애플, 구글, 아마존, 엔비디아, 마이크로소프트 등 개별 종목으로 봐도 매력적인 기업들이 미국 지수 ETF에 높은 비중으로 포함되어 있다.

미국 지수 ETF로 대표적인 상품들은 나스닥 상위 100개 기업을 추종하는 QQQ 그리고 S&P 500 지수를 추종하는 SPY 등이 있다.

한국에서 주식 투자를 하면서 삼성전자에 투자 안 해본 사람이 별로 없을 텐데, 그때마다 자주 등장하는 말이 "삼성 망하면 한국이 망한다"라는 말이다. 실제로 그렇지는 않겠지만 그만큼 삼성 주식의 위상을 말해주는 표현이다. 그런데 그런 삼성보다 몇 배 더 큰 시가총액을 가지고 있고, 망하기 힘든 기업들의 주식이 골고루 담겨 있는 게 바로 미국 지수 ETF다.

주식 투자하면서 가장 불안한 건 내가 선택한 종목이 상장폐지되면 어쩌나 하는 걱정이다. 그런 불안감 때문에 조정장이나 약세

장일 때 추가 매수할 용기를 쉽게 내지 못하는 경우도 많다.

하지만 세계를 선도하는 기업들만 포트폴리오로 담고 있고, 실적에 따라 리밸런싱이 자동으로 되어서 계속 TOP 우량기업만 남아 있게 되는 미국 지수 ETF는 그런 불안감을 가질 필요가 없다.

그래서 가격이 떨어질 때도 추가 매수를 더해서 수량을 늘리는 선택을 할 자신감이 생긴다. 5년, 10년 믿고 장기보유하면서 꾸준히 매수할 수 있고, 이런 식의 장기투자가 진행이 되어야 적은 돈으로도 복리 수익을 통해 큰돈을 마련할 수 있다.

실제 최근 10년간 QQQ의 연평균 수익률은 15% 정도이고, SPY의 경우는 10% 정도이다. 2022년 1년간 엄청난 하락장을 겪고 있는 와중에도 이 정도 연평균 수익률을 달성하고 있다.

2022년 하락장 전에는 이전 10년간 QQQ는 700% 가까이 되는 수익률을 기록하기도 했다. 연평균 22%가 되는 놀라운 수익률이다.

거치로 투자했을 때를 가정한 것이지만 적은 돈이라도 꾸준히 적립 매수하면서 수량을 늘리면 700%까지는 안 되겠지만 안정적으로 자산을 크게 불릴 수 있을 만한 투자 종목이라 볼 수 있다.

둘째, 하방에 대한 지지가 강하다.

세상에 조정받지 않는 종목은 없다. 시장 환경이나 정치, 사회 문제로 인해서 어떤 식으로든 주가는 조정이나 약세 국면을 맞이한다. 미국 지수 ETF도 마찬가지다. 장기 그래프로 봤을 때 결과적으로 우상향했다고 말할 수 있지만 중간중간 벤처 붐, 리먼 브라더스 사태, 코로나 이슈, 러시아 우크라이나 전쟁 이슈, 금리 인상 이슈 등으로 반복적인 조정 구간을 맞이해왔다.

하지만 계속해서 탄탄하게 하방을 지지하는 힘이 존재하는 게 바로 미국 지수 ETF의 위상이다. 일단 미국 지수가 떨어지면 전 세계에서 글로벌 자금이 유입되고 저가 매수세가 생기면서 지지가 생긴다. 또한 미국에서는 고용주가 직원의 은퇴자금을 위해서 월급의 일정부분을 펀드에 적립하는 401K라는 제도가 있다. 이 또한 미국 지수의 하방을 지켜주는 든든한 자금이 된다. 어느 나라든 집권하고 있는 정권은 주식시장 부양에 대해 적극적인 의지를 가지고 있지만, 미국은 유달리 그게 더 심하기도 하다.

또한 경기 침체가 되어도 미국은 패권 국가답게 주변국 눈치를 보지 않고 달러를 찍어내면서 경기부양을 과감하게 진행을 할 수 있기 때문에 미국 주식시장에 대한 하방을 지지하는 힘이 있다. 또 내수시장이 탄탄하기 때문에 외부 시장의 악재에도 방어력이 강한 편이다.

안타깝게도 한국 지수 ETF는 미국 지수 ETF가 가지는 이런 방어력에 한참 미치지 못한다. 이것이 아빠가 미국 지수 ETF 투자를 선택한 두 번째 이유다.

셋째, 데이터가 증명한다.

세상에 많은 사람들이 미국 지수 ETF 데이터를 가지고 백데이터 테스트를 하면서 분석을 했다. 얼마의 기간을 투자하면 얼마의 수익률이 나는지, 어떤 지수 종목에 따라 수익률이 어떻게 달라지는지, 고점에 물려도 얼마를 버티면 수익권으로 가는지 등등 어마어마한 분석들이 지금도 계속되고 있다.

이 모든 과거 데이터들이 미국 지수 ETF 투자가 그 어떤 투자보다 장기투자로 복리수익을 얻기에 탁월한 선택인지 증명을 하고 있다. 물론 이미 지나간 데이터를 기반으로 한다는 한계가 있다.

하지만 그렇기 때문에 미국 지수 ETF를 투자하는 것이다. 세상에 100%는 없기 때문이다. 100%가 없는 세상에서 그것에 가장 근접한 투자를 하기 위해서 세계인들이 미국 지수 ETF를 가지고 백데이터 분석을 하면서 돈 벌 수 있는 확률을 계산해서 쏟아내고 있다. 최악의 상황과 최고의 상황을 모두 고려해서 데이터를 만들고, 그것을 세상과 공개하고 있다.

다시 한번 강조하지만 세상에 100%라는 건 절대 없다. 그 와중에 그에 가장 근접한 투자처를 선별해본 아빠의 생각을 공유해주고 싶었다. 큰 변수가 없다면 이 이야기는 오랜 시간 좋은 투자 기준이 될 거다. 미국이 지금처럼 패권 국가의 지위를 유지하는 한 말이다. 혹시 이 글을 보고 떠오르는 방향성이 있다면 잊기 전에 따로 정리해두어도 좋을 것 같다.

5

아빠가 만약 20대로 돌아간다면 준비할 재테크

'지금 아는 걸 그때도 알았더라면.'

이런 순간은 나이를 먹을수록 더 자주 다가오는 것 같구나. 하지만 그때 몰랐기 때문에 지금 잘 안된 것의 가치를 진정으로 느낄 수 있는 것이기도 하다. 그래서 아는 것이 없어서 방황했던 과거의 모습을 떠올리면서도 감사한 마음이 드는 것인가 싶다.

과거를 돌이켜보니 그저 흘러가는 시간의 꼬리 끝에 가볍게 매달아두기만 했어도 꽤 드라마틱한 변화를 만들어냈을 복주머니 같은 일들이 몇 가지 떠올랐다. 아빠가 한참 시간이 지나서 이런 것들의 가치를 알아보았듯이 네가 지금 이 내용을 볼 때는 별것 아닌 것처럼 느껴질 수 있을 거다.

설령 지금 보기에 별것 아닌 것 같아서 다 무시하고 살더라도 또 그것대로 괜찮을 거다. 혹시 시간이 지나 아쉬운 순간이 더 자주 찾아올 때 문득 아빠가 해줬던 이야기가 궁금해지면 그때 펼쳐 봐도 좋다. 일찍 시작할수록 복리 효과를 더 누릴 수 있다는 것일 뿐 언제 시작하든 너에게 도움이 되는 내용들이니까 말이다.

첫째, 적립식으로 투자해라.

매달 꾸준히 같은 금액을 주식에 투자하면 리스크를 줄일 수 있다. 주가가 오르면 비싼 만큼 적게 사는 것이고, 주가가 내리면 내린 만큼 더 많은 주식을 사는 효과가 생기기 때문이다.

사실 단순히 이런 개념으로만 적립식 투자를 바라보면 큰 매력을 못 느낄 수 있다. 큰 부자가 되는 핵심은 단순히 리스크 관리와 수익률에만 있는 게 아니다. 많은 사람이 주식으로 돈을 못 버는 이유도 오직 수익률에만 집착하기 때문이다.

주식으로 큰 부자가 되기 위한 핵심은 바로 주식 보유 수량이다. 주식을 구매한 평균적인 가격이 10만 원일 때 100개 주식을 보유하고 있다고 해보자. 여기 10% 수익이 나면 1000만 원의 10%니까 100만 원이 수익이다. 이런 것을 보면 주식으로 부자 될 수 있을까 하는 생각이 들고, 주식 투자가 의미 없어 보인다.

하지만 똑같이 10만 원인 주식을 1000개 보유하고 있다고 해보자. 여기서 똑같이 10% 수익이 나면 수익이 얼마가 될까? 1000만 원 수익이 된다. 여기서 20%, 30% 수익이 나면 어떻게 될까?

그래서 저렴할 때 더 많이, 비쌀 때는 더 적게 사면서 현명하게 주식 보유 수량을 늘려가는 게 중요한 것이다. 얼마나 더 저렴한 타이밍에 맞춰서 샀느냐는 긴 시간 앞에서 사실 그렇게 중요한 요소는 아니다.

매달 스스로 직접 투자하는 게 귀찮기 때문에 이왕이면 자동으로 알아서 정해진 종목을 부담 없는 만큼 투자하도록 세팅하는 게 진짜 중요한 부뷰이다. 보통은 이 부분을 많이 놓친다. 이 포인트가 시간이 지났을 때 진짜 부자가 되느냐 아니냐를 가르는 제일 중요한 포인트이다. 매달 투자가 되고 있다는 사실조차 까먹고 그저 본업에 충실하면 된다. 어떤 종목에 투자할지는 책에 따로 파트를 할애해서 정리했으니 참고할 수 있을 거다.

둘째, 보험을 가입하고 잊어버려라.

아빠는 20대에 보험 가입을 해서 40대가 되니 납입을 완료한 것들이 생기기 시작했다. 더 이상 납입을 하지 않아도 보장을 받는 부분이나 평생 연금을 받을 수 있는 게 일부 생긴 것이다.

또한 여러모로 건강할 때 보장성 보험 가입을 미리 했기 때문에 보장받을 수 있는 영역도 많다. 나이가 들면서 아픈 곳이 생기면서는 보장받을 수 있는 보험 가입하는 게 아무래도 줄어들기 때문이다.

이 또한 자동으로 납입이 되게 세팅이 되어 있었기 때문에 가능한 일이다. 앞서 주식도 마찬가지이지만 매번 직접 납입을 챙기는 방식으로는 절대 오랜 시간 유지를 할 수 없다.

이게 정말 중요한 핵심이기 때문에 강조하고 또 강조한다. 네가 꼭 기억했으면 좋겠다. 보험이든 주식이든 좋은 상품을 선택한다. 자동 납부를 설정한다. 까먹는다. 이것만 기억하면 시간이 알아서 너를 부자로 만들어준다. 좋은 상품을 선택했다는 가정하에 말이다.

셋째, 청약통장부터 만들어라.

아빠는 청약통장을 일찍 만들고, 적은 금액이지만 정기 납입을 설정해두고 까먹고 있었다. 어느 날 네 엄마가 아파트 청약 공부를 하고 와서 청약통장을 챙기는데 아빠는 청약통장이 어디에 있는지도 몰랐다.

다행히 꽤 오래전부터 가입한 이력이 있어서 여러 부족한 포인트가 있었지만 운 좋게 청약을 해서 우리 아파트가 생겼다. 그리고 아빠는 바로 청약통장을 새로 가입하고 또 납부 설정을 해두고 까먹고 살고 있다.

얼마나 오래 가입했는지가 청약 점수에 영향을 미칠지도 전혀 모르고 그냥 일찍 가입해서 까먹고 살고 있었는데 막상 통장을 써먹어야 하는 순간이 왔을 때 너무 다행이라는 생각을 했었다.

돈으로 해결할 수 있는 문제가 가장 쉬운 문제라는 말이 있다. 지나간 시간은 절대 돈으로 살 수는 없다. 그렇기 때문에 20대로 돌아가면 조금 더 일찍 이런 것들을 미리 챙길 것 같다는 생각이 들어서 너에게 공유해본다.

넷째, 재테크·사업 스터디 그룹에서 공부해라.

공부라고 하면 책 보고 강의 듣는 것을 생각할 것 같아서 빨리 본론을 말해주마. 사람을 만나기 위한 공부 모임을 말하는 것이다.

'재테크만 잘하면 되지 사람은 왜 필요한가요?'

아빠는 재테크를 공부하고 투자를 해보면서 일부 성과를 보기도 했지만 많은 돈을 잃기도 했다. 그리고 내가 아무리 전문 영역으로

가고 싶어도 그것을 목숨 걸고 하는 사람들을 따라갈 수는 없다는 사실도 경험했다. 그래서 재테크 전문가라고 하는 분들도 많이 만났다. 다행히 아빠가 강의도 하고 책도 쓰다 보니 조금은 유리하게 그런 분들을 만나서 이야기를 들을 수 있었고 아빠가 잘되길 바라는 은사분들이 많은 전문가를 연결해주셨다.

어떤 사람을 만나서는 큰 손실을 보고, 어떤 사람을 만나서는 큰 이익을 보기도 했다. 이런 일을 반복해서 겪다 보니 재테크를 잘하려면 단순히 정보보다 더 중요한 것들이 있더구나.

바로 사심 없이 나를 돕고자 하는 전문가 혹은 부자의 존재다.

"세상에 그런 사람이 어딨나요?"

그렇지 않단다. 세상 어디에나 존재하지만, 돕는 대상이 그저 내가 아닐 뿐이다. 그리고 그런 대상이 되는 경우는 두 가지가 있다.

하나는 부자가 되기 전부터 관계를 맺고 있던 사람들인데, 잘되고 나서도 서로에게 사심 없이 잘 챙기는 편이다. 다른 하나는 부자가 돼서 만나도 상관없이 그저 있는 그대로 바라보고 편하게 곁에 머무르는 사람이다. 부자들은 그런 사람을 챙긴다.

위에 말한 두 가지 모두 그런 관계를 만들기 쉽지는 않다. 그래서 조금이라도 어릴 적에, 조금이라도 순수할 때 그저 사람이 좋아서 만날 때 재테크나 사업 공부 모임을 통해서 사심 없는 인간관계를 넓혀가는 게 중요하다.

아빠도 과거 20대 후반에 영업과 사업 공부를 하기 위해서 공부하던 그룹이 있었다. 그곳에서 서로의 힘든 시간을 나누던 사람

중엔 현재 수백억, 수천억 매출을 내며 승승장구하는 사업가들이 존재하고, 연예인급으로 유명해진 사람도 있다. 모두는 아니지만 언제든 편하게 통화하고 만날 수 있는 관계들이고 각자가 가진 부분으로 바라지 않고 도움을 줄 수도 있는 관계다.

돈으로 해결할 수 있는 문제가 가장 쉬운 문제라고 계속 이야기하고 있는데, 실제 웬만한 돈으로 움직여지지 않는 사람들이 있다. 하지만 그런 사람들은 과거부터 돈과 상관없이 자신의 곁을 지켜온 인연이 잘되는 것을 돕는 데는 관대하다.

비상장주식 투자나 부동산 투자 같은 것들은 혼자서 공부하다 보면 큰 장벽을 여러 번 만날 수 있다. 그럴 때는 서로 돕고자 하는 그룹에 속해 있을 때 도움을 받으면서 수월하게 장벽을 올라갈 수 있다.

물론 모임 공간에 참여하다 보면 상처를 받고 배신을 당하는 일도 생긴다. 이와 관련해서도 할 이야기들은 많은데 인간관계와 관련된 이야기들은 책의 다른 파트에서 또 자세히 다루고 있으니 그 부분에서 나머지 궁금증을 해결해도 좋을 것 같다.

이상 아빠가 20대로 돌아가면, 조금 더 자산을 불리기 위한 준비를 어떻게 할지에 대해 정리해보았다. 아빠가 이 분야의 전문가는 아니지만, 아빠처럼 돈을 잘 챙기지 못하는 사람도 재테크 하려고 할 때 필요한 최소한의 내용들이니 생각날 때 하나씩 챙겨봐도 좋을 것 같구나.

Chapter 5

지금 당장의 손해는 사실 미래의 투자다

1

세상은 모두 연결되어 있단다

"세상은 모두 연결되어 있다."

뭔가 그럴듯한 말 같지만 잘 와닿지 않을 수 있다. 그냥 그렇게 믿고 살면 좋다고 말하는 사람도 있었다. 하지만 실제로 세상이 연결되어 있다는 경험을 반복해서 하다 보면 굳이 이 말을 안 믿고 살 필요가 없더구나. 그냥 그게 현실이 돼버리니까 말이다.

여기서 잠깐, 먼 곳에 있는 사람도 온라인으로 다 연결될 수 있다는 식의 1차원적인 이야기를 하려는 것은 아니다. 눈에 보이지 않지만 사람, 사물, 사건들이 실제로 연결되어 있다는 허무맹랑하게 들릴 수 있는 이야기를 해보려 한다.

보이지 않는 영역에 대해 얼마만큼 관대하게 받아들이고 사느냐에 따라서 삶의 스펙트럼은 하늘과 땅 차이로 벌어진다. 아빠가 얼마나 냉정하게 현실을 인식하고 외부 정보를 비판적으로 받아들이는지 네가 안다면, 보이지 않는 영역에 대해 아빠가 이런 인식을 가질 때까지는 꽤 오랜 검증의 시간을 가졌다는 것을 충분히 상상할 수 있을 거다.

아빠는 세상이 정해주는 답에 대한 저항감과 대상을 알 수 없는 분노로 20대 후반을 보냈다. 자신이 가는 길에 대한 확신은 없으면서 다음 세대에게 이렇게 저렇게 가라고 확신에 찬 듯 말하고 자신이 했던 말도 기억 못 하는 무책임한 어른들을 보면서, 나는 절대로 저렇게 살지 말아야겠다고 생각했다.

아빠는 그런 어른들과 다르게 살고 싶어 했고, 다른 답을 찾기 위한 공부를 하다 보니 조금씩 보이는 게 있었다. 뭔가 엄청난 게 보였을 것 같지 않니? 그것은 바로 그들과 별다를 게 없는 나의 모습이었다. 아빠 역시 확신에 차서 무책임한 말을 쉽게 내뱉는 사람으로 살아가고 있었다. 스스로 그 길을 절대 가지 않겠다고 다짐하면 할수록 마음에 그 길을 더 자주 떠올리고 있었다. 결국 아빠가 닮지 말아야겠다고 생각했던 사람들과 별다르지 않게 행동하고 있었던 것이다.

내가 싫어하는 사람처럼 되지 않겠다고 생각하면서 사는 게 사실은 그와 가장 연결이 되는 길이다. 절대로 실패하지 않겠다며 완벽한 준비를 하는 게 사실은 가장 실패와 가까워지는 길이다. 사랑하는 사람과 절대 헤어지지 않겠다고 다짐할수록 약간의 위기에도 민감하게 반응하게 되고, 결국 서로의 가장 밑바닥을 보이면서 헤어지게 된다.

자신이 극심한 차별을 받는다고 느끼는 사람은 자신의 차별에만 집중하다 보니 자신도 모르게 다른 사람에게 더 큰 차별을 돌려주는 상태에 있곤 한다.

아빠는 닭이 먼저인지 달걀이 먼저인지는 모르겠다. 하지만 닭에서 달걀이 나오는 일은 진리이고, 달걀에서 닭이 나오는 것도 진리다. 모두 연결되어 돌고 도는 세상에서 지금 벌어진 한 사건의 단면만 보고 모든 해석을 끝내고, 감정적 반응을 해버리는 건 또다시 돌고 도는 고통의 씨앗을 뿌리는 행위이다.

현대를 사는 많은 사람이 그렇게 돌고 도는 고통의 씨앗을 뿌리면서 스스로를 괴롭히고, 그에 대한 반작용으로 주변까지 괴롭히면서 그 씨앗을 널리 퍼뜨리고 있다.

세상을 살아가는 방식은 두 가지가 있다. 지금 벌어지는 일이 모두 나에게 유리하다고 생각하는 방식과 그 반대로 생각하는 방식이다. 돌고 돌아 나에게 더 좋은 일로 돌아올 것을 믿고 경험하는 사람에게는 실제로 그런 세상이 펼쳐진다.

나에게 더 나쁜 일이 생긴다고 믿고 살며 반복해서 그런 경험을 하는 사람은 실제로 계속 그런 세상만 탄탄하게 구축하며 살아간다.

내가 너무 꼴 보기 싫은 상대의 모습은 사실 나 자신이 꽁꽁 숨기고 싶은 스스로의 모습에 가깝다. 외면하고 감추고 싶어서 어두운 마음 속에 꼭꼭 숨겨뒀는데 상대가 그 모습을 드러내며 살고 있으니 샘도 나고 억울해서 꼴 보기가 싫어지는 것이다.

그래서 내가 정말 보기 싫은 사람이 나타나면 사실은 그 사람과 내가 연결되어 있다는 것을 받아들이고, 내 속에 있는 진짜 내 모습을 한 번 더 바라보고 인정해주는 기회로 삼아야 한다.

솔직하지 않게 살수록 나 자신을 화나게 만들고, 자신이 숨기고 싶은 모습을 드러내게 만드는 사람과 계속 크고 작은 사건들로 엮이게 된다. 나 자신이 원인이 되었다는 것을 인정하지 않는 한 연결된 사람과 계속 트러블이 반복된다.

아빠는 각계각층에서 성공한 분들과 격 없이 만나는데, 그런 날엔 그분들의 힘든 이야기를 오래 듣다 오곤 한다. 그분들이 오랜 시간 스스로를 고통에 빠뜨리고 있는 중인 것을 잘 알기 때문이다. 그런 고통에서 잠깐이라도 벗어날 수 있는 수단이 반짝이는 명품과 자극적인 게임과 술과 이성밖에 없는 상황도 어느 정도 이해가 된다.

아빠는 사업을 하면서 중요한 부분이 고객보다 사업가 자신을 먼저 즐겁게 만드는 게 최우선이라고 말해왔다. 이 말은 스스로 할 수 있는 선에서 최선을 다했으면 결과는 하늘에 맡기라는 "진인사대천명"이라는 말이나 "하늘은 스스로 돕는 자를 돕는다"라는 말과도 통한다.

스스로 즐거울 줄 알아야 자신을 즐겁게 만드는 아이디어가 떠오르고, 그런 아이디어에 부합하는 고객들을 불러들이기 때문에 실제로 더 즐거워진다.

스스로 최선을 다하는 건 좋지만, 결과까지 자기가 무조건 완벽하게 매듭지으려고 하면 무슨 일을 하든 그런 부담을 안고 살게 된다. 눈으로 보이는 단기 성과는 좋을지 몰라도, 인생 전반으로 보자면 좋은 영향을 미치기 어렵다.

매번 결과에 집착하는 것은 스스로를 돕는 일이 아니다. 당장 좋은 결과로 돌아오지 않더라도 돌고 돌아 나에게 또 다른 형태로 돌아올 것에 대한 기대감이 없어서 항상 불행하기 때문이다. 지금 네가 눈앞에 보고 있는 현실은 네가 불러들인 결과다. 그런데 지금 네가 보는 현실이 최악 중의 최악이라면 기분이 너무나 더러울 것이다. '난 이걸 바라지 않았다고!' 하면서 말이다.

하지만 앞서 말했듯이 세상은 연결되어 있고 돌고 돌면서 네가 부른 현실이 네게 돌아오는 과정에 있을 뿐이다. 네가 정말로 원했던 세상이 있고, 그 세상을 위해서 어떤 노력을 했다면 그 세상은 지금 어느 반환점을 돌아 너에게 가는 중이다. 그리고 그 세상은 네가 생각했던 것과 모습은 다를 수도 있지만 네 생각보다 더 좋은 것을 준비해서 가져다주는 중일 것이다.

하지만 만약 네가 당장 눈앞에 있는 현실을 보면서 네 인생이 최악이라는 섣부른 판단을 내리는 순간, 네가 기대하던 세상은 너를 향해 오던 길을 멈추고 지금 네가 부른 또 다른 최악의 현실이 다가올 준비를 한다. 그렇게 네가 반복해서 불러들인 결과물이 쌓여서 네 앞에 더 자주 나타나게 만든다.

세상은 서로 연결되어 있고, 돌고 돈다. 지금 말한 이야기를 온전히 다 믿지 않아도 괜찮다. 아빠 역시 책을 보면서 그럴 수도 있을 거라고만 생각했다. 그리고 나머지는 실제로 살면서 실험을 해 보았다.

사실 그런 말에 기대하지 않으면 안 될 만큼 아빠가 20대 후반에 맞이한 현실은 최악이었기 때문이다. 물론 지금도 아빠의 실험은 계속되고 있다. 그리고 지금 아빠는 매일 너와 유치원에 가고 함께 밥을 먹고 같이 잠이 들고 원할 때 원하는 곳에 갈 수 있는 현실을 오랜 시간 유지하고 있다.

아빠 주변에는 서로 잘되게 해주기 위해서 자신의 것을 기꺼이 나누는 소중한 인연들이 늘어가고 있고, 그분들 역시 아빠처럼 출퇴근하지 않으면서도 자신이 고객을 선택하면서 돈을 버는 삶을 꾸려가고 있다.

너는 아빠와 엄마가 싸우는 모습을 한 번도 보지 못했을 거다. 네가 없을 때 싸우는 게 아니라 실제로 결혼 이후에 싸우지 않았기 때문이다. 사람들은 이런 상황이 비현실적이라고 말한다. 그래서 아빠를 믿지 못하면 꼭 엄마한테 물어보라고 할 정도다. 아빠와 엄마에겐 이게 현실이다.

세상은 모두 연결되어 있고, 세상은 항상 지금 이 순간 우리에게 가장 필요한 것을 주고, 가장 좋은 것을 준다고 믿고 사는 게 바로 이 비현실적인 현실에서 살게 된 강력한 원인이다.

모든 것을 다 설명할 수는 없지만 아빠가 비현실적인 삶을 사는 것 같다고 사람들이 말해주는 부분들은 세상이 전부 연결되었다는 것을 믿고 사는 실험에서부터 시작된 게 큰 영향을 준 것은 확실하다. 아빠와 엄마에게 연결되어 세상에 와주어서 고맙다. 아들아.

2

GIVE-UP은 포기가 아니다

"뭐든 포기하면 안 되잖아요."

대화를 나누다 보면 입버릇처럼 이런 말을 하는 분들을 종종 만난다. 자신을 희생하면서 즐겁지 않은 일을 하면서도 말이다. 그분들이 잠시 멈춰야 할 때 멈추지 않는 이유는 별다른 게 없었다. 그저 '포기하면 안 될 것 같아서'라는 이유였다.

마치 주술에 걸린 듯이 말하게 되는 '포기하면 안 될 것 같아서'라는 말. 아빠 역시 이 말에서 자유로운 사람은 아니었다. 물론 지금도 완전히 자유롭다고 말할 순 없다. 하지만 적어도 포기하면 안 된다는 말로 억지로 채찍질하는 일은 하지 않으려고 한다.

포기하면 안 된다는 말을 어릴 적부터 달팽이관에 새겨질 만큼 여기저기서 듣고 자라는 것 같다. 끝까지 열심히 살아야 한다는 말과 함께 말이다. 모든 상황에서 그렇게 살 수 있는 사람은 세상에 별로 없다는 진실은 보통 매우 오랜 시간이 지나 몸과 정신에 탈이 나고 나서야 실제로 깨닫게 되는 것 같다.

포기하면 안 된다는 말을 우리가 하는 모든 일에 적용해버리면 그것만큼 불행한 상황은 없다. 심지어 탈이 나서 입원했는데도 일을 절대 포기하지 않으려고 하는 집착 상태까지 가니 말이다. 누군가는 그런 모습을 보고 대단하다고 말하기도 하지만, 아빠는 이런 강박에 시달리는 게 오히려 저주에 가깝다고 생각한다. 멈추지 않는 분홍신을 신고 끝나지 않는 춤을 추게 되는 그런 저주 말이다.

어떤 일을 하다가 중단하려고 하면 “넌 왜 이렇게 끈기가 없냐?”라는 말을 듣고 자란다. “포기하지 않으면 안 되는 일은 없다”라는 말을 위대한 명언으로 마음에 새기며 자란다. 그런 경험이 어떤 것이든 멈추지 못하게 만드는 저주를 완성하는 것이다.

이런 말들은 일부 사실에 기반하고 있다. 그래서 딱히 반박하기도 어렵다. 하지만 세상 일 중에는 빨리 포기해야 좋은 일들도 많다. 안 되는 일을 되게 만드느라 애쓰면서 자존감을 깎아 먹기보다는, 되는 일을 더 잘되게 만들며 자존감을 올리고 자신을 지키는 시간의 가치가 더 크다는 것도 알아야 한다.

이런 사실을 운 좋게 나중에 깨달아도 이미 “포기하지 마”라는 주문이 온몸에 부적처럼 달라붙어 있다면 이러지도 저러지도 못하면서 스스로를 괴롭히며 산다.

아빠가 또래에 비해서 다양한 연령대, 다양한 직업을 갖고 계신 분들을 만나 현실적인 이야기를 많이 나눠보며 알게 된 사실이다. 아빠는 그래서 평소에 너에게 이런 식으로 이야기를 하는 거란다.

"절대 포기하면 안 되는 일 같은 건 세상에 별로 없다"라고 말이다.

자녀에게 약해빠진 이야기를 한다고 누가 아빠를 욕해도 상관없다. 아빠는 누구보다 행복해지는 방법을 연구하면서, 행복해지고 싶어 하는 1만 명이 훨씬 넘는 사람들의 고민을 듣고 해결책을 찾아온 사람이다. 그 과정에서 이성·감성·영성을 녹여서 현실적으로 돈 버는 방법을 가이드해온 사람이다. 아빠보다 이런 일을 많이 그리고 오래 한 사람은 없고, 아빠보다 이쪽으로 많은 사례를 만든 사람은 없을 거다. 확신은 잘 하지 않지만 사실이 그렇기 때문에 이런 말을 자신 있게 하는 거란다.

포기해야 할 일과 아닌 일의 기준은 네가 직접 해보면서 결정하는 게 맞다고 생각한다. 네가 너만의 기준을 세우기 위한 시행착오를 겪기 전에, 어떤 일이든 무조건 끝까지 포기하면 안 된다는 절대적 기준을 심어주고 싶지 않다. 네가 현재 상태에서 감당할 수 있을 만큼 충분히 해보고 나서 중단을 결정하는 것에 대해서 언제나 환영한다. 이 과정에서 어떤 고민이 있었고, 앞으로 어떻게 하고 싶은지 편하게 대화 나눌 준비가 아빠는 항상 되어 있단다. 이 과정에서 포기하면 안 된다는 죄책감으로 스스로를 극단적으로 몰아붙이지 않았으면 좋겠다.

그래서 아빠는 '포기'라는 단어보다 'GIVE-UP'이라는 단어를 좋아한다.

"GIVE-UP은 포기한다는 뜻 아닌가요?"

맞다. 영어 사전에는 그렇게 나와 있단다. 하지만 'GIVE-UP'이라는 표현을 '포기하다'로 해석하자는 약속을 누군가 정한 것이니 아빠는 아빠만의 해석을 해볼 수도 있을 것 같다.

아빠에게 GIVE-UP은 "위로 올려드리다"라는 뜻으로 보이더구나. 안고 가던 삶의 무거운 짐을 신에게 내맡긴다는 종교적인 표현을 너도 알고 있는지 모르겠다. '진인사대천명'이라는 말도 비슷한 뜻이 있다. 인간이 할 수 있는 만큼의 도리를 하고 나머지 결과는 하늘에 맡긴다는 뜻이다. 즉, 내가 할 만큼 했으면 나머지는 신에게 맡기는 것을 GIVE-UP이라고 아빠는 생각한다.

누구든 치열한 도전을 하고서도 원하던 결과를 만나지 못하는 경우가 존재한다. 그럴 때 나 자신만 떳떳하다면 주변 눈치 보지 않고 신이 정한 결과에 승복하고 깨끗하게 도전을 접는 것도 훌륭한 선택이다. 네가 할 만큼 했다면 그다음은 GIVE-UP 해도 된다는 말이다. 그래야 우리는 인생을 가볍게 그리고 즐기면서 살 수 있다.

"포기하는 거냐"라는 주변의 비아냥이 듣기 싫어서 억지로 계속 도전하는 사람의 삶은 피폐해지기 쉽다. 물론 목표를 달성하기도 하지만, 그 목표 역시 주변 사람의 기를 살려줄 뿐 자신을 위한 목표가 아니란 걸 뒤늦게 깨닫고 분노하는 사람들을 많이 보았다.

포기하지 않는 선택은 주변 눈치를 보면서 결정하면 안 된다. 그게 인생을 꼬이게 만들고 불행을 부른다. 그럴 거라면 차라리 'GIVE-UP' 하는 게 낫다.

현재 아빠는 많은 것을 GIVE-UP 한 채로 사는 중이다. 그리고 그런 결정을 하지 않았다면, 너와 매일 누리는 자유로운 일상은 아빠에게 존재하지 않았을 것이다. 네 엄마 역시 오랜 시간 키워온 커리어를 GIVE-UP 했다. 그리고 너와 함께 시간을 오래 보내면서도 돈을 벌 수 있는 완전히 새로운 일을 찾은 거란다.

엄마, 아빠가 기존에 붙잡고 있던 삶의 방식과 커리어를 GIVE-UP 하지 않고 있었다면 지금처럼 많은 대화를 나누면서 서로의 눈을 바라보며 따뜻하게 웃을 수 있는 가정은 만들어지지 않았을 거라 100% 확신한다.

"절대 포기하면 안 돼"라고 윽박지르는 듯한 세상의 말들에 휘둘리지 말거라.

네 생각에 네가 할 만큼 했다면, 너는 충분히 GIVE-UP 할 자격이 있는 거란다. 그리고 그 덕분에 너에게 훨씬 더 큰 기회가 온다는 사실을 믿어도 좋다. 할 만큼 한 사람이 선택한 GIVE-UP 뒤에는 GIFT가 내려오기 마련이니까.

지금 네가 GIVE-UP 하고 싶은 것은 무엇이니? 여유가 있다면 한번 적어봐도 좋을 것 같다.

3

사람의 마음을 얻는 것은 전부를 얻는 것이다

아빠가 대학생 때 생활비를 아끼기 위해서 하루에 5천 원 미만으로 살았던 때가 지금도 생생히 기억난다. 대학교 기숙사 식권을 할인해서 산 다음, 밥을 먹을 때마다 잔뜩 퍼서 밥을 담고 일부는 따로 비닐팩에 담아 얼려서 나중에 계란밥을 해먹으며 두세 끼를 해결할 때, 부끄러우면서도 뿌듯했던 기분이 생각난다.

아빠는 자연스럽게 돈에 집착하는 삶을 살아왔다. 지금 생각하면 얼마 되지 않는 돈도 아끼려고 애쓰면서 어찌나 찌질하게 살았는지 모른다. 한번은 선배 결혼식에 갔는데 돈은 안 내고 밥만 먹고 나와서도 스스로 자리를 채웠다고 합리화할 정도로 부끄러운 줄 모르던 사람이 바로 아빠였다.

돈 아끼는 것에 집착하다 보니 어떤 일이든 기회비용을 따지고 항상 계산적으로 상황 판단을 했다. 관계를 유지하는데도 어떻게 하면 손해를 덜 볼까 고민하고 행동하는 시간이 대부분이었다. 그렇게 계산적으로 살았으면, 돈이라도 많이 모으거나 몸값이라도 올라야 할 텐데 그런 일은 벌어지지 않았다. 절대 손해 보지 않고 살려고 그렇게 애를 쓴 것치고는 초라한 결과였다.

뭔가가 잘못 돌아가고 있다고 느낀 것도 꽤 오랜 시간이 지나서였다. 오히려 '이렇게 열심히 계산적으로 살았는데도 이 모양이니, 도대체 세상은 나보고 어떻게 하라는 거야?' 하며 도리어 세상 탓만 하고 있었다.

세상에 대한 불만과 불안감을 아빠는 항상 책을 보면서 도피하듯이 이겨냈다. 부자가 된 사람들의 책을 보면서 이들도 나랑 별로 다른 것 같지 않은데 왜 부자가 됐을까 궁금해했다.

그래서 책을 사보고 책 내용이 좋으면 저자 강연회를 쫓아다니고, 책에 사인을 받아왔다. 그러면서 저자분들과 사적인 자리에서 이야기 나눌 기회도 늘었고, 책에서 들을 수 없는 내용을 듣거나 책에서 볼 수 없는 저자들의 진짜 모습을 볼 수 있었다.

사적인 자리에서도 훌륭한 태도를 유지하고 심지어 큰 부자인 저자분들이 들려주는 이야기의 공통점은 돈을 써서라도 사람의 마음을 사라는 것이었다. 사람의 마음을 얻을 수 있다면 돈을 써서라도 얻는 게 부자가 되는 길이라는 것을 그때부터 어렴풋하게 느꼈던 것 같다.

영업사원으로 사회생활을 시작해서 돈을 벌기 시작한 아빠는 좀 더 적극적으로 부자가 되는 법을 배우고 싶어서 강의를 많이 들으러 다녔다. 이때는 이전과 다르게 살기 위해서 노력을 많이 했다. 그래서 돈 내고 강의를 들어도 미리 음료수와 편지 같은 것을 준비해서 강사분에게 드렸다. 강의가 정말 인상 깊으면 그 자리에서 지폐 몇 장을 봉투에 담아 드리면서 티타임을 요청했다. 이미 돈을 지불했지만 내가 당장 표현할 수 있는 선에서 절실한 마음과 감사한 마음을 표현하며 다녔던 것이다. 그리고 강의를 들으면 정리하는 겸해서 리뷰를 재밌게 적어서 강사분께 공유해드렸다.

이렇게 행동하는 아빠를 보고 강사분들이 어떻게 반응했을까? 대부분 감동했으며, 아빠에 대한 좋은 인상을 가지고 연락처를 교환하고 관계를 유지했다. 영감을 주는 사람을 만나면 최대한 빠른 시간 내에 아빠의 마음을 1%라도 더 잘 표현하려고 노력했고, 그런 행동들로 아빠는 한 분 한 분의 마음을 얻었다.

그러다 보니 점점 아빠에 대해 좋게 이야기해주거나 주변에 좋은 사람을 소개해주는 일이 늘어나기 시작했다. 어떤 분은 자신의 유료 강의를 그냥 무료로 다 듣도록 기회를 줬고, 사업 파트너가 되기도 했고, 형 동생 하는 사이가 되기도 했다.

아빠는 10년 가까이 강의도 하고 책도 쓰고 살고 있지만, 이런 식으로 마음을 표현하는 사람을 만나는 일은 거의 드물다. 그러다 보니 가끔 과거에 아빠가 그랬던 것처럼 마음을 얻기 위한 표현을 하는 사람을 만나면 눈여겨보게 된다. 그분에게 도움이 될 만한 정보가 보이면 따로 챙겨드리게도 된다. 그분은 아빠의 마음을 얻은 것이다.

사람의 마음을 얻는 것은 상대방 입장에서 도움 되는 행동을 하는 것이다. 작은 선물을 사는 것처럼 돈을 쓰는 법도 있지만 다른 방법으로도 얼마든지 가능하다.

네가 태어날 때부터 살고 있던 뷰가 좋은 우리의 보금자리는 6년이 넘으면서 집값이 3배 이상 올랐다. 세입자들은 그에 맞는 금액을 지불하면서 살거나 여력이 되지 않아 이사를 가거나 하는 상황이 된 것이다. 그런데 아빠는 계속 집세를 올리지 않고 살았다. 그러다 최근에 월세 5만 원을 올려서 드리고 있다.

대부분 시간이 지나면 집세가 올라서 오른 집세를 내며 살든지 집세에 맞춰 이사를 하며 사는데, 단지에서 가장 좋은 뷰를 가진 동과 층에서 어떻게 계속 집세를 올리지 않고 살 수 있었던 걸까?

아빠는 엄마와 결혼하고, 작은 집에 살다가 너를 임신하고 처음 아파트로 이사 오게 되었단다. 부동산도 잘 모르다 보니 당시에 대출을 받으면 집을 살 수 있었는데, 그냥 월세를 내면서 살게 된 것이다. 그런데 집이 너무 마음에 들었다. 이 집에 오래 살고 싶다고 생각하면서 아빠가 집주인분의 마음을 사는 법을 고민하기 시작했다.

일단 계약하는 날 집주인분과 중개인분에게 케이크를 사서 선물로 드렸다. 편지에 좋은 집을 얻게 해주셔서 감사하다는 말을 적어 전달했다. 중개하는 분도 이런 편지와 선물을 받은 건 처음이라고 하셨다.

그리고 아빠는 월세를 내는 날짜보다 하루 일찍 월세를 보냈다. 집주인 입장에선 월세 들어오는 날은 하루 종일 세가 들어오는지 아닌지 걱정하게 된다. 그래서 그 걱정을 덜어주면 되겠다고 생각했다. 어차피 낼 월세인데 하루 일찍 내는 것으로 상대의 걱정을 덜어드릴 수 있다면 이보다 간단한 방법도 없다고 생각했다.

2년이 지나면서 집주인분은 그대로 살라고 말하셨고, 4년이 지나도 먼저 연락주셔서 세를 올리지 않을 테니 그냥 살라고 하셨다. 6년째 될 때도 월세 5만 원만 올리자고 정중하게 먼저 말해주셨다. 그때도 매달 월세가 들어올까 말까 하는 걱정을 덜어준 것에 대해 이야기를 하셨고 그에 대한 보답이 돌고 돌아 이런 식으로 돌아온 것이다.

아빠는 바닥부터 시작해서 돈을 버는 데 필요한 마케팅을 연구하다 보니 자연스럽게 질 좋은 콘텐츠를 만들고 그것을 온라인에 배포하는 방식에 능숙해지기 시작했다. 그런 과정에서 유명한 인플루언서분들의 콘텐츠도 만들고 그분들의 SNS 채널도 아빠가 크게 키워서 비즈니스적으로 활용할 수 있게 만들었다.

비용은 받지 않고 오직 곁에서 그분들을 돕고 싶은 마음으로 했다. 그래서 그런 일을 할 때 한 번도 공개적으로 아빠가 퍼포먼스를 만들었다고 내세우지 않았다. 오히려 아빠가 언젠가 경험해야 할 일을 다른 분들을 마케팅하면서 미리 경험할 수 있어서 감사한 일이라고 생각했다.

그렇게 아빠에게 도움을 받았던 영향력 있는 분들이 여기저기 아빠를 전문가라고 알리셨다. 그 과정에서 아빠는 돈 벌 수 있는 기회도 잡을 수 있었고, 성공한 사업가와 작가들과의 인맥도 쉽게 키워갈 수 있었다.

아빠가 그 당시 만약 직접 뛰어다니면서 관계를 만들었으면 시간과 비용을 100배는 더 많이 써야 했을 것이다. 술도 마시고, 골프도 치고, 가족과의 시간도 많이 포기해야 했을 것이다. 하지만 아빠는 너와 시간을 오래 보냈고, 아빠가 마음을 얻은 다른 분들이 대신 그런 역할을 하면서 아빠를 주변에 알려주신 것이다.

아빠가 가장 잘할 수 있는 것으로 감사한 분에게 마음을 표현했던 것뿐이고, 그것을 외부에 드러내지도 않았는데 그런 행동들이 계산할 수 없는 가치로 눈덩이처럼 커지다가 아빠에게 돌아왔단다.

당장 돌아올 것을 기대하지 않고 지금 할 수 있는 것 안에서 마음을 표현한 행동들이 시간이 지나 생각지도 못한 선물들을 가지고 아빠를 찾아왔다.

아빠는 콘텐츠 마케팅 강의를 하면서도 사람의 마음을 얻는 것의 중요성을 마지막에 항상 강조했다. 콘텐츠로 얻을 수 있는 것들의 단계를 설명하면서 강조하는 부분인데 짧게 설명하면 다음과 같다.

첫 번째로 콘텐츠가 '돈'을 벌어오는 단계는 초보 단계다. 콘텐츠를 팔아서 돈 버는 것으로 세상 이치를 깨달은 것처럼 이야기하는 사람들은 아직 초급 단계에 머물면서 더 큰 세상을 모르고 하는 이야기다.

두 번째는 콘텐츠가 '시간'을 벌어주는 단계, 이 단계는 중수의 단계다. 시간적 여유가 있다는 것은 즐거움을 추구할 수 있고, 하고 싶은 것을 할 수 있고, 가고 싶은 곳에 갈 수 있는 여유를 준다. 10년 넘게 아빠는 출퇴근하지 않고 살기 때문에 평일에 붐비지 않을 때 영화를 보거나 대형마트를 가거나 해외에 오래 다녀올 수 있었던 것처럼 말이다.

세 번째는 콘텐츠가 '사람'을 데려오는 단계다. 콘텐츠로 돈만 벌려고 하면 돈만 많이 벌고 끝낼 수 있다. 하지만 사람의 마음을 얻기 위해 콘텐츠를 만들고 그런 콘텐츠로 사람들과 소통하면서 서로 같이 성장하는 선택을 할 수도 있다.

이 과정에서 어떤 경우는 돈을 덜 벌거나 시간을 덜 벌거나 하는 일도 생긴다. 하지만 내 사람을 얻게 되면 그들과 함께 돈과 시간을 몇 배로 벌어다줄 기회를 만들기 쉬워진다.

이것은 혼자서 돈을 벌고, 시간적 여유를 만들려고 노력했던 것과는 비교도 되지 않게 거대한 기회들이다. 평생에 걸쳐서 쌓아온 인생을 걸고 도와주려고 하는 사람들로부터 얻게 되는 기회이기 때문이다. 콘텐츠로 사람의 마음을 얻는 단계가 진정한 고수의 단계다.

최근에도 아빠는 부족한 부동산 지식 때문에 완전히 잘못된 투자를 했고, 정말 위기의 순간까지 갔는데 아빠 주변의 여러 귀인이 모여 각자의 능력을 발휘해서 문제를 해결해주었다.

주변에서 이런 식으로 문제를 해결한 경우를 본 적이 없다는 이야기를 들을 정도로 영화 같은 일들이 벌어졌다. 떠올리기만 해도 식은땀이 나는 위기인데 귀인들이 다 해결해주었다.

실제로 큰돈을 버는 기회나 큰돈을 지키는 기회는 무조건 사람을 통해서 온다. 그리고 계산적인 관계로 엮인 사람을 통해서는 큰돈을 벌더라도 잡음이 생기고, 반드시 뒤탈이 생긴다.

계산기 두드리는 것을 멈추고 사람의 마음을 얻으면서 형성된 관계를 통해서는 훨씬 더 멀리 오래 갈 수 있다. 당연히 그 과정에서 시행착오도 겪는다. 마음을 얻을 사람, 거리를 둬야 할 사람에 대해 배우면서 말이다.

사람의 마음을 얻으려는 노력을 하는 게 좋은 이유는 이런 과정에서 자기 이익만 챙기고 몰래 계산기를 두드리는 사람들이 금방 자기 정체를 드러내기 때문이다. 아빠도 사람의 마음을 얻는 과정 중에 손해를 본다는 생각이 든 적도 있고, 사람에게 크게 실망한 적도 많았다. 반대로 실망을 준 경우도 있었다.

하지만 그 모든 것들을 상쇄하고도 남는 이익과 기회로 결국 돌아왔고, 이런 일들은 남은 일생 동안 지속될 거라는 예감이 든다. 그래서 아빠는 힘든 순간이 와도 금방 멘탈을 회복할 수 있는 자신감이 항상 있고, 그렇게 잘 살아왔다.

아빠는 이래도 되나 싶을 정도로 좋은 사람들이 곁에 많다. 과거에도 이렇게 믿으면서 떠나보낸 사람들도 많지만, 더 오랜 시간을 함께하고 있는 좋은 사람은 계속 늘어만 가는 중이다.

아빠는 정당한 대가를 받으면서 돈도 벌고, 그 와중에 계산기를 두드리지 않고 사람 마음을 얻는 노력도 병행하면서 아빠만의 균형점을 계속 찾아가는 길이란다.

네가 그렇게 느낄지 모르겠지만 그 어떤 사람보다 네 마음을 얻기 위해 아빠는 가장 많은 노력을 하고 있단다. 마음을 얻는 것은 전부를 얻는 것이니까 말이다.

4

탁월함의 필수요소는 결핍이다

지금 이 책을 보고 있기 때문에 더 자신 있게 말할 수 있지만, 솔직히 아빠는 다른 건 잘 몰라도 글은 잘 쓴다고 자부할 수 있다. 아빠가 쓴 글이나 책을 보고 칭찬해주는 분들이 실제로 많이 계시기 때문에 잘난척이라고 해도 어쩔 수 없을 것 같다.

하지만 간혹 오해받는 부분이 있어서 오해를 좀 풀어보려고 한다. 아빠가 SNS에 쓴 글을 보거나, 여러 권의 책을 집필한 것들을 보고 이런 질문을 하시는 분들이 계신다.

"작가님은 문과 나오셨죠?"

그러면 아빠는 이렇게 대답한다.

"아, 아니요. 전공은 전기전자공학이고, 경제학을 복수전공 했습니다."

"아 그래도, 학창 시절에 국어를 잘하셨나봐요?"

"사실 국어를 제일 못했고, 수학을 잘했습니다."

"그럼 어쩌다가 글을 이렇게 잘 쓰게 되신 건가요?"

"음……, 절박했거든요."

글 잘 쓰는 노하우로 절박함을 언급한 경우가 아빠 말고 또 있었는지는 모르겠지만, 아빠에겐 절박함이 글을 잘 쓰게 만들어준 1등 공신이다. 그리고 그 절박함은 결핍으로부터 시작되었다.

아빠가 군대 있을 때, 주로 하던 업무는 전자기기가 고장 난 것에 대해 전화를 받는 일이었다. 여전히 납득하기 어렵지만, 전화를 받을 때 벨이 세 번 이상 울린 뒤에 받으면 용무와 상관없이 글로 옮길 수 없는 욕을 먹어야 했다.

당시 전화기가 두 대 있었는데 가끔은 그 두 대를 아빠가 혼자 다 받을 때도 있었다. 그러다 보니 아빠는 전화벨 소리만 들어도 심장이 철렁거리는 시간을 2년 넘는 군 생활 동안 보냈다.

그래서 너도 알다시피 아빠의 스마트폰은 이때까지 단 한 번도 벨소리로 울린 적이 없고 진동으로만 설정해놓은 것이란다. (사실 진동 소리를 듣는 것도 아빠에겐 꽤 힘든 일이긴 하다.)

전화와의 악연은 이뿐만이 아니다. 아빠는 대학교 졸업 전에 영업사원으로 사회생활을 시작했다. 실제 업무를 제대로 시작하고서야 알게 된 것이지만 아는 사람, 모르는 사람 가리지 않고 전화를 걸어야 하는 게 당시의 영업 프로세스더구나.

원래 전화받는 것에 두려움이 있었는데, 그때부터는 전화하는 것까지 노이로제에 걸리기 시작했다. 왜냐면 아빠가 전화를 걸면 반기는 사람이 없었기 때문이다. 잡상인 취급을 받는 게 당연했고, 자존감은 계속 바닥을 뚫고 내려가기 시작했다.

아빠에게 전화기는 이런 힘든 감정을 경험하게 만든 물건이다. 이외에도 전화와 관련해서 좋지 않은 기억을 가지게 만든 경험은 많았지만 이 정도만으로도 아빠가 전화 통화를 어려워하고, 항상 진동으로 해놓고, 멀리 던져두고 있는 이유를 이해할 거라 생각한다.

영업을 하면서 전화 통화는 필수였는데, 자존감이 떨어지니 자꾸 사람이 무서워지고 사람을 만나는 게 스트레스가 되기 시작했다. 원래 내성적인 편이었는데 더 내성적으로 변해갔다.

이렇게 정신적으로 힘든 시간을 오래 보냈지만 생존을 위해 기존의 영업 방식을 초월하려는 마지막 발버둥을 치며 선택한 게 바로 글쓰기였다. 당시 아빠가 겪던 정신적으로 힘든 시간을 모닝 페이지라는 것을 쓰면서 극복해보려고 시도했다.

모닝 페이지는 《아티스트 웨이》라는 책에서 나오는 개념인데, 아침에 그날의 감정과 떠오르는 생각을 거침없이 종이에 휘갈겨 쓰는 게 정신적으로도 좋다고 해서 시도했다. 그렇게 생각을 토해내듯이 형식과 상관없는 글을 표출하지 않았다면 아빠의 머리는 터져 버렸을지도 모른다. 고민과 생각이 너무 많아서 불면증을 오래 앓기도 했으니까 말이다.

시간이 날 때마다 말이 안 되는 글도 그렇게 써내다 보니 조금씩 불면증이 나아지고 감정적으로도 안정되는 게 보였다. 꽤 오랜 시간 그렇게 글 쓰면서 스스로를 치유했다. 그래서 아빠가 한참 창업 코칭을 할 때는 생각이 많은 창업자분들에게 꼭 감정과 생각을 휘갈겨 쓰는 모닝 페이지를 추천했던 거란다.

그런데 모닝 페이지를 쓰면서 글쓰기에 익숙해지는 시간을 가질 거라면 좀 더 발전시켜서 아예 글만 가지고 사람을 설득하는 단계까지 가보자는 생각이 들었다. 사람 만나는 것도 힘들고 전화 받기도 힘드니 글로 설득하면 편하겠다는 단순한 생각이었다.

그래서 아빠는 어떤 책의 목차를 한번 읽고 그 느낌을 기억하면서 아빠의 생각을 정리하는 짧은 글을 써보고, 그 글을 다시 읽으면서 읽기 좋게 고쳐보는 연습을 시도했다. 그리고 글과 친해지는 느낌이 들었을 때 블로그에 글쓰기를 시작했고, 방문자가 늘고 문의하는 사람도 생기고, 나중에는 매거진에 칼럼도 게재하고 TV와 라디오에 출연하는 기회까지도 영향을 주었다.

자연스럽게 온라인에 글을 기록으로 남기는 게 사람들에게 신뢰를 주는 좋은 수단이며 만나거나 억지로 전화통화를 하지 않아도 설득할 수 있는 역할을 대체할 수도 있겠다는 생각이 들기 시작했다. 그게 2011년 정도였으니까 10년이 넘는 기간 동안 아빠는 절박함으로 글을 붙잡고 글과 함께 울고 웃는 시간을 보낸 셈이다.

그간에 아빠는 매주 새로운 창업 아이템의 사업계획서를 10페이지 넘게 글로 정리하는 사업을 하면서 수천 페이지의 사업계획서를 만들어냈고, 그 사업 홍보도 텍스트 기반의 뉴스레터로 하면서 나름 의미 있는 성과를 냈다.

그 과정에서 작은 성공 사례들이 생기고, 아빠도 계속 새로운 도전을 하면서 경험을 쌓았다. 그래서 책으로 기록할 수 있는 이야기들을 모아 종이책 6권뿐만 아니라 전자책까지 여러 권 만들면서 기록을 글로 남겼다. 그러다 보니 자연스럽게 글을 잘 쓰는 사람이 되어 있었다.

농담이 아니라 글을 잘 쓰려면, 글을 많이 쓰는 것만큼 좋은 방법이 없다. 많은 글쓰기 선생님들이 그렇게 이야기한다. 하지만 왜 글을 계속 많이 써야만 하는지를 스스로 발견하지 못하면 결코 글을 많이 쓸 수가 없다.

글을 잘 쓰는 법, 쉽게 쓰는 법에 대한 노하우는 계속 생겨나지만, 방법을 알아도 글을 잘 쓰는 사람을 찾기 어려운 건 이런 이유에서란다.

아빠가 가지고 있는 결핍을 어떻게든 해소하기 위해 아빠는 글쓰기를 할 수밖에 없었다. 정신과에 갈 만큼 머리가 복잡하고 전화에 대한 트라우마가 생겼지만, 영업으로 먹고살아야 하는 절박한 상황이 되니 글쓰기에 매달렸고, 그것이 생업으로 연결되고 돈을 벌어주다 보니 이런 단계까지 오게 된 거란다.

결핍과 스트레스는 고통스럽지만, 거기서 벗어나고자 하는 절박함을 갖게 해주고, 벗어나려는 행동을 지속하게 해준다. 그리고 그 절박함과 지속성은 탁월함을 만들어준다. 그 와중에 글쓰는 작업은 아빠에게 치유의 효과가 있어서 포기하고 싶은 생각이 들지는 않았다.

사실 어떤 분야에 탁월한 사람을 찾기 어려운 이유 중에 하나는 사람들이 지속하는 것을 피하고, 단기간 성과에 집착하며 금방 잘해 보이는 기술에만 집착하기 때문일 확률이 높다. 그래서 똑똑하고 배움이 빠른 사람일수록 진짜 탁월함에 도달하기 어려워진다.

그래서 결핍은 탁월함을 만들기 위한 필수 재료다.

그래서 결핍을 만드는 환경과 시행착오들을 나쁘게만 볼 필요가 없다.

그래서 자신의 결핍을 애써 외면하고 괜찮은 척할 필요도 없다.

다들 괜찮아 보이는데 왜 나만 힘들고 나만 결핍이 심할까 우울한 생각도 들 때도 있겠지만, 진짜 절박함과 탁월성을 발휘하기 위해 지금의 결핍이 있다는 것을 가끔씩이라도 생각하면 결핍을 누구보다 잘 활용하는 사람이 되어 있을 거다. 세상에 그런 무기를 가진 사람을 찾기는 어렵고, 강력한 차별화 포인트가 될 수 있다.

결핍을 찬양하고, 결핍 상태에 취해서 위기의식 없이 결핍을 푹 끌어안고 시들시들하게 살라는 말이 아니다. 결핍을 아파할 만큼의 인지는 가지고 그 절박함으로 실행을 하며 탁월함을 향해 가거라.

결핍을 통해 글쓰기에 탁월함을 만든 아빠의 경험을 이야기했지만, 이외에 다양한 결핍들이 존재하고 그것들이 또 다른 탁월함을 만들어가고 있다. 그런 것들이 결합하면서 다양한 사업 시도도 할 수 있게 된 것이고 너와 시간을 오래 보내는 행복 또한 유지할 수 있게 된 것이다.

결핍을 탁월함에 도달하는 재료로 삼는 시선을 딱 한 번만 가져보면, 네가 겪는 대부분의 일이 기회로 다가올 수 있다는 것을 깨닫게 된다. 그리고 인생에서 겪는 크고 작은 이슈들이 모두 너의 탁월성을 키우는 데 사용되기 시작할 것이다.

지금 너의 결핍은 무엇이니? 그리고 이것을 활용해서 어떤 탁월성을 만들고 싶니? 여유가 있다면 한번 떠오르는 대로 기록해 봐도 좋을 것 같구나.

5

관심사가 많아서 방황한다면 잘하고 있는 중이다

아빠는 이것저것 관심이 많았던 아이였단다. 물리학자가 되고도 싶었고, 가수도, 마술사도 되고 싶었다. 그중에서도 초능력자, 슈퍼히어로가 되고 싶었던 꿈이 가장 간절했던 게 기억난다.

어제는 네가 인라인에 관심을 갖다가 오늘은 인라인이 별로라 말하고 축구에 푹 빠졌듯이, 관심사가 며칠 만에 바뀌기도 하는 건 자연스러운 일이다.

하지만 아빠가 학창 시절을 보내고 어른이 되어가면서 주로 들은 이야기는 이것저것 건드리지 말고 하나라도 똑바로 잘하라는 말이었다. (그럴 리 없겠지만 아빠, 엄마가 네게 그런 뉘앙스로 한 말이 있는 것 같다면, 오해이니 바로 말해줬으면 좋겠다.)

아빠는 이런 가르침이 어른들의 불안에서 오는 잘못된 가이드라고 분명하게 말하고 싶다. 하나라도 제대로 해보기 위한 필수 전제는 이것저것 될 것 같은 것을 건드려보고 알아야 하기 때문이다. 그 이유는 다음과 같다.

첫째, 네가 지금 알고 경험한 게 절대 전부가 아니다.

둘째, 관심사가 바뀌는 과정에서 성장에 필요한 중요한 힌트를 발견할 수 있다.

생각해보자. 우리가 알지 못하는 선택지를 고려해서 선택을 할 수 있을까? 그런 일은 불가능하다. 충분히 방황하고 관심사를 건드려보지 않은 상태에서 제대로 된 선택을 빨리 해야 한다는 압박을 받으면 어떨까? 매우 한정적인 정보만 가지고 긴장된 상태에서 불확실한 선택을 할 수밖에 없다. 그리고 그렇게 한 결정은 두고두고 마음에 찜찜하게 남아 있을 것이다.

설령 그 선택이 누가 봐도 옳은 결정이라 하더라도 그런 압박을 통해서 한 결정이라면, 마음에 거부감이 달라붙어서 안 좋은 결정처럼 느껴지게 변할 수도 있다.

"그래도 너무 이것저것 간만 보고 건드려만 보는 건 문제가 맞잖아요?"

그래, 문제가 맞다. 하지만 여기서 훨씬 더 중요한 포인트를 짚고 갈 필요가 있다. 왜 많은 사람이 그런 문제 상황에 놓이는지에 대해서 알아야 한다. 이런 문제가 있는 행동을 반복하는 것은 하나만 제대로 선택하라고 하는 주변의 압박감 때문에 생긴 조급한 마음이 자신을 지배하기 때문이다.

"너는 왜 하나를 제대로 파고들지 못하니?"

"하나만 좀 진득하게 할 수 없겠니?"

이런 말을 들으면, 스트레스를 받을 것이다. 그리고 무의식은 계속 이렇게 받아들일 것이다.

'빨리 하나를 선택해야 하는데 시간은 없고, 대충 이것저것 빨리 건드려보다가 그중에 제일 나은 걸 선택해야겠다.'

다양한 선택지를 검토해보는 것은 중요하지만, 조급한 마음으로 빠른 선택을 하기 위해 간을 보는 건 부작용을 만든다. 조급해하는 모습을 보면 주변에서 더욱더 조급하게 만드는 조언을 하게 되고, 모두가 불편한 악순환이 반복되는 것이다.

아빠는 네가 스스로 선택지를 여유 있게 충분히 검토하도록 돕고 싶다. 네가 마음에서 이 정도면 충분히 되었다고 생각하는 정도까지 진심으로 검토하기를 응원할 거다. 설령 그렇게 한 선택을 결국에 또 바꾸더라도 그 또한 의미가 있다. 진심으로 검토를 했는데도 그렇게 바꿨다면 다음 선택을 할 때 한층 성숙한 선택을 할 수 있고 조금 더 고민을 단축시킬 수 있기 때문이다.

그리고 네가 이런 선택을 할 때 아빠와 엄마 혹은 선생님과 친구에게 빨리 선택의 결과를 보여주려는 마음은 내려놓아도 괜찮다. 그렇게 다양한 선택지를 번갈아가면서 검토하고, 선택하다 보면 패턴이 보일 거다.

'나는 보통 이 정도 검토하면 나름대로 판단할 수 있는 기준이 생기는 편이고, 선택에 자신이 생기는구나.'

'나의 관심사는 주로 이쪽 방향을 가리키고 있구나. 최근 선택지가 더 나은 줄 알았는데 알고 보니 이전의 선택이 이런 면에서 나에게 더 잘 맞았구나.'

예를 들어 이런 패턴을 네가 발견할 수 있다면 방황하는 선택은 얼마든지 의미가 있다.

주변에서 믿고 기다려주는 사람이 있을 때 하는 방황은 결국에 더 큰 가치로 돌아올 수 있다. 하지만 믿지 못하는 사람들로부터 받는 재촉을 통해서 겪는 방황은 모두가 불행한 결말을 맞이하기 쉽다.

이미 알고 있겠지만 대부분 사람이 두 번째 형태로 방황을 하고 있다. 상대를 위한다는 말로 포장해서 결국 상대에게 가장 큰 상처를 주는 행위를 무한 반복하고 있는 것이란다.

아빠는 네가 충분히 방황하길 진심으로 바란다. 그리고 시시각각 바뀌는 관심사 중 하나를 빨리 선택해야 한다는 강박과는 거리두기를 해도 좋다고 생각한다.

혹시 지금도 계속 바뀌는 관심사 때문에 스스로를 탓하며 괴롭히고 있다면, 부디 그러지 말거라. 그것은 네 탓이 아니다.

주변에서 너를 재촉하고 있는 사람이 있다면, 그 사람의 불안이 너에게 전달되지 않았으면 좋겠다. 아마 불안감을 전달하는 사람도 본인이 그것을 전달하는지 잘 모르고, 그게 너에게 도움이 된다는 착각을 하고 있을 확률이 높다. 네 탓이 아니다.

세상 모두가 너를 기다려주지 않아도 무조건 한 사람은 너의 그 방황과 혼란을 응원하고 믿고 기다리고 있다는 사실을 기억해주면 좋겠다. 너의 방황을 진심으로 응원한다.

혹시 여유가 있다면, 네 관심사를 한번 살펴보면서 어떻게 방황의 역사를 써왔고, 앞으로 써갈지 기록을 해봐도 좋을 것 같다.

6

아빠는 사실 비혼주의자였단다

이 말을 하면 다들 믿지 않는 눈치더구나. 집 주변에서 주로 머물고, 밖에서 회식도 안 하고, 나와도 늦기 전에 집에 꼭 들어가서 가족과 저녁을 먹는다고 하는 아빠를 보고, 아빠가 비혼주의자였을 거라 생각하는 사람은 단 한 명도 없었다.

네 할머니에게 물어봐서 확인을 해도 된다. 네 할머니는 과거에 아빠가 결혼 안 한다는 말을 너무 자주 해서 항상 속상해하셨기 때문이다. 그러다 보니 후배들이 결혼하기 두렵거나 싫다고 말하는 마음을 너무 잘 이해하고 있다.

사실 결혼에 대한 기대감이라는 게 있어야 결혼을 할 텐데 대한민국에서 결혼에 대한 기대감을 갖고 자랄 수 있는 환경이 현실적으로 갖춰지기 어렵고 막막한 일이란 것도 잘 알고 있다.

결혼에 대한 기대감을 주지 못한 이전 세대의 잘못이라고 이야기하는 건 아니란다. 일차적인 원인을 굳이 찾으려고 하면 보통 그렇게 착각하기 쉽지만 이것은 바람직한 진단이 아니다.

행복한 가정을 꾸리는 법이나 혼자서 행복해지는 법을 알지도 못하고 배우지도 못한 상태에서 결혼을 했는데 어떤 부모가 자녀에게 결혼에 대한 기대감을 주며 살 수 있을까?

그런 방법이 있다고 적극적으로 세상이 알려 주는 것도 아닌데 스스로 알아서 방법을 연구해서 행복한 가정을 꾸리는 노력을 내 부모가 해주길 바라는 것은 과한 기대임이 분명하다. 일단 생존부터 해결하는 게 최우선인 세상이니까 말이다.

이런 구체적인 생각도 아빠도 나이가 들어서야 하게 되었다.

아빠가 어렸을 적에는 결혼에 대한 기대감이 전혀 생기지 않았고, 부모님의 삶에 대한 이해가 부족했기 때문에 비혼주의를 선언할 수밖에 없었다.

아빠는 결혼하지 않겠다고 말하면서 부모님께 반복해서 상처를 드리고 있었다. 아빠가 대학교에 입학하고 지금의 네 엄마와 연애를 하면서도 비혼주의는 깨지기 힘들었다. 그래서 결혼 이야기만 나오면 항상 불편해하고 피하기만 했다.

오랜 시간 준비하던 시험에 보기 좋게 낙방하다가 대학교 졸업 전에 영업사원으로 사회생활을 시작하고 힘든 시간을 보낼 때 아빠는 방황을 많이 했다. 어떻게 그 시간을 살아서 버텨냈을까 싶을 정도로 위기와 고민도 많았고, 불면증 때문에 꼭 술을 마시고 잠을 잘 정도였다.

정신 똑바로 차리지 않으면 안 될 거 같아서 놓았던 명상도 하고 자기계발 책을 읽으면서 아빠에게 도대체 무슨 문제가 있는지 내 인생은 왜 이런 것인지 계속 탐구하고 글로 써보는 시간을 오래 가졌다.

그러다 어느 날 한 가지 사실이 눈에 띄었다. 아빠가 그런 치열한 방황을 하던 시기의 나이는 이미 과거 부모님이 결혼한 나이를 훌쩍 넘어 있었던 것이다.

이제 막 서른, 모든 게 모르는 것 투성이에 사람 대하기는 어렵고 혼자서도 앞으로 나아가기 막막해서 맨날 술만 먹는 이 나이에 부모님은 사내 아이들을 키우고 계셨다는 걸 알아차렸다.

두 분은 얼마나 모르는 게 많고, 얼마나 두려우셨을까? 그럼에도 불구하고 아들 둘을 어떻게든 키워내느라 당신들의 삶을 얼마나 희생하셨을까?

아빠가 얼마나 현실을 잘 모르는 채 무리한 기대를 바탕으로 부모님의 결혼 생활에 대해 함부로 판단했는지 알고 나니 한없이 눈물이 나고 죄송스러웠다.

그때부터 아빠는 결혼과 자녀교육 관련된 책들을 찾아보기 시작했다. 결혼을 공부하기 시작한 것이다. 그리고 대대로 잘 살아온 집안이 어떻게 결혼 생활을 하고 가정교육을 하는지도 관심을 가지고 배웠다.

그래서 아빠가 롤모델로 삼았던 분들 역시 주로 가정에 충실하고 자녀와 시간을 오래 보내는 분들이 대부분이었다. 운좋게 그런 분들 곁에서 가정 환경을 유심히 관찰하고 아빠가 공부한 것들과 함께 정리해 나가기 시작했다. 그러면서 나중에 어떻게 행복한 가정을 꾸릴 수 있을지 상상했다.

어느 순간부터 공부를 할 때마다 행복한 가정을 일구는 것에 대한 힌트들을 세상이 계속 보여주기 시작했다. 예를 들어 운이 좋아지는 법이 궁금해서 주역을 배우러 갔는데 마침 그곳 선생님도 가정을 잘 다스리는 게 운을 키우는 법이고, 돈을 좇느라 가정을 놓치는 우를 범하지 말라는 교훈을 주셨다.

어떤 강의에서 "수신제가치국평천하(修身齊家治國平天下)"라는 말을 보았다. 이전에는 그냥 작은 단계부터 시작해서 큰 것을 다스리는 단계로 나아가야 한다는 말로만 이해했는데, 나와 가정을 가꾸는 수신과 제가가 없다면 그 뒤는 아무 의미가 없다는 새로운 관점으로 읽히기 시작했다.

실제로 기업을 일구거나 지역 단체를 대표하는 일을 하는 존경받는 사람 중에 자기 가족을 제대로 돌보지 못해서 명성을 한 번에 다 잃는 경우를 많이 보았기 때문이다.

아빠는 사업가가 되고 싶은 사람들을 교육하면서 능력이 넘치는데 돈을 벌지 못하는 경우를 자주 보았다. 그리고 그게 어릴 적부터 가정에서부터 받은 돈에 대한 무의식적인 거부감 때문이라는 사실을 공부를 통해서 알게 되었다.

돈을 벌고 싶지만, 자신은 돈을 받을 만한 자격이 없다고 스스로를 깎아내리는 사람들, 돈 받는 일을 수치스럽게 생각하는 사람들, 그런 사람들이 정말 많았고, 사실은 아빠도 그런 사람 중의 한 명이었다.

돈에 대한 이런 거부감은 부모와의 관계, 특히 경제권을 가지고 있는 사람과의 틀어진 관계로부터 출발하고 존재 자체로 인정받지 못한 어린 시절에서 비롯된다는 것을 깨달았다.

돈 벌지 못하는 상황을 단순한 의지의 문제나 기술의 문제로 치부하고 해결하려고 하지만 그것은 아무 소용이 없다는 것을 아빠는 진작에 느끼고 계속 본질적인 원인 해결책을 찾아서 계속 전파했다.

그런 과정을 지나 이런 부분에 관심을 가지고 있던 소중한 팀원분들을 만나 '순간랩'이란 곳에서 성인에게 필요한 교육을 하고 있는 것이란다. 실제로는 교육이라기보다 있는 그대로 그 사람을 바라보고 존중하는 시간을 보내는 게 대부분이다.

아빠는 이렇게 보이지 않는 문제, 1차원적으로 해결할 수 없는 문제를 해결하고 치유하는 것이 이번 생에서 주어진 미션으로 느껴지기 시작했다.

그러다 보니 '어떻게 하면 돈과 결혼에 대한 건강한 기대감을 주는 과정을 만들 수 있을까?' '이전 세대가 의도치 않게 물려준 상처와 한계를 아빠 세대에서 끊고 갈 수는 없을까?' 이런 고민을 계속하고 실험하면서 꾸준히 기록을 남기고 있는 것이란다.

이런저런 방황 속에서 스스로 확신을 가지기 어려운 시간의 연속이었다. 그런 과정에서 하나둘씩 아빠를 믿어주는 사람이 생겼다. 특히 처음부터 아빠의 방황을 다 지켜본 네 엄마는 변치 않고 아빠를 믿고 응원해줬다.

믿고 기다려주는 일은 정말 아무나 할 수 있는 게 아니란 걸 마흔이 다 되어서야 새삼스럽게 느끼고 있다. 네 엄마는 아빠에게 그런 믿음과 기다림을 가장 오랜 시간 동안 선물해준 사람이다. 물론 밤새 말해도 모자란 우여곡절이 있지만, 여러 방향의 고민과 공부 그리고 우연과 기다림이 합쳐져서 아빠는 비혼주의자 타이틀을 버리게 되었다.

그리고 결혼한 지 10년이 된 지금까지 네 엄마와 단 한 번도 큰 소리로 다투거나 심한 말을 하지 않고 살고 있다. 과장해서 하는 말이 아니라, 네가 지켜봐서 알고 있는 사실이고, 네 엄마에게 물어봐도 같은 대답을 들을 수 있을 거다.

이렇게 당당하게 이야기할 수 있는 사람을 아빠는 지금까지 만나본 적이 없다. 엄마와 아빠에게는 당연한 일이 되었는데, 이것이 누군가에게는 신기해 보일 수 있는 일이라는 것을 나이가 들수록 경험하고 있다.

당연히 한쪽이 희생하고 억지로 참는 게 아니라 가정이 행복하게 사는 법을 같이 공부하고 대화를 많이 나누면서 공유했기 때문에 가능했던 일이다.

아빠는 비혼주의자 타이틀을 버리고 나서 너라는 존재를 만났다. 아빠가 이런 선택을 한 걸 얼마나 다행이고 기적이라 생각하는지 너는 아마 상상하지 못할 거다. 너와의 행복한 시간을 미리 알고 있었다면, 아빠는 절대 비혼주의자 선언을 하지 않았을 테니 말이다.

아빠에게 찾아와서 결혼과 출산을 상담하는 후배들이 종종 있는데, 그런 친구들에게 조심스럽지만 결혼을 추천하는 쪽으로 말을 한다. 물론 선택은 그들에게 달렸다. 하지만 그들이 이전에 알고 있던 결혼 생활과 육아 생활이 전부가 아니라는 것에 대해서 말해줄 수 있는 사람으로서 아빠가 할 수 있는 역할을 해보고 있다.

혹시 이 글을 보고 결혼에 대해서 바뀐 관점이 있다면 한번 기록을 해봐도 좋을 것 같구나.

7

밀당이 가치를 만든다

당기는 게 판치는 세상이다. 당겨오지 않으면 상대를 겁박하기도 한다.

물건을 파는 사람은 고객을 당기고, 강사들은 학부모 학생을 당기고, 부모들은 자녀를 당기고, 연애하고 싶은 사람은 마음에 드는 이성을 당긴다. 각자가 원하는 바는 다르지만 당기는 것을 통해 어느 정도 목표를 이루는 것처럼 보이기도 한다.

당기는 쪽이 있으면 끌려오는 쪽도 있기 마련이다. 스스로 선택한 이끌림이 아닌 당겨서 억지로 끌려간 경우라면 반작용으로 튕겨 나가는 게 자연스럽다.

튕겨 나갈 때도 각양각색으로 튕겨 나간다. 가끔은 날카로운 상처를 남기면서 튕겨 나가기도 한다.

아빠는 그것을 억지로 당기기만 한 사람이 감당해야 할 업보라고 생각한다. 아빠는 당기기만 하는 사람을 나쁘다고 단정 짓고자 하는 말이 아니다. 아빠도 그런 삶을 살았던 사람이다.

다만 당기기만 하면 당장 눈앞에 원하는 목표가 달성될 거라는 기대감을 부추기는 일이 줄었으면 하는 바람으로 이 글을 쓰고 있다.

또한 자신이 당기기만 하면서 뭔가 이상함을 감지하고 있다면 당기는 것의 반작용을 감당할 준비를 지금이라도 시작했으면 하는 바람이다.

당기는 것만으로는 균형 잡힌 가치를 만들어내지 못한다. 중심이 한쪽으로 치우쳐져 있기 때문이다. 이끌리는 사람 입장에서 보았을 때도 편안할 수 있는 기준이 필요하다. 그러한 기준은 밀고 당기는 과정에서 형성된다.

밀어내면 거리를 좁히고, 당기면 거리를 두는 선택을 해보면서 기준점을 잡을 수 있다. 그런 기준점을 잡은 다음 좀 더 가까이 가겠다고 판단하는 사람은 건강한 판단을 했다고 봐도 좋다.

당기기만 하는 사람들은 자신만이 유일한 기준점이 되어야 한다고 착각하고 있거나 자신도 모르게 그렇게 행동하고 있다. 자기 중심적인 기준으로 상대에게 자신의 가치와 의견을 피력하면서 일방적으로 당기는 것은 건강하지 않은 행동이다.

흔히 쓰는 '밀당한다'라는 말은 연애에서는 애매한 관계를 유지하고 간 보는 사람을 깎아내리는 표현으로 사용되곤 한다. 하지만 밀당은 균형의 관점에서 봤을 때 건강한 기준점을 찾아가는 과정이고, 모두가 공통적으로 만족할 만한 가치를 발견하기 위한 필수적인 과정이다.

네가 밥 먹기 싫다고 했을 때 아빠가 어떻게 말했는지 기억할 거다.

"응, 그래요. 배 안 고프면 먹지 마세요."

네가 유치원을 가기 싫다고 말하면 아빠는 이렇게 말했다.

"응, 그래요. 유치원 가기 싫으면 안 가도 괜찮아요."

단순히 너를 자극하기 위함이 아니라 실제로 그렇게 해도 상관없다 생각하고 진심으로 너에게 했던 말들이다. 아빠는 네가 균형점을 찾길 바라는 마음으로 당기지 않고 밀어낸 것이다.

하지만 그러면 대부분 너는 스스로 밥을 먹는 선택을 했고, 즐겁게 유치원 가는 선택을 했고, 웃으면서 샤워하는 선택을 했다. 그 과정에서 아빠가 억지로 끌고 가거나 명령한 적이 없었던 것을 너도 잘 알 거다.

밀어내는 입장에서 필요한 것은 상대의 선택을 믿는 마음이다. 믿으면 기다릴 수 있다. 네가 어떤 선택을 하는 게 너 자신에게 좋은지 스스로 제일 잘 알고 있다고 아빠는 믿는다.

가끔 꽤 오랜 시간을 기다려야 할 때도 있지만 너는 네가 스스로 가치를 매기고 판단해서 결국 선택을 했고 스스로 선택한 것을 실행해서 더 즐길 수 있었다.

그렇게 우리는 깔깔거리며 유치원을 갈 수 있었고, 미소 지으며 밥을 먹을 수 있었고, 장난치며 샤워를 할 수 있었다.

아빠가 매번 당기는 선택만 했다면 우리가 나눈 그 시간들은 아빠의 목표를 달성했을지언정 공동의 즐거움은 달성할 수 없었을 거다.

엄마는 가끔 떼쓰던 네가 금방 웃으면서 샤워하고 있는 모습을 보면서 아빠에게 또 무슨 마법을 부린 것인지 물어보며 제발 책으로 내달라고 여러 번 이야기했었는데, 막상 들어보니 어떠니? 당연한 이야기이고 별거 아닌 이야기다.

다만 아빠가 조금 더 믿으면 되는 것이고, 조금 더 기다릴 준비만 하면 되는 것이다. 아빠가 어떻게 이렇게 행동하게 되었는지는 이 책 전반에서 계속 말했지만, 너와 엄마가 아빠를 믿어주고, 아빠 주변의 소중한 친구와 스승이 아빠를 믿어주어서 얻은 지혜다.

네가 뭘 믿어줬고 기다렸는지 모르겠다고? 아들아, 들어보렴.

너는 부족한 아빠에게 미리 준비하라고 엄마 뱃속에서 10개월을 믿고 기다려줬단다. 능숙한 엄마 대신에 어설프기만 한 아빠가 네 기저귀를 갈고 몸을 씻기고 우유를 줄 때도 너는 다 믿고 받아주었단다.

아빠처럼 어설프고 불편하게 하기도 힘들 텐데 항상 마지막엔 웃으며 아빠에게 그래도 잘했다는 신호를 보내줬단다. 그렇게 먼저 아빠를 기다려주고, 믿어준 너를 어떻게 아빠가 믿지 않고 또 기다리지 않을 수 있겠니?

아빠는 밀당을 통해서 일상에서 벌어지는 다양한 문제들을 조금은 수월하게 해결하고 있다. 밀당으로 돈을 벌기도 하고, 밀당하는 법을 다른 사람들에게 알려주는 일도 하고 있단다.

이러고 보니 아빠에게 밀당은 가치를 만드는 중요한 수단 중에 하나임이 틀림없는 것 같다.

밀당이 가치를 만든다는 말이 너에게 조금은 와닿길 바라며 글을 마친다. 사랑하는 아들아.

8

현재를 산다는 것의 진정한 의미

지나간 과거에 아쉬워하고 오지 않은 미래 때문에 불안하게 사는 게 사람이라고 하더구나. 아빠도 이런 상황에서 크게 벗어난 사람이라고 말할 수는 없다. 하지만 아빠는 이런 말을 그냥 수긍하고 넘기는 성격 같지는 않다.

특히 아빠에게는 너라는 좋은 스승이 있으니 이런 부분에 대해서도 더 할 말이 생기더구나.

어린 너는 과거 때문에 그 다음날까지 계속 스트레스를 받거나 하지 않았다. 그리고 오지 않은 미래를 걱정하느라 지금 즐겨야 할 것을 놓치지 않았다.

나이가 들어가면서, 더 다양한 스트레스 상황에 노출되다 보면 무너지는 순간이 올 수도 있다. 하지만 아빠는 너를 통해서 인간은 원래 그렇게 태어난 것은 아니라는 것을 제대로 확인했다.

실제로 동물들은 과거 때문에 후회하고 미래 때문에 불안해서 현재 할 일을 제대로 못 하는 일은 없다고 한다. 인간과 살면서 불안한 상황에 자주 노출되고 인간의 스트레스가 전염될 뿐이지.

사람들은 나이가 들어가면서 후회와 불안을 당연한 것처럼 학습하게 된다. 현재를 제대로 살기 위해서는 일단 이 사실에 대해 꼭 인지할 필요가 있다. 어린 너를 보면서 항상 감탄했던 이유와 존경스러웠던 이유가 있다.

세상 떠나갈 듯 울다가도 마음에 드는 장난감을 보면 1초 만에 천사 같은 미소를 짓는 너의 모습, 세상 얼음 다 녹일 것 같은 따뜻한 웃음을 짓다가 조금이라도 틀어지면 온몸을 다해 화를 분출하는 너의 모습.

아빠는 어린 네가 현재에 충실해서 사는 모습을 아빠에게 가르쳐주는 것 같아 보였다. 어른이 만약에 그런 식으로 행동한다면 누가 봐도 이상한 사람이라는 소리를 들었을 것이다. 하지만 현재에 완전히 충실하다면 어린 너처럼 반응하는 게 맞는 거다.

"이렇게 살면 사회적으로 문제가 생기지 않을까요?"

맞다. 그래서 조절은 필요하다. 하지만 생각보다 많은 사람이 현재의 감정을 무시하거나 억누르는 데 더 큰 에너지를 쓰고 있다. 그것은 계속 더 큰 불안을 만들고 더 큰 후회의 감정을 만든다. 그것이 일상을 누리는 것을 계속 방해하고 악순환이 반복된다. 그러다가 통제할 수 없는 상황에서 공격적이고 위험한 반응으로 표출되서 돌이킬 수 없는 극단적인 상황에 도달하기까지 한다.

지금 스스로 돌아보고 떠나보내야 할 감정이 계속 몸에 찌꺼기로 쌓여서 과거의 후회와 미래의 불안을 당겨온다. 다들 이렇게 사는데 어떻게 현재를 온전히 살 수 있겠니? 현재를 살고 있는데 영혼은 항상 과거와 미래에 가 있다. 이것은 자기계발 스킬을 통해 기술적으로 해결될 문제가 아닌데, 그렇게 해결하다가 부작용만 더 얻기도 한다.

네가 통제권을 가진 것은 과거, 현재, 미래 중에 언제인 것 같니? 과거로 돌아가서 과거를 바꾸고 미래로 돌아가서 미래를 바꾸는 것은 타임머신이 나오는 영화에서만 가능한 일이다.

아빠는 사실 과거와 미래가 존재하지 않는다고 믿는데, 이 얘기는 이 책의 범주를 넘는 것 같아 더 언급하진 않겠다.

핵심은 너는 오직 현재만 통제할 수 있다는 사실이다. 책을 보고 있는 지금 이 순간만 오로지 네가 통제할 수 있는 현재다. 네가 실제 영향을 미칠 수 있는 영역은 오직 지금뿐이다. 이것은 다른 사람들도 마찬가지다. 오직 현재의 생각과 현재의 행동을 결정해서 영향을 만들어낼 수 있다.

그런데 어른들을 보면 어떠니? 바꿀 수 없는 과거와 오지 않은 미래에 관한 생각으로 하루를 가득 채우면서 현재에 영향력을 미칠 수 있는 소중한 기회들을 다 날려버리고 있을 거다.

어린아이일 때는 현재를 살다가 부모님의 영향을 받으며 학창시절을 보내고 사회생활을 하면서, 계속 과거와 미래에 대한 걱정으로 자기 삶을 채우는 습관을 체득하기 때문이다. 그렇게 현재를 누리던 존재들은 과거와 미래라는 허상 속에서 살며 삶을 낭비하는 존재가 되어간다.

아빠 역시 과거의 억울함과 미래의 불안감 속에 살면서 스스로를 괴롭히는 시간을 오래 보냈다. 20대 후반 어떻게 살아야 할지 모르고, 과거와 미래가 현재를 완전히 잠식해서 스트레스의 정점에 갔을 때 정신과 상담을 잠깐 받기도 했고, 명상원을 가거나, 에너지 관리법을 배우기도 했다.

이런 상황을 나름 극복해보고 이런 상황에 있는 사람들을 만나 대화 나누면서 느낀 점이 있다. 대한민국에서 생존하기 위해 치열하게 살았던 청년, 장년들은 거의 이와 비슷한 문제를 겪고 있다는 사실이다.

성공했다는 말을 듣고, 돈 많이 벌고, 인플루언서라고 불리는 사람은 다를까? 결코 그렇지 않다. 오히려 더 심각한 경우가 많다. 마지막 남은 체력과 정신력을 완전히 소모시키면서 버티고 있을 뿐.

현재를 제대로 관찰하고 제대로 누리지 못한 채, 바꿀 수 없는 과거와 미래에 과하게 집착하며 살아서 생긴 문제다. 그리고 이런 집착은 무의식에 내재되어 있다. 어릴 적부터 부모님, 선생님, 친구들, 직장동료, 상사까지 서로가 서로에게 이렇게 살도록 영향을 미쳐왔기 때문이다.

아빠는 이제 술을 먹지 않아도 잠을 잘 잔 지 오래됐다. 먹더라도 엄마하고 맥주 한 캔 집에서 먹고, 밖에서 술 먹는 경우는 1년에 몇 번 되지 않는다. 잠자리에서 너에게 책을 읽어주고 오늘 있었던 즐거운 일들을 이야기하다가 편하게 잠도 잘 든다.

옛날에는 오만 가지 생각들이 꼬리에 꼬리를 무는 것을 쫓아다니느라 한시도 머리가 조용한 적이 없었지만, 최근 7~8년 정도는 많은 순간 그저 멍하게 아무 생각 없이 살고 있다. 사건 사고가 생긴 적도 많지만 그때 잠깐 스트레스를 받는 걸로 끝나고, 잘 해결될 거라 믿고 즐거운 기분을 유지한다.

놀랍게도 멍하게 있거나 즐겁게 마음을 먹고 살다 보면 갑자기 전혀 생각지도 못한 아이디어와 해결책이 떠오른다. 그러면 항상 들고 다니는 노트에 메모를 하거나 급하면 핸드폰에 빠르게 메모를 한다. 그런 메모들 덕분에 사업 아이템도 나오고, 주변에 도움을 줄 수 있는 솔루션도 만들고, 지금 네가 보는 책도 나올 수 있었다.

아빠는 현재에 잘 머물고, 현재를 살려는 연습을 오래 하는 중이다. 과거에 아빠가 썼던 책들에도 반복해서 이런 내용들이 언급되고 있는 걸 보면, 이것이 아빠의 중요한 화두라고 생각한다.

그리고 현재에 잘 머무르고 싶다는 확신은 너를 만나면서 더욱 강해졌다. 어린 네가 오로지 현재의 순간에만 충실해서 감정표현을 하고 쌓지 않고 흘려보내며 해맑게 사는 모습을 보면서 얻게 된 확신이다.

사실 아빠는 너와 오랜 시간을 보내기만 해도 자연스럽게 현재에 집중하게 된다. 아빠는 이런 사실을 발견하고 얼마나 뿌듯했는지 모른다. 겉으로 보기에 아빠가 육아에 매우 열중하는 것으로 보일 수 있는데 사실 아빠에겐 수행의 시간이고, 현재를 사는 연습을 하는 중인 것이다.

수행을 하기 위해서 사람들은 해외로 비싼 비용과 오랜 시간을 들여서 다녀오기도 한다. 아빠도 그런 시간이 필요하지 않을까 생각했던 적이 있었다. 하지만 일상에서 원할 때마다 너와 즐거운 시간을 보내면서 수행을 할 수 있다는 사실을 발견했으니 기쁠 수밖에 없었다.

물론 아빠가 이렇게 생각한다고 모든 사람이 다 이렇게 받아들이고 살 거라 생각하지 않는다. 그저 오랜 시간 동안 아빠는 현재를 사는 것에 대해 훈련을 하고 있었기 때문에 이렇게 연결시킬 수 있었다.

현재를 살고자 했던 아빠의 시작은 그저 호흡을 관찰하는 것이었다. 명상을 배우기도 하고, 어려운 자세를 해보기도 했지만, 평소에 호흡을 잘 관찰하는 것만 해도 훌륭한 명상이고, 현재를 인식하는 데 도움이 된다. 무의식적으로 하는 호흡을 가끔 인지해보고 숨이 들어가고 나가는 것을 단 1초라도 느껴보는 것은 현재에 머무는 가장 쉬운 시도이다. 호흡은 삶과 죽음의 경계를 항상 품고 있다. 그러니 세상에서 가장 가볍지만 가장 무거운 행동이다. 이 얼마나 매력적이니?

호흡은 항상 너에게 알려주고 있다. 현재에 네가 존재하고 있다는 사실을.

네가 화를 낼 때의 호흡, 웃을 때의 호흡, 울 때의 호흡은 다 다르고 그 순간의 감정을 관찰할 수 있다. 과거와 미래 때문에 생각이 복잡할 때 호흡을 10초라도 관찰해보렴. 억지로 호흡을 조절하려고 할 필요도 없다. 그러면 불안한 호흡이 잡히면서 자연스럽게 과거와 미래의 생각은 누그러질 확률이 높다.

물론 처음에는 어려울 수도 있다. 평생 그렇게 살아보지 않았으니까. 이것은 지속한 사람에게 효과가 있다. 지속하기 좋은 이유는 1초든, 10초든 시도해볼 수 있기 때문이다.

만약 호흡 관찰이 익숙하지 않은 사람은 앞서 말한 휘갈겨 쓰기가 도움이 된다. 무의식적으로 떠오르는 후회와 불안을 크고 하얀 노트에 쉴 새 없이 써 내려가는 것이다. 현재에 집중하기 좋은 '쓰기'라는 행동으로 과거와 미래의 걱정을 '관찰'해서 현재의 통제권 안으로 가져오는 연습을 하는 것이다.

후련하게 휘갈겨서 써놓고, 쓴 글을 보다 보면 지금 겪는 문제를 해결할 수 있는 힌트를 찾거나 걱정이 별거 아닌 것처럼 느껴진다. 좀 더 차분하고 객관적으로 문제를 볼 수 있게 된다.

아빠가 말해준 호흡을 관찰하는 것이나 휘갈겨 쓰는 것이나 단순히 생각으로 해결하는 게 아니고 간단하지만 능동적인 행동들이다. 현재를 실제로 경험중인 몸을 어떻게 활용하느냐에 따라 현재를 관찰하고 현재를 사는 법에 대한 힌트를 좀 더 잘 발견할 수 있다.

아빠가 걷기, 사우나, 춤을 좋아하는 이유이다. 대단한 기술과 어려운 내용을 습득하지 않아도 현재에 머무르는 시도를 누구나 할 수 있다. 왜냐하면 인간은 원래 그렇게 태어났기 때문이다. 다시 한번 강조하지만 인간이 그렇게 태어났다는 확신은 너를 관찰하면서 할 수가 있었다. 그래서 네가 나의 스승이란다.

9

돈 많이 버는 것과 행복은 별개다

아빠에게 배움을 청하러 오는 분들이 오해하지 않도록 해드리는 이야기가 있다. 아빠는 빠르고 크게 사업과 조직을 키우면서 돈을 많이 버는 법은 잘 모른다고 솔직하게 말한다.

다만 그렇게 할 수 있는 능력이 있는 분 곁에서 큰돈 버는 데 방해되는 요소를 잘 제거해줄 수 있고 큰돈 벌 수 있는 기회와 잘 연결할 수 있는 네트워크가 있다고 말한다.

또 열정적으로 사업하는 분들의 외로움을 잘 이해하고 큰돈을 벌면서 따라오는 건강 문제, 직원이나 파트너와의 관계 문제, 법적 문제 등으로 고통받는 부분에 대해 공감해줄 수 있고 새로운 해결법을 함께 찾을 수 있는 사람이다.

운이 좋게도 아빠가 곁에서 배울 수 있었던 스승들은 한국에서 큰 기업을 일구기도 했고, 다양한 사업 분야에서 성공한 사업가를 교육했던 분들이었다. 아빠는 그런 분들 가까이에서 성공의 빛과 어둠 양면을 피부로 느끼면서 30대를 보낼 수 있었다.

그러다 보니 적당히 이상을 좇으면서 현실도 챙기는 시야를 가질 수 있었다. 아빠는 그것을 바탕으로 창업을 꿈꾸는 분들에게 균형 있는 이야기를 해줄 수 있었다.

무자본 창업을 궁금해하는 사람은 자금이 부족한 대학생이나 사회 초년생이 많을 것 같지만 꼭 그렇지는 않았다. 규모 있는 사업을 키웠던 분들이 한순간에 망해서 답답해하며 찾아오거나, 큰돈을 잘못 굴려서 큰 빚을 지고 돈 버는 법을 찾다가 오는 경우도 절반 이상은 되었다.

돈을 꽤 많이 버는 사람, 많이 벌다가 크게 망한 사람, 바닥에서부터 재기하는 사람 등 다양한 사람들이 찾아오고 그분들의 이야기를 듣다보니 아빠는 단순히 돈을 많이 버는 것에 대한 환상이 많이 사라졌다.

돈을 많이 버는 이벤트는 인생을 치열하게 살다 보면 경험할 수도 있다. 다만 그것을 지키는 것은 치열함만으로는 어려운 일이다. 빠른 시간 안에 큰돈을 벌었다면 그 돈을 한 번에 날릴 수 있는 위험도 크게 가지고 있다는 것을 찾아오는 분들을 통해서 배울 수 있었다.

자연스럽게 아빠는 천천히 돈을 벌더라도 잘 통제하면서 안전하게 오래 벌 수 있는 방법에 더 관심을 가지게 되었다.

돈이 갑자기 많아지면 돈 냄새를 맡고 악용하려는 사람이 따라붙기 쉽다. 돈을 많이 버는 과정에서 생긴 상처와 외로움을 파고

들어 한 방에 뒤통수를 치는 일들도 많았다. 자신의 모든 것을 바쳐서 쌓은 것을 가장 가까운 사람을 통해 한 번에 잃으면 재기하기가 꽤 힘들다. 체력은 떨어져 있을 것이며, 사람을 잘 믿지 못하고, 가정에서도 자신을 믿어주지 않는 열악한 환경에 놓여 있을 것이기 때문이다. 그런 상황에서 어쩔 수 없이 종교를 갖게 되기도 한다. 아빠가 목격했던 암울한 이야기 위주로 말을 해서 네가 돈 버는 것에 공포심을 더 가질까봐 살짝 걱정이 되기 시작한다.

누구나 돈을 많이 벌면 이런 상황이 된다는 말은 절대 아니다. 아빠는 빠르게 돈을 벌다 발생할 수 있는 리스크를 자주 목격한 덕분에 지금 행복을 더 누리는 과정에 집중할 수 있었다. 이런 상황에서 점점 더 큰돈이 들어와도 휩쓸리지 않는 구조로 돈 버는 시스템과 마음가짐을 구축하는 데 에너지를 집중하고 있다.

안전하게, 오래 돈 벌고 싶다며 아빠를 찾는 분들에게 적극적으로 추천하는 콘텐츠 마케팅은 그런 면에 있어서 탁월한 도구다. 또 이미 큰돈을 벌고 있는 사람이 이때까지 쌓은 경험을 온라인에 콘텐츠로 정리만 해도 앞으로 시간과 에너지 낭비를 줄이면서 행복하게 돈을 버는 방식으로 풀려가기 시작한다. 그러니 굳이 안 할 이유가 없다.

실제로 아빠와 엄마가 너와 평일 주말 가리지 않고 함께 행복한 시간을 보내는 것으로 콘텐츠의 위력은 증명되고 있다. 우리 집 앞에 매번 명절에 선물이 쌓이게 해주는 삼촌 이모들 역시 행복한 시간을 보내고 여유를 늘려가며 돈을 벌게 된 분이 많다. 콘텐츠가 대신 일해주는 시스템을 구축하는 데 그분들도 투자했기 때문이다.

물 들어올 때 노를 저으라는 말을 흔히 하지만 아빠는 물 들어올 때라도 잠깐 멈춰서 쉬기도 하고, 자신이 지금 행복한 방향으로 가고 있는지, 내가 지금 즐거운지 점검해보라고 말한다.

누군가는 배부른 소리라고 할 것이다. 하지만 어떻게든 그런 시간을 가지지 않으면 점점 더 자신을 궁지로 내몰거나 주변 기대에 맞춰 자신을 희생하는 선택만 하게 되기 때문에 하는 이야기다. 그런 식으로 돈을 아무리 많이 벌어도 행복해질 수 없다는 것을 아빠는 너무 잘 알고 있다.

아빠는 그저 우리 가족이 오래 행복하게 사는 게 가장 큰 목표다. 그리고 주변에 소중한 사람들과 여유 있게 행복을 나누고 싶다.

생각보다 이런 방향으로 사는 법을 알려주거나 이게 중요하다고 말해주는 사람이 없다는 사실에 아빠는 매우 놀라고 있다. 또 단번에 빠르게 돈 많이 버는 게 행복의 지름길인 것처럼 이야기하는 사람은 넘친다는 사실에 한 번 더 놀라고 있다.

돈을 빠르게 버는 만큼 그 돈을 지키는 법과 잘 쓰는 법을 동시에 터득하지 못하면 그 돈은 언제든 떠날 수 있다. 또한 떠날 때 내가 가지고 있던 것들까지 데리고 떠날 수도 있는 돈이다. 천천히 즐기면서 돈을 벌고, 그 돈을 지킬 수 있는 건강한 체력과 감정과 가정을 구축하는 데 시간을 투자하자.

이런 사실을 잊고 있으면 아주 잠깐의 행복 비슷한 것을 맛볼 뿐이라는 것을 모르는 사람들이 많다. 상대를 불안하게 만들고 속여서 돈을 빠르게 번다면 추후에 이자까지 쳐서 어떤 식으로든 갚아야 하는 일로 돌아온다. 큰돈을 버는 것에만 집중하느라 가족과 함께하는 시간을 등한시하면 돈을 벌고도 외로워지고, 가족에게 돌아갈 수 있는 타이밍을 놓치게 된다.

지금 하고 있는 이 말들이 아빠가 가진 돈에 대한 공포감을 여과 없이 너에게 전달하는 것 같아 살짝 걱정이 된다. 하지만 아빠는 여전히 돈과 친해지려는 중이고 그 노력의 과정들 역시 이 책에 담겨져 있기 때문에 큰 걱정은 하지 않으려고 한다.

평소에 너에게 돈 버는 일은 즐거운 일이라고 말해주는 것도 돈과 친해지기 위한 연습 중 하나다. 아빠는 돈을 사랑하고 돈이 위대하다고 생각하지만 돈이 건강이나 가족보다 우선이라고 생각하지 않는다. 그렇다 보니 이렇게 복잡한 설명을 하게 된 것 같다.

아빠는 네가 원하는 만큼 돈을 많이 벌 수 있다는 사실에 0.001%도 의심이 없다. 다만 조금 천천히 돈을 벌더라도 그 과정에서 얻을 수 있는 성장의 즐거움을 발견하고, 돈을 지키고 멋지게 쓰는 법을 아는 진짜 돈의 주인이 되면 좋겠다는 바람을 전하며 이 글을 마친다.

Chapter 6

결국 진심이 사람을 움직인다

1

인맥은 쫓아다닌다고 만들어지지 않는다

아빠가 지금 사람들과 거의 약속을 잡지 않고 너와 시간을 많이 보내는 단계에 올 수 있었던 데는 다양한 요인들이 있었다. 그중에 하나는 아빠가 오랜 시간 각양 각층의 사람을 만나면서 사람에 대한 미련이나 기대 같은 게 낮아진 것도 한몫하는 것 같다.

운이 좋게도 아빠가 잘되길 바라는 분들 덕분에 어린 나이에 아빠가 만나기 어려운 성공하고 유명한 사업가, 연예인, 강사분들도 많이 만나 사적인 이야기를 나누는 시간을 가졌다.

솔직히 고백하면, 유명하고 잘나가는 사람과 친해지면 뭐라도 득이 될 거라는 욕심이 없지는 않았다. 그래서 그런 자리에 아빠를 불러주고, 또 새로운 인연이 생기고 하면 그 인연을 어떻게든 이어가기 위해 무리하게 약속을 잡기도 했었다.

당연히 아빠가 경험하지 못했던 새로운 세상에 대해서 알게 되고, 새로운 분야의 인맥을 빠르게 늘려가기에 유리한 환경이었지만 어느 순간부터 아빠는 그런 시간에 조금씩 회의감이 들기 시작했다. 그 이유는 몇 가지가 있다.

첫째, 사람에게 실망하는 일이 많아졌기 때문이다.

사실 이 부분은 우선 아빠에게 원인이 있다. 왜냐면 혼자 기대를 하고 실망을 한 것이기 때문이다. 애초에 유명하고 성공한 사람이라고 모든 면에서 아빠의 기대치를 충족해야 하는 의무 같은 것은 없다.

다만 사석에서는 대중에게 보이는 이미지와는 정반대로 행동하는 몇몇 사람들을 보면서 약간의 배신감이 든 게 사실이었다. 정의롭고 배려하는 모습으로 스토리를 만들고 브랜딩을 하고 유명세를 얻지만 약자에게 함부로 대하고 조롱하는 듯한 모습을 보이는 경우를 볼 때마다 조금씩 그런 자리들이 불편해졌다. 나중에는 멀쩡한 사람도 선입견을 품고 보게 되는 것 같아서 아빠는 유명인과 인맥 쌓는 것을 경계하기 시작했다.

둘째, 솔직히 말해서 아빠가 도움받을 수 있는 게 크게 없다는 생각이 들었다.

오만하게 들릴지 모르지만 한번 이야기를 들어보고 판단해주면 좋겠다. 사실 아빠가 가지고 있는 능력으로 좋은 분께 도움을 드릴 수 있다면 그것만으로도 충분히 가치가 있다고 생각한다. 모두가 그런 것은 아니지만, 자신의 성공에 취해서 주변이 자신을 당연히 도와야 하고 자신이 같은 공간에 있는 것만으로도 영광으로 생각해주길 바라는 사람도 있다.

그런 분들의 성공 이야기는 화려하지만 주변의 덕은 없고, 자신이 혼자 잘나서 잘된 것만 강조된다. 아빠는 그런 이야기를 들으면서 영감을 얻기보다는 거부감이 드는 경우가 많다 보니 관계를 유지해봤자 굳이 도움받을 수 있는 게 없다고 생각했다.

이 역시 아빠가 포용력이 조금 더 있었다면 더 잘 받아들였을 테지만, 그런 불편한 자리에서 멀쩡한 얼굴로 있는 게 아빠는 더 힘들었다. 그런 사람에게는 도움을 받아도 찜찜한 일이 생길 것이고, 도움을 줘도 좋은 소리는 못 들을 거라 생각하면서 자연스럽게 거리를 두게 되었다.

셋째, 사람을 많이 만나지 않아도 연결되는 소중한 인연이 계속 나타났다.

자신의 일을 묵묵히 하면서 조용하게 실력을 키우고 돈을 벌고, 기업을 키우는 분들도 생각보다 많았다. 그리고 그렇게 살고 싶어 하는 분들도 존재한다.

아빠도 사람을 안 만나고, 묵묵히 콘텐츠를 만들고, 실력을 키우고 있으니 비슷한 성향인 분들이 먼저 알아보고 인연으로 다가오기 시작했다. 그런 분들은 당장 일을 크게 벌여야 한다는 압박감을 주지도 않았고, 그저 오래 알고 지내면서 자연스럽게 생길 수 있는 기회들이 생기면 같이 조인해보자는 편한 제안을 주는 식이었다.

아빠가 추구하는 라이프 스타일로 배려를 해주시다 보니 굳이 출퇴근을 하지 않아도 아빠가 잘하는 콘텐츠 관련 업무만 처리하면 같이 수익을 만들 수 있는 기회가 생겼다.

돈 벌 기회를 더 많이 얻기 위해서 인맥을 쌓고, 술을 마시고, 골프를 치거나 할 필요가 전혀 없다 보니 아빠는 마음 편하게 너와 시간을 오래 보내고 있는 거란다.

그래도 가끔은 긴장감을 주는 선배 사업가분을 만나야 하는 경우도 있는데, 아빠가 긴장하지 않기 위해서 혼자 말하는 주문이 있다.

"아무리 대단한 사람이라도 결국 사람이다."

화려한 과거를 가진 분들을 만나면서 기대와 다른 모습 보면서 실망도 해보고 가까워지면서 인간적인 모습도 보고 하니 "결국 그들도 사람이구나"라는 말을 아빠도 모르게 하고 있더구나. 그래서 이 말을 중얼거리면 어려운 분과의 자리에서 긴장이 좀 덜 되고 만남의 시간이 훨씬 부드럽게 흘러가곤 했다.

여기서 하나 더 좋은 마법같은 주문이 있다.

"만나도 내가 밥 사면 되고, 도움 안 받고 내가 도움 주면 된다."

은사님이 알려주신 내용인데 이렇게 생각하면 더 당당하게 아빠가 할 말을 하게 되고 비위 맞추느라 애쓰지 않게 되었다.

물론 이런 모습을 보고 긴장하지 않는다고 안 좋게 보는 분도 있었지만, 어차피 매번 긴장한 상태로는 아빠도 오래 인연을 이어가거나 프로젝트를 진행하긴 어렵기 때문에 그다음 인연으로 이어지지 않는 선택을 하면 된다. 그리고 밥은 몰래 화장실 가면서 아빠가 결제하니 마음의 빚도 덜하다.

아무리 대단해 보이는 사람을 만나도 최대한 원래 아빠의 모습을 있는 그대로 보여주려고 했고 그런 가운데 편하게 오래 갈 사람과 그렇지 않은 사람들이 구분되더구나. 불필요한 술자리, 접대, 모임을 지속해야만 관계가 유지되는 사람과는 자연스럽게 인연이 정리되기 시작되면서 자유도는 높아졌고, 아빠와 결이 잘 맞고 비슷한 성향의 분들과 프로젝트를 하는 빈도가 높아졌다.

돈을 벌기 위해서 무리하게 인맥을 만들고, 불편한데 억지로 쫓아다니면서 인맥을 유지하다 보면, 결국 그 방식으로만 돈을 벌 수 있거나 그 방식으로 인간관계를 유지하는 데 익숙해진다. 인맥이 중요하다고 하지만 끌려다니듯이 인맥을 유지하는 것은 결코 건강한 인맥이 아니다. 혹시 술자리와 무리한 약속을 통해서만 인맥을 이어가는 게 힘들 때, 자책하기보다는 그 방식 말고 다른 방식으로 인맥을 이어가는 길도 있다는 것을 한 번쯤 떠올렸으면 좋겠구나.

끊어지면 어쩌나 전전긍긍하면서 무리하게 이어가는 인맥은 애초에 미련 없이 끊어버리면, 그 자리를 좀 더 편하게 이어갈 인맥으로 채울 수 있는 기회로 다가온다는 것도 언젠가 네가 경험하게 되길 기대해본다.

2

말 잘하고 글 잘 쓰는 사람은 일단 경계해라

아빠가 했던 말 대부분은 처음 들으면 고개를 갸웃거리게 만든다는 것을 잘 알고 있다. 지금 말하려는 주제 역시 너를 무척 혼란스럽게 할 것 같구나. 충분히 이해할 수 있게 천천히 설명할 테니 마음을 열고 들어봐주면 좋겠다.

오랜 연습을 통해서이지만 아빠 역시 말을 잘한다거나 글을 잘 쓴다는 소리를 곧 잘 듣는 편이다. 그러면 아빠도 일단 경계하라는 말이냐고 네가 되물어볼 수 있을 것 같다. 이때 아빠의 대답은 "YES"다.

그리고 여기서 중요한 포인트는 "일단"이다. 왜냐면 말을 조리 있게 잘하고, 마음을 울리는 글을 쓰는 것 자체가 그 사람의 실제 모습을 온전히 비춰주는 게 절대 아니기 때문이다.

아니, 더 노골적으로 말하자면 조리 있는 말과 울림이 있는 글로 자신을 포장하는 게 상대적으로 쉬운 일이 되었기 때문이다.

말을 잘하는 법에 대한 강의를 찾아보면, 셀 수 없이 많은 강의가 쏟아져 나온다. 그리고 그런 강의에서는 빠짐없이 이야기한다. 비언어적인 메시지가 듣는 사람에게 훨씬 더 큰 영향을 미친다고 말이다.

정갈한 옷매무새, 중간중간 과감한 제스처, 듣기 좋은 목소리 톤 등 이런 세팅만으로도 말에 설득력을 얻을 수 있고, 주변 사람들로부터 말 잘한다는 소리를 들을 수 있다. 거기에 확신에 찬 말투와 눈빛 연기가 더해지면 웬만한 거짓도 진실로 둔갑해서 사람들의 마음을 울릴 수 있게 된다.

이뿐만이 아니다. 프롬프터에 나오는 대본을 빠른 속도로 읽고, 어색한 부분은 편집으로 덜어내서 유튜브에 올리면, 세상에서 가장 말 잘하는 사람처럼 보이게 된다. 즉, 진정성과 상관없이 누구나 마음만 먹으면 자신의 메시지를 강력하게 전달할 수 있다는 것이다.

글 역시 마찬가지이다. 아빠는 평소에 글쓰기 어려워하는 분들의 이야기를 자주 듣는다. 글 쓰는 것 자체에 대한 공포가 오래 쌓인 분도 계시고, 자신이 쓰는 글로 인해 사람들이 받게 될 영향에 대해 고심하느라 글 쓰는 것을 어려워하는 분도 계신다.

이런 와중에 창작의 무게를 무시한 채 좋은 글들을 단순 짜깁기해서 마치 자신의 생각처럼 포장하고 그럴듯한 카피라이팅을 붙여서 전달하는 사람들이 글 잘 쓴다는 소리를 듣는다.

그리고 그렇게 글 잘 쓰는 것처럼 보이는 꼼수들이 대단한 비전처럼 퍼져나가고 있다. 거리낌 없이 그런 꼼수를 자기 것으로 만들어서 글을 꾸준히 쓰면 진정성과 상관없이 글을 잘 쓴다는 말을 들을 수 있는 세상이다. 그렇기 때문에 말 잘하고, 글 잘 쓰는 사람은 일단 경계하라고 말하는 것이다.

이쯤 되면 이런 생각이 들 만도 하다.

'그럼 말을 잘하면 안 되는 건가?'

'글을 잘 쓰면 안 되나?'

'말 잘하고 글 잘 쓰는 사람은 무조건 진정성을 의심해야 하는 건가?'

이런 복잡하게 엉킨 생각을 푸는 데 도움이 되는 세 가지 이야기를 준비했다.

첫째, 사람은 만나서 판단해라.

영상이나 책만 보고 그게 그 사람의 전부라고 판단하면 안 된다. 그리고 실제 만났을 때도 처음부터 자신의 진짜 모습을 드러내는 사람은 별로 없다. 그럼에도 불구하고 기존에 그 사람이 말했던 것과 글로 썼던 내용과의 괴리감은 실제 사람을 만났을 때만 파악할 수 있다.

물론 자신이 말한 대로, 쓴 글대로 100% 맞춰서 사는 사람은 없다. 하지만 자기가 한 말이나 글과 정반대로 살거나 그 괴리감이 너무 큰 사람은 실제로 만났을 때 알아볼 수 있다.

그런 사람이 바로 경계해야 할 사람이다. 자신이 무슨 말을 하는지, 무슨 글을 쓰는지 그것이 어떤 영향을 사람들에게 미치고 있는지 제대로 인지를 못 하는 사람이기 때문이다. 그래서 그 사람의 말이나 글이 그 사람 자체라고 받아들이면 낭패를 보기 쉽다.

특히 사석에서 편한 상태로 긴장을 풀고 이야기를 나눌수록 상대의 진짜 태도를 확인할 수 있다. 모두가 항상 멋진 태도를 보일 수는 없다. 하지만 자신이 했던 말이나 글과 반대로 행동하고, 심지어 그런 행동을 반복하고, 게다가 그 사실에 대해 스스로 인지조차 못 하는 사람이라면 완벽히 경계하는 게 좋다.

둘째, 너에게 좋은 것만 흡수하면 된다.

자신이 한 말에 반대되는 태도를 보면서 나는 절대 저런 사람처럼 행동하지 않을 거라 단정 짓지 말거라. 절대 누구처럼 하지 않겠다는 벽을 계속 만들면, 아무것도 시작하지 못하게 되기 때문이다. '나는 함부로 글을 쓰지 않을 거야', '나는 함부로 말을 하지 않을 거야'라는 생각에 사로잡혀서 어떤 시작도 할 수 없게 된다. 사람은 누구든 실수를 한다. 실수한 다음의 태도가 중요한 것이지, 실수하지 않기 위해 아무것도 시도하지 않는 것은 최악의 판단이다. 그래서 경계해야 하는 사람을 볼 때는 다르게 생각할 필요가 있다.

'아, 저렇게 말과 행동이 매번 다른 사람도 어떻게든 잘 먹고 잘 사는구나. 내가 스스로를 잘 관찰하고, 실수했을 때 사과를 잘하고, 개선하면서 살면 충분히 나한테도 기회가 많이 생기겠구나.'

이런 관점으로 나에게 유리하게 활용하면 된다.

셋째, 굳이 적을 만들 필요는 없다.

어떤 식으로든 말과 글로 사람의 마음을 움직였다는 것은 인정해줄 부분이 있다고 생각한다. 말과 글을 단련하는 데 필요한 많은 것들이 갖춰진 환경이라도 기꺼이 시간을 들여서 자기 것으로 만든 그 사람의 노력은 충분히 인정받아 마땅하다.

그들은 자신이 먹고살기 위해서 스스로 할 수 있는 최선의 선택을 한 것이다. 그리고 급격히 말과 글의 스킬이 성장한 것에 비해 현실에서의 태도가 그만큼 못 따라가는 경우는 얼마든지 생길 수 있다. 시간이 지나면서 자연스럽게 그에 걸맞은 태도를 갖추고, 자신이 한 말과 글의 무게를 깨닫는 사람도 많다.

'어떻게 자신이 했던 말에 한참 못 미치는 저런 행동을 하지?'라며 답답해 보일 수 있지만, 그런 행동이나 선택을 할 수밖에 없는 그 사람만의 사정은 누구도 알 수 없다.

그렇기 때문에 아빠는 그저 경계하라고 말한 것이다. 그런 사람을 적대시하고, 비난하라고 말하지 않았다. 굳이 그렇게 해서 적으로 만들 필요도 없다. 그리고 비난한다고 해서 그들의 행동이 달라지지도 않는다. 그들이 사는 세계는 외부의 비난으로 깨지지 않고 오히려 강화될 뿐이다. 그들은 자신이 지켜야 할 세계가 그것뿐이라 생각하면서 살고 있기 때문이다.

정리하자면 그럴듯한 말과 글에 마음을 빼앗겨 섣부른 판단을 하지 말고, 거리를 둔 채 경계하면서 지켜보고 판단해도 늦지 않는다는 이야기다.

앞서 말했듯이 아빠 역시 누군가에게 그렇게 비춰질 수 있는 부분이 있다면, 그들에게 일단 경계 대상이 되길 바란다. 아빠의 말과 글에 사람들이 어떤 기대를 하고 있는지 아빠는 100% 알지 못한다. 왜냐면 받아들이는 사람마다 각기 다르게 해석되고 있기 때문이다.

그래서 아빠가 책임질 수 없는 범주 이상을 기대하고 돈을 지불하겠다고 급하게 다가오는 분들이 있으면 항상 이렇게 이야기한다.

"저를 좀 더 지켜보고 검증해 주셨으면 좋겠습니다."

이것이 아빠가 하는 말과 글의 내용을 지키기 위해서 하는 최소한의 장치이다.

혼란을 줄 수 있는 주제인데 아빠의 마음이 잘 전달되었는지 궁금하구나. 오해가 없도록 몇 번 더 읽어봐도 좋을 것 같다. 끝까지 읽어줘서 고맙고 사랑한다.

3

보이는 게 전부가 아니라는 걸 알면 마법이 벌어진단다

아빠가 비교적 어린 나이에 각계각층의 사람들을 만나면서 느낀 점들을 따지면 한두 가지가 아니다. 그런데 만약 그것들을 한 문장으로 정리한다면 이렇게 표현할 수 있을 것 같다.

"보기보다 행복한 사람 없고, 보기보다 불행한 사람 없다."

너무 행복해 보이는 사람을 만나서 속 깊은 이야기를 들어보면 전혀 행복하지 못해 힘든 이야기가 한가득이다. 너무 불행해 보여서 모두가 도와줘야 할 것 같은 사람도 막상 이야기를 들어보면, 그 상황에서 나름대로 행복을 찾으면서 누구보다 단단하게 살아내는 경우도 많았다.

그래서 겉으로 보이는 모습만 보고 사람을 전부 판단하는 것은 반쪽만 알고 판단하는 것과 같다. 이런 사실을 실제로 받아들이는 것은 생각보다 살아가는 데 여러모로 유용하다.

첫째, 비교를 덜 하게 된다.

현실에서 지옥을 경험하고 싶다면 비교를 시작하라는 말이 있을 정도로 무분별한 비교는 스트레스의 주범이다. 비교를 할 때는 보통 상대방이 일방적으로 보여주는 모습만 보고 비교하게 된다. 그리고 그런 모습 중에 자신이 가장 부족한 부분이나 상대에게 가장 부러워하는 부분에 비추어 더 극단적인 비교를 하게 된다.

비교가 무서운 이유는 자석처럼 계속 나에게 달라붙기 때문이다. 한번 비교를 시작하면 그 생각은 나를 따라다니면서 점점 더 크게 비교할 거리를 던져준다.

그래서 처음에는 작은 비교로 시작했어도 시간이 지나면 극단적으로 상대를 높이고 나를 낮추는 비교를 하면서 스트레스 받는 단계로 간다. 비교가 무서운 이유다. 점처럼 작은 것부터 시작해서 우주처럼 크게 내 생각을 잠식하기 때문이다.

다른 사람을 깔보면서 자신과 하는 비교 역시 스스로를 좀 먹는 생각이다. 내가 남보다 우월하다고 느끼고 싶어서 남을 더 깎아내리면서 비교를 하는 것 역시 자신의 부족한 자존감을 계속 확인하는 방식에 불과하다.

다른 사람이 나를 인정해주지 않는다 생각해서 남을 깎아내리면서 반대급부로 자존감을 획득하는 행동은 결국 그런 대상이 없으면 금방 무너져 버린다. 마치 바짝 마른 모래성같이 말이다.

바다 위에 솟아오른 빙하만 보고 그게 전부라 생각하는 사람은 이제 없다. 내가 보고 있는 게 전부가 아니기 때문에 드러난 것만 가지고 판단하고 비교하느라 힘 빼는 것은 정말 아무 의미가 없다. 굳이 드러난 것만 가지고 이렇다 저렇다 판단하고 시간을 쓰고 있는 것은 허상과 싸우는 에너지 낭비일 뿐이다.

둘째, 공감하는 대화를 하게 된다.

누가 봐도 성공한 모습으로 살아가는 사람이 내일 당장 자신이 일군 모든 사업을 던지고 싶다고 말하거나 매일 밤 자살 충동을 느낀다고 하면, 주변 사람들은 어떻게 반응할까?

"배부른 소리 하지 마."

"나약한 소리 하지 마."

"시간 지나면 괜찮아질 거야. 조금만 참아."

백이면 백, 이런 반응을 한다. 자신이 보고 싶고 기대하는 모습에서 어긋난 것을 인정하기 싫은 주변인들의 자연스러운 반응이다.

하지만 처음 본 아빠에게 이런 이야기를 털어놓는 분들에게 아빠는 다르게 반응한다. 경제적으로 성공한 사업가분들이 이런 말을 털어놓을 때는 정말 큰 용기를 내서 솔직한 마음을 드러낸 것이기 때문이다.

성공한 사람이 자신의 약점이 될 수 있는 것을 함부로 드러내는 것은 보통 금기시되어 있다. 그런 사실을 자신도 알면서도 이런 이야기를 한다는 것은 꽤 오랜 시간 마음 속에서부터 곪아 있다는 것이다.

그런 상황에서 배부른 소리 하지 말라는 말은 마음을 더 닫히게 만든다. 보여지는 모습과 완전히 정반대의 모습과 상황이 항상 존재한다는 것을 평소에 받아들이고 있으면 그런 말을 있는 그대로 받아들일 수 있게 된다.

"어떻게 당신이 그럴 수 있나요?"

"당신마저 그러면 다른 사람은 어쩌라는 말인가요?"

이런 반응은 절대 하지 않는다.

"충분히 그러실 수 있죠."

이렇게 말할 수 있게 된다. 그러면 상대방은 자신의 속 이야기를 충분히 꺼내고, 스스로 생각하면서 방향성을 잡는다. 상대방의 이야기를 있는 그대로 들어주고 공감하면서 깊은 연결감을 느끼게 되고, 아빠는 그런 이야기 속에서 진짜로 필요한 솔루션을 떠올리고 말을 해줄 수 있다. 남들에게 쉽게 하기 힘든 이야기를 아빠에게 털어놓는 사람들이 많은 이유다.

아빠는 이런 분들의 이야기를 특별하게 받아들이지 않는다. 그래서 민감하게 반응하지도 않고 그래서 주변에 이 사람이 이렇다 저렇다 떠들고 다닐 마음도 없다.

힘들어하는 분들의 이야기도 마찬가지다. 그런 일을 겪는 사람들이 얼마든지 세상에 있다는 사실을 아빠는 경험으로 알고 있다. 얼마든지 일어날 수 있는 일이고, 더 어려운 일도 어떻게든 해결해가는 사람이 세상에 존재한다는 사실을 들려드릴 수도 있다.

그렇게 반응하면서 살다 보니 사람들은 아빠에게 좀 더 솔직한 진짜 이야기를 들려주는 것 같고, 거기에 맞춰서 아빠가 도와줄 것을 찾을 수 있는 것 같다.

진짜 솔직한 고민을 들으면서 도움 될 것을 찾는 것과 아마도 그렇지 않을까 하는 예상으로 도움 될 것을 찾는 건 완전히 다른 접근이다.

과녁이 눈앞에 있는 것과 100미터 밖에 있는 정도의 차이다. 100미터 밖에 있을 때는 조준을 제대로 할 수 없고 될 대로 되라는 식으로 던져야 한다. 이런 식의 진단과 솔루션으로는 에너지 소모만 지속된다.

아빠는 보이는 게 전부가 아니라는 관점을 가지고 오래 살았기 때문에 성공한 분들이나 자수성가한 분들과 계산 없이 편한 관계를 맺고 있다. 자주 만나지 않아도 한번 이야기를 나누면 깊은 이야기를 나누고 서로가 진짜 필요한 것들에 대해 금방 잘 파악하게 되었다.

아빠가 사업하는 사람을 돕는 일을 해서 사업가분들과 인연이 많이 생겼지만, 누구든 아빠 같은 관점을 가진다면 좀 더 담백하게 도움을 주고받는 인간관계를 형성하면서 지금보다 여유롭게 사람들을 만날 수 있을 거라 생각한다.

셋째, 나에게 집중하게 된다.

어차피 내가 예상한 대로 사람들은 살고 있지 않다. 네가 이런 사실을 제대로 인지한다면 굳이 다른 사람의 이런저런 대소사에 일일이 감정적으로 반응하지 않을 수 있다.

이러면 이렇다고 이러쿵, 저러면 저렇다고 저러쿵, 사람들은 남 이야기 하느라 귀한 자신의 하루에 시간과 감정을 꽤 소모하면서 살고 있다.

어차피 반의반 쪽도 안 되는 정보만 가지고 이렇다 저렇다 틀린 판단을 하면서 시간과 에너지를 낭비할 필요가 없다.

남들과 비교하는 게 의미가 없다는 것을 알고 어차피 반쪽도 안 되는 정보로 남에 대해 가타부타 반응하는 게 시간 낭비라는 것을 인식하면 그 시간을 나를 관찰하는 데 쓰게 된다.

그리고 내가 지금 당장 해야 할 일에 집중하게 된다. 아빠도 이전에는 남들과 비교하는 데 오랜 시간을 쓰다가, 더 이상 버티기 힘든 시간을 보낸 뒤에 아빠 자신을 관찰하는 데 집중하며 산 지 오래되었다.

그러자 신기하게도 이런 말을 자주 듣게 되었다.

"보이는 모습이랑 실제로 살아가는 모습이 거의 같으세요."

절대 완벽히 같다고 할 수는 없다. 하지만 아빠가 종종 이런 말을 듣는 이유는 이해가 된다. 아빠는 남에게 관심 두기보다 스스로를 관찰하는 시간에 오래 투자하면서 보이는 모습과 실제 모습과의 간극이 조금씩 좁혀졌던 게 아닌가 싶다.

이런 모습으로 사는데 영감을 주는 멘토가 한 명 있다. 그 멘토가 바로 너다. 보이는 모습과 실제 모습이 같은 아들을 보면서 아빠는 영감과 용기를 얻고 있다.

이렇게 사는 게 도대체 뭐가 좋냐고 물어볼 수도 있다.

일단 아빠를 보는 사람들의 머리를 복잡하게 만들지 않는 거다. 그리고 아빠 앞에서 솔직하면 되고, 본 모습을 숨기려는 노력을 하지 않아도 되니 사람들은 아빠를 편하게 생각한다.

아빠 역시 쓸데없이 머리를 복잡하게 굴리면서 살지 않아서 편하다. 아빠가 보이는 대로 사는 사람이라는 생각이 들면 복잡한 계산을 하거나 의도를 교묘히 숨기면서 접근하는 사람이 줄어든다. 그런 사람은 아빠 같은 사람을 제일 불편해하기 때문이다. 그래서 솔직하고 담백한 사람들과 편하게 소통할 수 있는 기회가 늘어난다. 그러니 시끄럽지 않은 이야기를 하면서 편한 대화를 나누는 사람들만 아빠 주변에 남더구나.

들어보니 어떤 생각이 드는지 궁금하다. 보이는 게 전부가 아니라는 사실을 인식하는 것만으로도 삶의 많은 부분이 풍요로워지는 마법이 펼쳐질 거라는 기대감이 생기길 바라며 이만 마친다.

4

먼저 주는 것은 어렵다. 하지만 먼저 받는 건 더 어렵다

너도 '기버(Giver)'라는 말을 들어봤을 거라 생각한다. "기버가 되어야 부자가 된다"는 말도 있지만 "기버로 살면 결국 호구가 되는 거다"라는 말도 많다. 같은 단어인데도 각자가 경험하거나 들었던 내용에 따라 느끼는 감정이 제각각인 게 참 묘하다.

아빠도 무조건 기버가 되어야 하고 기버를 찬양하라는 말을 하려고 펜을 든 것은 아니다.

상대적으로 기버가 되는 게 오히려 쉽고, 기버가 되는 게 실제 이익이 되었던 부분을 솔직하게 정리해보았다. 물론 기버가 되는 선택은 너에게 달려있으니 부담 없이 들어주길 바란다.

사람들은 흔히 기버가 되는 게 어렵다 말한다. 그렇게 말하다 보면 자연스럽게 기버에 대해 안 좋은 감정을 자꾸 투영시키고 거리감이 더 커진다. 그런 거리감은 기버가 되는 것을 더 어렵게 느끼게 만든다.

하지만 아빠가 봤을 때, '테이커(Taker)'로 사는 게 훨씬 더 어려운 일처럼 보였다. 준 것도 없는데 받는 것만 원하는 사람이 잘되기 어려운 게 당연하다.

"그럼 제가 본 잘 먹고 잘사는 테이커들은 어떻게 설명해야 하나요?"

기버인 척 연기하고, 기대감을 주는 법을 배워서 당장 자신이 원하는 것을 얻어내고 잘 사는 것처럼 보이는 테이커들은 분명 존재한다. 그리고 그렇게 살아야 돈을 벌 수 있다고 이야기하거나, 그렇게 삶을 동경하는 사람도 존재한다.

하지만 그렇게 테이커로 사는 것은 절대 쉬운 일이 아니다. 그렇게 살기 위해서 얼마나 많은 공부를 하고 전략을 짜면서 스트레스 받는지 상상할 수 없을 거다. 거짓말이 들통나지 않게 연속적인 거짓말을 준비해야 하고 자기 자신을 속이는 연기까지 감수해야 그나마 살아남을 수 있다.

이것은 절대 쉬운 일이 아니다. 자기 자신을 반복적으로 속이고, 양심의 가책을 반복적으로 외면하면서 인간성을 계속 덜어내야 버틸 수 있는 일이다. 자기처럼 테이커로 살지 못하는 사람들을 속으로 무시하고, 배척하면서 자기 자신을 억지로 높이는 가짜 자존감을 활용해야만 버틸 수 있는 일이다. 이것이 정말 쉬운 일일까?

설령 이런 패턴으로 매 순간 영리하게 원하는 것을 얻어내더라도 과연 그것이 얼마나 지속될 수 있을까? 손가락으로 막을 수 있던 빈틈들은 점점 커지고, 그 빈틈을 대충 덮는 것을 반복하다 보면 틈은 산으로도 막을 수 없을 만큼 커진다. 그렇게 커진 빈틈들은 과거에 자신이 테이커로 영리하게 얻었던 명성과 자산을 단번에 빨아들이는 블랙홀이 돼버린다.

아빠는 아무리 봐도 테이커가 되는 길이 더 험난하고 스트레스 받고, 허망한 길로 보인다. 설령 테이커로 사는 게 당장은 이익처럼 보일 수는 있다. 하지만 남은 인생에서 누릴 수 있는 것들에 비하면 그 모든 것을 잃을 리스크를 감수하면서 당장 반짝 얻는 이익들은 개미 코딱지만큼도 되지 않을 거다.

아빠가 볼 때, 테이커로 사는 것은 절대 남는 장사가 아니었다. 그래서 상대적으로 기버가 되는 게 차라리 낫기 때문에 기버가 되는 길을 선택해야겠다고 생각한 것이다. 아빠가 너무 착하다거나 기버가 모든 부분에서 만족스러워서 선택하자고 말하는 게 아니다.

"그래도 저는 줄 수 있는 게 없는데요."

농담이 아니라, 실제로 우리가 얼마나 많은 것을 이미 줄 수 있는지 고전과 경전을 통해서 얼마든지 찾아볼 수 있다. 불교에서는 '무재칠보시'라고 하는 말을 다음과 같은 이야기로 전한다.

어떤 사람이 부처님을 찾아가서 답답함을 이야기했다.

"저는 하는 일마다 되는 일이 없습니다. 왜 그런 걸까요?"

"네가 남에게 베풀지 않았기 때문이니라."

"저는 아무것도 가진 게 없는 빈털터리인데요. 줄 것이 있어야 주지, 뭘 준단 말인가요?"

"그렇지 않느니라. 아무리 재산이 없더라도 줄 수 있는 일곱 가지는 누구나 다 있는 것이다.

첫째는 화안시(和顔施), 얼굴에 화색을 띠고, 부드럽고, 정다운 얼굴로 남을 대하는 것이다.

둘째는 언시(言施), 말로써 얼마든지 베풀 수 있으니 사랑의 말, 칭찬의 말, 위로의 말, 격려의 말, 양보의 말, 부드러운 말 등이다.

셋째는 심시(心施), 마음의 문을 열고 따뜻한 마음을 주는 것이다.

넷째는 안시(眼施), 호의를 담은 눈으로 사람을 보는 것처럼 눈으로 베푸는 것이다.

다섯째는 신시(身施), 몸으로 돕는 것으로 남의 짐을 들어주거나 하는 방식으로 일을 돕는 것이다.

여섯째는 좌시(座施), 때와 장소에 맞게 자리를 내주어 양보하는 것이다.

일곱째는 찰시(擦施), 굳이 묻지 않고 상대의 마음을 헤아려 알아서 도와주는 것이다."

이렇게 돈이 없어도 줄 수 있는 것들이 존재한다. 그리고 이런 것을 주변에 나누는 기버가 되면 행운이 따르고 부자가 된다.

아빠에게 고민을 터 놓은 대다수의 사람들이 자신은 줄 수 있는 게 없다고 무의식적으로 믿고 있었다. 돈이 없어도 줄 수 있는 위의 일곱 가지 중에 한 가지도 인식 못하고 있으니 어찌보면 당연한 반응이다.

이런 답답함이 쌓이다 보니 자연스럽게 테이커로 사는 길을 선택하게 되는 게 현실인 것 같다. 하지만 그런 선택을 하는 사람들보다는 그런 선택을 할 수밖에 없게 된 지금의 여유 없는 사회적 환경과 무의식적으로 가난함을 물려 받은 문화적 환경이 안타깝게 느껴지더구나.

"사람들이 저런 것들을 받는다고 과연 좋아할까요?"

이런 의심이 들 수도 있다. 시도하지 않았기 때문에 경험하지 못했고 경험하지 않았기 때문에 의심할 수밖에 없는 영역이다. 이런 가치 있는 보물들을 우리가 언제든 줄 수 있다는 사실을 잊고 사는 게 가난한 마음을 만들고, 그것을 주더라도 감사해하지 않을 거라 생각하는 편협한 마음을 만들었다.

실제로 아빠가 이제껏 얻은 성과나 소중한 인연은 위에서 말한 보물 없이는 결코 얻지 못했을 것이다. 기버로 살기 위해서 지금 해야 할 일은 무리하게 줄 것을 준비하는 게 아니라 이미 줄 것이 넘치고 있다는 진리를 발견하는 것부터 시작하는 것이다.

물론 아빠는 여기에 한 가지를 더해서 조금 더 현명한 기버로 사는 선택을 했기 때문에 네가 보고 있는 자유로운 아빠의 라이프스타일이 완성되었다. 그것이 바로 콘텐츠다.

모바일, SNS의 발전으로 인해서 누구나 쉽게 정보를 얻고, 문제를 해결하고, 소통을 하는 데 익숙해졌다. 그렇다 보니 콘텐츠를 활용해서 위에서 말한 7가지 보물을 시간과 공간에 상관없이 디지털 형태로 주기에도 좋은 환경이 되었다. PC나 스마트폰만 있으면 지금 있는 공간에서 바로 기버가 되는 선택을 할 수 있는 세상이 된 것이다.

SNS를 통해서 기버가 되겠다는 마음을 가진 사람을 발견하긴 어렵다. 왜냐면 SNS를 활용해서 어떻게 하면 소비자의 돈을 내 지갑으로 옮겨올 것인가에 집중한 강의와 책들이 장악을 했기 때문이다. 콘텐츠와 SNS를 통해서 기버가 될 수 있다고 말하는 사람을 찾기는 어렵고 철저히 테이커가 되는 데 필요한 포장하기 기술이 유행하고, 그런 기술이 비법이라고 퍼져나간다.

아빠는 기버가 되고 싶은 사람에게 자신의 고민을 해결하고 성장하는 과정에서 얻은 소소한 팁을 SNS에 가볍게 공유하라고 말한다. 있는 척, 괜찮은 척하지 말고 솔직하게 올리라고 말한다. 그래야 에너지 소모가 적고, 남은 에너지로 소통하면서 온전한 디지털 기버가 될 수 있기 때문이다.

대중을 만족시키지 말고, 나와 비슷한 문제를 가진 딱 한 사람에게 콘텐츠로 도움을 준다는 생각으로 시작하는 게 디지털 기버의 자세다.

이렇게 출발하면 콘텐츠를 올리면서 부담이 덜하고, 돌아오는 반응에 대한 기대도 내려놓을 수 있다. 또한 오래 콘텐츠를 즐기면서 만들고 소통하면서 점점 성장하는 기버가 될 수 있다.

힘 빼고 오래 지속하는 것이 무의식을 변화시킨다. 그러는 사이에 많은 사람에게 돈 없이도 줄 수 있는 것을 지속적으로 주고 있는 존재가 된다. 무의식적으로 하는 일들은 에너지 소모가 적고, 스트레스를 받지 않는다. 무의식적으로 디지털 기버로 산다는 것이 얼마나 강력한 일인지 경험하지 못하면 상상할 수 없을 거다.

감사한 인연과 수익을 만들고 있는 아빠가 계속 경험하고 있는 일이고 이 책 곳곳에 계속 언급하고 있는 부분들이다.

콘텐츠 제작에 드는 시간이 점점 줄어들고 에너지 소모도 적은데, 감사하다고 표현하고 받은 게 많다고 말하는 사람들이 계속 늘어난다. 자신도 모르게 무의식적으로 사람들에게 주는 행위를 하고 있는 무의식 차원의 디지털 기버가 되는 것이다.

이때부터는 자신이 인식하고 행동하지 않아도 사람들에게 기버로 각인되는 경험을 하게 된다. 자신은 애쓴 게 없는데 그에 반응해서 되돌아오는 게 끊임없이 생긴다.

물론 기버를 만나면 어떻게든 이런 상황을 악용하고, 착취하려는 사람도 나타난다. 그런 사람을 보면 답답하고 화도 난다. 하지만 그런 감정에 에너지를 쏟을수록 그 사람과 인연만 더 깊어질 뿐이다. 그런 사람들에게는 적당히 주고 과감하게 멀어지자. 그리고 주는 걸 좋아하고 받은 걸 감사해 하는 또 다른 기버들과 교류하면서 에너지 관리를 하자.

기버끼리는 서로 기대는 덜하면서 자신이 쉽게 줄 수 있는 것들을 아낌없이 주게 된다. 이 과정에서 선순환 구조가 생기고 서로의 극적인 성장을 돕는 관계로 발전한다. 이런 삶은 테이커는 절대 상상할 수도 없고 누릴 수도 없는 평온한 마음으로 채워진다.

이런 삶에서는 언제든 내 컨디션에 맞춘 편안한 인간관계를 유지할 수 있다. 영향력을 마음대로 늘리거나 좁히는 것도 무의식적 기버가 된 사람은 선택적으로 가능하다.

반면에 테이커는 무한정 영향력을 늘리는 선택을 해야만 살아남을 수 있다. 계속 누수가 생기기 때문이다. 그러다 보니 영향력을 늘릴수록 테이커의 면모를 더 많은 대중에게 드러내게 되고 숨기고 있던 모습이 들통나며 무너지기 시작한다.

영향력을 더 키울지 줄일지에 대한 선택권이 있는 차이는 생각보다 크다. 달리는 호랑이 등에 탔을 때, 내릴 수 있는 선택을 못 하고 더 빨리 달리기만 해야 한다고 생각해보거라. 생각보다 그런 한정된 선택지만 가지고 호랑이 등에 올라탄 사람들이 부지기수다.

당장 영향력을 확장하는 것처럼 보이고, 입이 떡 벌어지는 수익을 만드는 테이커가 다른 선택지가 없어서 몰락하는 것은 시간문제다.

다시 강조하지만 기버가 되는 게 모든 면에서 다 낫다는 말이 아니라 테이커로 사는 것에 비해 상대적으로 낫다는 말을 하고 있는 중이다.

이런 구분은 매우 중요하다. 기버가 되는 게 어려우니까 테이커라도 되어야겠다는 선택을 막아주기 때문이다.

아빠가 계속 테이커를 악인처럼 규정한 부분에 대해서도 덧붙이고 싶은 부분이 있다. 간단하게 말하면 테이커로 사는 사람 중에는 본인이 그런 사람인지 모르는 경우도 많다. 그렇게 사는 방법밖에 배우지 못해서 그렇게 사는 경우도 있고 기버로 사는 선택을 해보다가 상처를 너무 받아서 테이커가 되는 경우도 있다. 무의식적인 테이커가 되는 과정을 보면 그 역시 안타까운 배경들이 존재하는 부분이 있다.

그럼에도 불구하고 결국엔 기버가 되는 삶을 선택하는 게 한 번

뿐인 인생을 좀 더 여유롭고 즐겁게 사는 데 도움이 된다고 믿고 있고, 그런 증거들이 계속 눈에 보인다. 솔직히 말하면 누구보다 그런 혜택을 많이 누리는 게 아빠가 아닐까 생각한다.

아빠는 정말 하는 것에 비해서 주변으로부터 과분한 것들을 받고 있기 때문이다. 앞으로 기버로 살지, 테이커로 살지 선택하게 될지도 모르는 너에게 조금이나마 도움이 되었으면 하는 마음을 담아 이 글을 마친다.

5

멀어지는 인연에 슬퍼할지도 모를 아들에게

언제나 친구들과 따뜻한 시간을 보내는 네 모습이 아른거려서 저절로 미소가 지어지는구나. 삶의 매 순간에 만나게 되는 너의 친구들은 네게 소중한 존재로 다가올 것이라는 것을 아빠는 믿어 의심치 않는다. 슬플 때 위로가 되어주고 기쁠 때 너보다 더 기뻐해주는 친구들이 네 곁에 생기리라 믿는다.

그럼에도 불구하고, 시간이 흘러서 각자가 머무르는 환경이 달라지기 시작하면 평생 갈 것 같은 인연도 멀어지는 순간이 온단다.

오해는 하지 말거라. 무조건 멀어질 것이라 말하는 게 아니기 때문이다. 다만 각자 새로운 환경에서 새로운 방향으로 성장하고 변화할 때 점점 이질감이 드는 느낌을 부정하지는 말자는 이야기다.

삶의 중요한 순간을 함께 했던 친구에 대한 마음의 저울은 종종 한쪽으로 치우치기 마련이다. 그러다 보니 친구와 멀어지는 환경이 되었을 때, 치우친 저울을 원래 자리로 돌려놓는 게 버거울 수도 있다.

하지만 자연스럽게 친구가 되었듯이 자연스럽게 멀어지는 과정도 존재한다는 사실을 받아들일 필요가 있단다.

"어차피 멀어질 친구들이니, 진정으로 사귈 필요가 없다는 말씀이신가요?"

네가 그렇게 물어볼 줄 알았다. 물론 그렇지 않다. 지금 이 순간, 지금 이 환경에서 가까워진 인연에 최선을 다했을 때, 멀어지는 것도 의미가 있기 때문이다.

변화된 환경에서 각자의 인생에 집중하고 서로에게 소홀해질 수도 있다는 사실을 받아들이는 관계가 진짜 건강한 관계다. 절대 끊어지면 안 된다고 생각하면 감당할 수 없는 스트레스가 너를 괴롭힐 거다. 그렇게 되면, 바뀐 환경에서 네가 오롯이 맞이해야 할 삶의 변화들도 제대로 맞이하기 어렵기 마련이다.

다시 한번 강조하지만 지금의 인연을 소중히 여기고, 신의를 지키는 노력을 충분히 하라는 이야기를 아빠는 하고 있단다. 그리고 자연스럽게 멀어지게 될 때는 인연에 최선을 다했던 서로에게 존중의 마음을 가진 채 아름답게 멀어질 수 있다.

인생은 물과 같아서 계속 흐르고 있다. 너와 친구들은 그런 흐름의 한 줄기에서 만나고, 또 다른 흐름을 따라서 새로운 인연을 만나게 된다. 인연과 멀어지는 것이 혹시나 네 의지 부족으로 생각한다면, 그럴 필요가 없으니 죄책감을 갖지 않았으면 한다.

지금 바뀐 환경에서 서로에게 더 필요한 인연을 향해 나아가는 과정일 뿐이다.

혹시나 이 과정에서 스스로를 괴롭히는 고통스러운 선택을 하고 죄책감을 가지고 있다 해도 아빠는 그런 너의 선택조차도 존중할 거란다.

인연에 웃고, 인연에 웃을 아들아. 네 모든 모습을 사랑한다. 자책하지 말거라. 너는 지금 인연에 최선을 다하기만 하면 되다.

6

희생하지도 말고,
희생을 강요하지도 마라

요즘에는 어떤지 잘 모르겠지만 아빠는 자라면서 희생의 숭고함에 대한 메시지를 자연스럽게 접했다. 살신성인의 자세를 가지고 자신을 희생하더라도 사회에 이로운 역할을 해야 한다는 이야기를 학창 시절에 자주 들었던 기억이 있다.

희생이라는 단어를 두고 각자 이해하는 방식이 다를 수밖에 없다. 그런 가운데 아빠는 살신성인이라는 말이 사회보다 자신이 덜 중요하다는 의미로 받아들여졌다.

그래서 가족이라는 구성원 안에서도 내 목소리는 중요하지 않다고 생각했다. 특히 아빠는 네 할머니의 영향을 많이 받았는데 당신이 하신 희생에 관한 이야기를 어린 아빠에게 자주 들려주셨다. 그래서 아무리 힘들어도 다른 사람을 위해서 참고 희생하는 삶, 그것이 미덕이라는 생각을 자연스럽게 받아들이게 되었다.

그러다 보니 학창 시절 친구들 사이에서도 아빠는 양보를 많이 했고 기회가 있어도 쟁취하려고 하지 않고 쉽게 물러나는 편이었다. 덕분에 아빠는 원만한 관계를 유지하면서 나름 인기도 있는 학창 시절을 보낼 수 있었다.

이게 잘 사는 방식이라는 생각도 나름 들었고 그것은 대학 시절까지도 지속되었다. 대학교 1학년 때, 네 엄마를 만나 연애를 시작했을 때도 아빠는 희생이라는 단어를 붙이지 않았을 뿐이지 아빠가 원하는 것을 드러내기보다는 불편해도 상대 결정에 따르며 사는 편이었다.

그것이 원만한 관계를 유지하는 비결이라 여전히 믿고 있었고 네 할머니가 아빠에게 물려준 희생 정신을 잘 실행하는 것이라 생각했다. 양쪽이 모두 만족하는 일은 생길 수 없고, 제로섬(zerosum)에 의해 한쪽은 무조건 희생해야 관계가 유지된다고 착각했다.

하지만 아들아, 이런 억지 희생은 시간이 지속될수록 반드시 반대급부로 상대에게도 희생을 강요하게 되는 것을 아빠는 뒤늦게 알았다.

'왜 나만 손해 봐야 해?'

'왜 내 의견은 고려하지 않아?'

'왜 이런 나를 그것밖에 인정 못 해?'

마음에서 이렇게 외치는 소리가 점점 커져가는 것을 느꼈다. 하지만 그때는 이미 많이 늦은 상태였다.

"그래서 네가 무슨 손해를 봤는데?"

"그래서 너의 의견은 뭔데?"

이런 말을 들어도 아무 생각도 안나고 아무 대답도 할 수 없는 게 아빠의 모습이었다.

'그러게. 내가 무슨 손해를 입고 있는지 무엇을 원하는지 말도 못 하면서 희생은 무슨 희생?'

이렇게 다시 스스로 납득하는 것을 반복하다가 이조차 익숙해진 상태가 되었다.

이유도 알지 못하면서 그저 희생이 숭고하다고 억지로 믿으면서 자신을 희생시키면 다시 돌이키는 게 어렵다. 왜냐하면 내가 진짜로 사라지기 때문이다. 내가 무엇을 좋아하는지 내가 무엇을 싫어하는지도 모르고 일단 다 괜찮다고 말하지만, 항상 찜찜한 그 상태를 계속 유지하게 된다.

지금 너에게 이런 말을 적고 있는 시점에도 이런 성향은 아빠 인생에 지대한 영향을 끼치고 있다. 그럼에도 불구하고 이런 상황인 것을 인지한 이상 이왕이면 유리한 쪽으로 활용하려 노력 중이다.

예전에는 이런 성향 때문에 거절을 너무 못했는데 요즘은 연습을 통해서 불편한 제안이나 무리한 부탁은 잘 돌려 거절도 하면서 살고 있다. 과거 아빠에겐 거절이란 상상하기 힘든 행동이었다.

다행히 아빠가 희생이라는 단어에 너무 깊이 빠져 있어서 불편해도 거절 못 하고 제대로 된 의사 표현도 못 하다가 결국 더 힘들어진다는 것을 여러 번 경험하고 나서 하나씩 거절을 연습하게 된 것이다.

평생 무의식적으로 살아왔던 부분을 완전히 벗어날 순 없지만, 이왕 그렇게 살아온 부분이 있고 자신에게 익숙한 성향이 되었다면 유리하게 이용할 부분은 활용하면 된다고 생각하며 살고 있다.

그럼에도 불구하고 아빠는 네가 자신을 희생하는 것에 대해 너무 숭고한 의미를 두지 않았으면 한다. 남을 돕고 사회를 이롭게 하는 데 무조건적인 개인의 희생이 필요한 것은 아니라고 생각한다.

좋은 관계를 형성하는 데 있어서도 한 명의 희생을 통해서 모두의 관계가 다 좋아지는 일도 발생하지 않는다. 그저 잠깐 그런 것처럼 보일 뿐이다.

희생이 가장 빠른 답이고 유일한 길이라 생각할 필요도 없다. 서로 희생하지 않아도 되는 좀 더 나은 선택을 할 수 있는 길을 찾는 것도 의미가 있다. 그런 선택지는 당연히 없을 거라고 생각하는 게 더 나은 선택지의 발견을 막아 왔을 뿐이다.

네가 혹시 오해할까봐 덧붙인다, 아들아.

아빠가 준비되지 않은 채 희생정신을 물려받은 부분에 대해 후회하거나 네 할머니를 원망하지 않는다. 20대에 아빠가 심하게 방황할 때 잠깐 원망하기도 했지만 결국 네 할머니가 그 시기를 살아남기 위해 선택한 눈앞에 보이는 최선의 길이었다는 것을 점점 더 이해하게 되었다.

그리고 지금의 아빠는 과거에 받아들인 희생정신을 안고 사는 대신, 아빠 나름의 방식으로 소화해서 인생에서 유리하게 적용하는 선택을 하고 비즈니스적으로도 잘 활용하고 있다.

희생은 숭고한 게 맞지만 각자 인생에서 감당할 만큼의 희생치는 각자의 삶을 통해 직접 발견하는 게 맞다고 본다. 목숨까지 바치는 고귀한 희생에 대해 감탄하고 대단하다고 말할 수는 있지만, 그것이 누구나 다 그렇게 희생을 해야 할 절대적 기준으로 강요될 필요는 없다.

살아가면서 어떤 식으로든 엄마 아빠도 모르게 네게 억지 희생을 강요했을 수도 있다. 희생하지 말라 말했으면서 왜 나에게 희생을 강요했냐고 아빠에게 지금이라도 되물을까봐 솔직히 겁도 나는구나.

네가 혹시 그렇게 느낀 순간이 있다면 변명하지 않고, 사과하고 싶다. 지금 쓰고 있는 말이 아빠의 솔직한 심정이다.

순간순간 아빠가 하는 말 중엔 아빠의 인생에 씹던 껌처럼 달라붙어서 잘 떨어지지 않는 것들도 들어 있단다. 그런 말 중에 분명 네게 억지 희생을 강요하는 말로 들릴 법한 것들이 있을 거라 생각한다.

혹시 이런 식으로 너를 혼란스럽게 만든 부분이 있다면, 꼭 아빠에게 말해줬으면 좋겠다.

복잡한 아빠의 말을 끝까지 잘 들어줘서 고맙구나.

7

나는 저 사람을 좋아하는 걸까? 사랑하는 걸까?

"너 나 좋아해? 너 나 사랑해?"

오늘 하루도 어딘가에서는 이런 질문을 주고받으며 두근거리는 시간을 보낼 연인들이 있을 거다. 좋아한다고 말하면 가벼워 보이고, 사랑한다고 말하면 너무 진지해 보여서, 그 어느 답도 쉽게 선택할 수 없는 게 사실이다.

좋아한다는 말, 사랑한다는 말에 대한 딱 부러진 정의도 없다 보니 연인끼리 표현을 해도 서로 같은 의미로 받아들이는 경우는 거의 없을 거라고 본다. 그렇다 보니 연인끼리 싸울 때는 이런 말들도 자주 등장한다.

"좋아한다면서 어떻게 그러니?"

"사랑하는데 어떻게 그러니?"

각자가 사용하는 단어가 포함하는 의미의 범주가 다를 때 나올 수 있는 전형적인 현상이다. 아빠는 연애 상담도 종종 하는데, 그럴 때도 단어의 정의가 서로 달라서 문제가 되는 일이 자주 있는 것 같더구나. 그래서 다툼이 잦다면 한 번쯤은 서로 사용하고 있는 단어에 대해서 이야기 나눠보는 것도 나쁘지 않을 것 같다.

다툼을 일으키는 단어들은 여러 가지가 있겠지만, 오늘은 좋아한다는 것과 사랑한다는 것에 대해 아빠의 정의를 말해보려고 한다. 이에 따라서 사람을 구분 짓고 만날 필요는 없지만 관계의 발전을 고민하고 있다면 아빠가 말하는 정의가 약간은 도움이 될 것이고, 장기적으로는 평생갈 상대를 정할 때도 유용할 만한 부분이 될 거라 생각한다.

처음 누군가를 좋아하기 시작할 때를 생각해보자. 서로 공통점을 찾으면서 호감이 생겨난다. 같은 영화를 좋아하고 같은 음식을 좋아하고 같은 책을 좋아하면서 자연스럽게 서로를 좋아하게 된다.

"어 정말요? 나도 그런데!"

좋아하는 것은 서로의 공통점 때문에 끌리는 단계이다. 그래서 지금 서로가 같은 부분을 가지고 호감을 느끼고 있다면 아직 좋아하는 단계라고 보면 된다.

그렇다면 사랑하는 단계는 무엇일까? 아무래도 좋아하는 단계보다는 한 단계 더 나아간 느낌이 들 거다. 그런데 어떤 식으로 나아가는지 정하긴 어렵다.

아빠는 이렇게 생각한다. 서로가 다른 부분이 있어도 끌리는 단계가 바로 사랑하는 단계이다.

"저는 상대와 다른 부분에서 확 끌리지 않는데, 그럼 저는 저 사람을 사랑하는 게 아닌 건가요?"

나와 다른 모습을 보고 끌리지 않는다고 생각해서 사랑하지 않는다는 결론을 성급히 내릴 필요는 없다. 하지만 서로 다른 모습을 이해하고 받아들이기 힘들다면 다음 단계로 발전하기 어렵고, 사랑하는 관계 또한 유지하기 어려운 건 사실이다.

이것은 서로 사랑하는지 아닌지를 테스트하기 위한 정의가 아니란 것을 다시 한번 기억해주길 바란다. 말 몇 마디로 만든 기준으로 판단할 만큼 우리의 감정은 단순하지 않으니까.

다만 사랑하는 관계로 넘어가고 서로 사랑한다는 표현을 하면서부터는 전과는 약간 다른 마음가짐이 필요한 부분에 대해 이야기를 하고 있다.

사랑으로 발전시키려면 서로 다른 부분에 대해서도 받아들이려는 마음의 준비가 필요하다. 연애 상담을 하면서 상대의 좋은 점을 늘어놓고, 서로가 얼마나 비슷한지 이야기하면서 천생연분임을 강조하는 후배들이 있다.

충분히 빠져서 누릴 수 있는 기쁜 상황이다. 그런데 그것이 마치 결혼을 당장 결정해도 되는 요인인 것처럼 말하기 시작하면 아빠는 조심스럽게 위에서 언급한 아빠의 생각을 얘기해준다. 한창 상대만 바라보는 그 후배에게는 찬물을 끼얹는 셈이다.

좋아할 수 있고, 사랑할 수 있다. 하지만 비슷한 모습에 끌리는 것만으로 서로가 평생 갈 인연이라고 단정 짓는 건 매우 섣부른 생각이다.

정말로 평생 갈 인연이라고 생각한다면 한 번 더 냉정하게 단계를 밟아나갈 가치가 충분하다. 서로 다른 점은 무엇인지, 그것들에 대해서 이해할 수 있는지 혹은 앞으로 이해하기 위해서 어떤 노력을 해야 하는지 정도는 알아봐야 한다.

적어도 이 정도 노력을 하면서 관계를 진전시키고, 사랑 표현을 하고, 평생 가약을 맺어야 하지 않을까 하는 게 아빠의 생각이다.

굳이 이런 정의까지 생각하게 된 건 너무나 쉽게 사랑한다고 착각해서 관계의 진도를 많이 나가다가 서로 지울 수 없는 상처를 주면서 마무리되는 경우를 종종 보았기 때문이다.

누구나 표현하는 방식의 자유가 있고, 어떤 언어로 표현하는지도 각자의 선택이다. 하지만 자신이 표현한 단어를 듣고 가까운 상대가 이해할 때는 전혀 다른 표현으로 받아들이고 있다면, 그리고 그런 상황이 자주 발생하고 있다면 한 번쯤은 표현하는 단어에 대해 정리해보는 것도 괜찮다고 생각한다.

이 글을 보고 있는 순간에 너는 어떤 사람과 시간을 보내고 있는지 궁금하구나.

8

평생 행복한 동반자가 될 사람을 만나는 법

아직 결혼하지 않은 후배들이 아빠를 찾아와서 어떤 남성 혹은 어떤 여성과 사귀고 또 결혼하면 좋은지 물어보곤 한다. 각자가 이상형으로 생각하는 이성이나 각자의 연애 경험과 상처가 다 다르고 아빠가 그런 내용들까지 자세히 알 수 없다 보니 이런 물음에 답하는 게 애매하고 조심스러울 수밖에 없는 게 사실이다.

그럼에도 불구하고 과거에 아빠도 이런 고민을 했었고, 또 10년 넘는 연애와 10년의 결혼 생활을 경험한 입장에서 아빠가 생각하는 답변을 들려주고는 있다. 아들인 네가 듣기에 아빠가 전하는 답변이 어떤지 한번 봐주면 좋을 것 같아서 책 지면을 빌어 아빠의 생각을 옮겨보려고 한다.

결혼할 상대에 대해서 기준을 잡을 때는 자연스럽게 본인의 부모님으로부터 시작되는 게 일반적인 것 같다. 엄마 같은 여성 혹은 아빠 같은 남성, 아빠랑 정반대의 남성 혹은 엄마랑 정반대의 여성, 예를 들어 이런 식의 기준을 무의식적으로 가지고 있는 경우가 많았다.

그런 사실을 자신이 얼마나 인지하고 있는지, 또 얼마나 더 구체적인 기준들이 있는지 차이가 있지만 보통 이런 식으로 결혼 상대에 대한 기준을 형성하게 된다. 부모님의 영향이 없다면, 어릴 적 삶에 지대한 역할을 해준 어른이 보통 그런 기준이 된다.

일단 아빠는 단순히 이런 과거 경험을 바탕으로 기준을 잡는 것은 위험하고 한계가 많다고 생각한다. 심지어 자신이 이런 식으로 기준을 잡은 것을 스스로도 모르는 경우도 많다.

사실 어디서도 이런 영향들에 대해서 제대로 알려주지 않는 게 안타까운 현실이라 생각한다. 이러한 기준들은 보통 어릴 적 생긴 상처 때문에 생겼을 확률이 매우 높기 때문이다.

물론 누구나 과거 상처에 기반해서 자기 삶의 기준을 형성하는 게 자연스럽다. 하지만 평생 갈 동반자를 고를 때만큼은 거기서 한 발 떨어져서 판단해보는 노력을 해야 한다.

'저 사람과 결혼한다면 내 부족한 부분을 채워줄 수 있을 거야. 마치 내 엄마(아빠)처럼.'

'저 사람이라면 내 엄마(아빠)처럼 행동할 리가 없어. 절대 나에게 상처 주지 않을 거야.'

이런 식의 매우 무분별하지만 강력한 기대감을 가지기 때문이다. 이런 기대감에 조금이라도 부합하는 사람 같으면 다른 부분은 눈에 띄지 않고 천생연분이라 믿어버리는 우를 범하는 일도 자주 발생한다.

생각해보거라. 상대가 너를 채워줄 거라고 네가 기대하는 것처럼, 상대도 너를 통해 자신이 채워질 것이라 기대하며 결혼하게 되는 상황을. 이 상황에서 누구도 진정으로 상대를 채워주는 사람은 없다. 채움 받고 싶은 사람들이 만나 결혼한 뒤에 서로 채워줄 줄 알았다고, 착각했다고 싸우는 결혼 생활이 행복할 리가 없다.

결혼에 대한 환상을 완전히 버릴 때 진짜 환상적인 결혼 생활은 시작된다고 말하고 싶다.

"당신과 함께라면 뭐든지 이겨낼 수 있어"라는 말은 당신이 곁에 없다면 나는 무너질 거라는 의미를 내포하고 있다.

"당신과 함께라면 우린 행복할 거야"라는 말은 당신이 곁에 없을 때 나는 불행할 거라는 믿음이 무의식적으로 깔려 있다.

이제는 많은 부부가 결혼 후에도 각자의 일을 하거나 각자의 삶을 영위하고 있다. 그리고 앞으로는 이런 라이프 스타일이 점점 더 당연해질 것이다. 이 과정에서 부득이하게 누군가는 가정에 소홀해지는 일이 발생할 수 있다. 또 항상 부부가 똑같이 균형을 맞추며 가정에 기여하는 것은 거의 불가능한 일이다.

너무나 당연히 예상할 수 있는 이런 현실을 무시한 채 무리한 기대가 만든 서로에 대한 유리 같은 믿음은 금방 깨질 수밖에 없다. 결혼하고 나서 각자의 삶터에서 치열하게 살다가 함께하는 시간이 오면 그 시간을 어떻게 행복하게 보낼지 고민하기보다, 그 시간을 빌려서 자신이 얼마나 불행한 시간을 보냈는지 자랑하기 바쁘다.

함께하면 행복할 거라 기대하고 결혼한 부부가 오히려 불행해지는 일반적인 루트를 간단히 말해봤다. 함께 있을 때 행복을 이야기하지 않고 오늘 불행했던 이야기까지 전부 끌어와서 배틀을 하는데 어떻게 같이 행복해질 수 있겠니? 그래서 아빠는 단호하게 이렇게 말한다.

저 사람과 결혼하면 지금보다 행복해질 거라는 기대감만 가지고 결혼하면 안 된다고 말이다. 네가 잘못 들은 게 아니다. 나는 지금 불행하지만 저 사람과 있으면 행복해질 거라는 생각 때문에 결혼하면 생각보다 더 불행한 결혼 생활이 될 거다.

"아니, 그러면 도대체 어쩌라는 말인가요?"

너도 이렇게 생각하겠지? 보통 아빠가 이런 이야기를 하면 다들 그런 반응이더구나.

"나 혼자서도 충분히 행복해. 그런데 너도 혼자서 충분히 행복해 보이는구나."

이런 생각을 서로 하고 있고, 그런 서로가 마음에 들 때 결혼하면 사실 완벽하다.

"그럼 혼자서도 행복할 수 있는 사람을 찾으라는 말인가요? 저도 그럼 행복해야 하고요?"

물론 그런 사람을 찾기 어렵다는 것을 잘 알고 있다. 그리고 나 먼저 행복하기도 어렵다는 것을 잘 알고 하는 이야기이다. 그래서 아빠는 그런 상태에서 결혼하면 완벽하다고 한 것이지, 무조건 그런 상태에서 해야만 한다고 말하지 않았다. 지금 당장 행복하지는 않지만 스스로 행복해지기 위해서 과거에 하지 않았던 노력을 하는 사람들은 충분히 만날 수 있다.

그런 사람의 특징은 다음과 같다. 비록 과거에 힘든 상처가 있지만, 그럼에도 불구하고 그런 상처를 극복해서 행복해지고 싶은 사람, 과거에는 비록 부족한 게 많았지만 그럼에도 불구하고 조금이라도 나아지고자 하는 사람. 그런 의지가 있는 남녀가 만나서 각자 더 행복해지기 위한 공부를 하러 같이 다니며, 혼자서도 충분히 행복한 내가 되어 가는 모습을 서로 지켜봐줄 수 있다.

물론 내가 스스로 행복해지겠다는 의지가 강하면, 상대가 이런 것에 관심이 없더라도 더 행복해지는 방법들을 공유하고 실제로 행복해지는 모습을 보여주면서 관심을 갖게 할 수 있다. 이런 생각을 공유하면서 "내가 이런 상처가 있으니까 무조건 네가 이해해야 해"라고 강요하는 게 아니라, "내가 비록 이런 상처가 있지만 그럼에도 불구하고 그 상처와 별개로 지금 더 행복해지는 선택을 할 거야"라는 대화를 하기 시작한다면 결혼해서도 상상보다 더 행복하게 살 수 있다.

평생 갈 인연이 완벽한 준비가 된 채로 네 앞에 나타날 거라는 기대는 애초에 하지 마라. 현실적으로 불가능에 가깝다. 그런 기대를 하면 아무도 만나지 못할 것이고 결혼 상대도 찾지 못한다.

결혼할 준비가 완벽히 된 상태로 서로를 만나는 경우도 아예 없다는 걸 받아들여라.

행복한 결혼 생활을 하고 싶은 바람을 가지고 있고 그것을 위해 지금 스스로 행복해지는 것의 중요성을 아는 사람, 혹은 과거에 몰랐어도 지금이라도 그와 관련된 노력을 하고자 하는 사람들끼리는 결혼하기에 적합한 관계로 나아갈 수 있다.

다시 강조하지만 절대 혼자서도 완벽히 행복한 상태에 존재하는 사람을 만나라는 말이 아니다. 그러면 결혼할 사람을 찾을 수 없고, 헛된 기대로 시간만 보내기 쉽다.

세상에 나의 이상형이 있다는 기대감도 버리는 게 좋다. 그저 과거에 경험한 일부의 상처 또는 일부의 좋은 경험에서 기반한 극히 일부 조건에 부합하는 프레임을 상대에게 씌운 것에 불과하다. 그런 상태에서 섣불리 결혼하면 그건 상대에게 평생 짐을 안기는 것이나 마찬가지다.

어떤 사람도 타인의 결핍을 채워주기 위해 태어나거나 존재하는 사람은 없다. 모두 각자 삶의 행복을 위해서 살아야 하는 사람이라는 것을 기억해야 한다. 운이 좋으면 각자의 행복을 추구하는 과정에서 서로의 결핍을 채워주기도 한다. 아빠와 엄마는 다행히 결혼 후에 이 단계를 겪으면서 지금과 같은 평온을 유지할 수 있었다.

물론 아빠가 말한 방식을 염두에 둔 준비와 선택을 하고 나서도 한동안 평탄한 결혼 생활이 안 될 수도 있다. 하지만 그렇게 하지 않았을 때보다 더 나은 결혼 생활로 나아갈 가능성은 분명 더 클 거다. 그러니 상처와 결핍에 의해 작동하는 기대감만으로 결혼할 상대를 찾지 말길 바란다.

하나가 되기 위한 반쪽끼리의 만남은 항상 불안정하다. 반쪽 그 자체로도 이미 온전한 하나라는 사실을 각자가 깨달을 때 어느 순간에나 온전히 존재하는 건강한 인연이 만들어진다.

엄마와 아빠는 나름 그런 과정을 거쳐왔고 네가 보아왔듯 한번의 다툼 없이 10년째 살고 있는 중이다. 또한 네가 보기에도 엄마 아빠가 각자의 삶에서 행복을 추구하는 모습이 보일 거라 생각한다.

이런 행복한 여정에 네가 함께해주어서 고맙다, 아들아.

생존을 고민해야 하는 시대라 미안하다

"저는 딱 마흔 살이 되면 안락사하는 게 목표예요."

청년들에게 강의를 하는 공간에서 적막 속에 20대 중반의 사회초년생의 덤덤한 답변이 들려왔다.

아빠는 처음에는 귀를 의심했고, 농담이겠거니 싶어 되물었다. 지금 들은 대답이 진짜 목표인지. 그 친구는 전혀 당황하지 않고 그렇다고 대답했다. 아빠는 목이 메었지만 다시 물었다.

"본인의 개인적 문제 때문에 그런 생각을 한 건가요, 아니면 주변에 그런 친구들이 많나요?"

그리고 당연하다는 듯한 말투로 대답이 돌아왔다.

"제 또래들은 많이 그런 거 같아요. 이런 이야기 종종 나눠요."

강의를 하고 집에 돌아오는 지하철에서 같은 칸에 앉은 청년들의 무표정한 모습이 그날따라 무척 슬프게 느껴지더구나.

빛을 좇아가면 어둠도 같이 뒤따라오는 게 당연하다. 하지만 좇아가던 빛이 사라지면 그 순간 칠흑 같은 어둠만 남는다.

어릴 적부터 더 큰 꿈을 그리도록 강요받고 더 좋은 성적을 받고 더 좋은 학교를 진학하는 것이 전부처럼 살아가고 있는 사람들이 대부분이다. 작은 일탈도 허용되지 않고 부모가 그리는 빛나는 모습에서 한 치라도 벗어나면 불효자나 낙오자 낙인이 찍힌다.

빛나는 모습이 되지 않을 바에는 세상에서 사라지는 것이 낫다고 판단하는 게 자연스러운 시대가 된 것은 곱씹을수록 소름이 끼친다. 아빠가 아들에게 전하고 싶은 메시지를 책으로 담으려고 마음먹었을 때, 긍정적이고 밝은 메시지만 담고 어두운 생각은 하지 않게 해줘야 하는 건 아닐까 고민도 했다.

하지만 실제 현실은 밝지만은 않다는 사실을 언제가 네가 발견했을 때 너의 상실감은 아빠가 느꼈던 그것과 다르지 않을 거라는 생각에, 냉정하더라도 최대한 현실적으로 아빠가 해주고 싶은 이야기를 담아야겠다고 용기를 냈다.

세상에는 빛과 어둠이 같이 존재한다. 아빠는 어두운 부분을 다루지만 그럼에도 불구하고 빛으로 밝힐 수 있는 대안을 같이 말해주고 싶었다. 또한 빛나는 부분을 이야기하면서도 따라오는 어둠을 포용할 수 있는 영역에 대해 이 책에 담으려고 노력했다.

"다음에는 받아쓰기 좀 틀려도 아빠랑 즐겁게 할 이야기가 많을 것 같아."

유치원에서 처음 받아쓰기를 해온 날 100점을 맞아온 너를 보면서 아빠가 했던 말을 기억하니? 혹시나 100점 맞아야만 아빠 엄마가 기뻐할 거라고 네가 부담가지고 있을까봐, 칭찬한 뒤에 너에게 했던 말이다.

네가 어려운 퍼즐 맞추기를 하면서 '나는 잘 못한다'고 자책할 때 아빠는 가슴이 철렁했다. 혹시나 엄마 아빠가 너에게 모든 걸 다 잘해야 한다는 강박을 줬던 건 아닌지 걱정되었기 때문이다.

하지만 이런 걱정을 안고 있기보다는 아빠가 그저 행동으로 보여주는 게 낫다고 생각했다. 그래서 아빠는 네 앞에서 얼마나 아빠가 못하는 게 많은지 용기 내어 보여주고 있는 중이다.

종이접기도 너보다 못하고, 퍼즐도 너보다 못 맞추고, 로블록스 게임도 못 한다. 하지만 그렇다고 네가 아빠에게 실망하지 않는다는 것을 알고 있고 네가 아빠를 이해해주고 있다는 사실을 잘 알고 있다. 서로 대화를 나누면서 표현하고 있으니까 말이다.

너는 아빠에게 그렇게 사랑을 알려주고 있고 아빠는 너에게 배운 대로 돌려주는 중이다. 빛나지 않는다고 사랑하지 않으면 세상은 온통 가짜 빛으로 뒤덮이고 가짜 사랑으로 물들게 될 거다. 솔직히 말하면 지금은 심각할 정도로 서로에 대한 사랑이 부족한 사회가 되어가고 있다. 그리고 사랑이 결핍된 환경을 이용해서 비즈니스나 정치를 하고 세대와 성별과 수저를 갈라치는 데 앞장서는 사람들이 득세하는 일을 보고 있다.

'매트릭스'라는 영화를 보면 주인공은 가짜 세상에서 평범하게 살다가 그게 가상세계라는 것을 깨닫고 진짜 현실에서 깨어나 전쟁을 치르기 시작한다. 주인공은 그 전쟁 속에서 자신의 진짜 능력을 발견하고 진짜 사랑도 하면서 초월적인 존재가 되어 간다.

진짜 변화의 시작은 냉정한 현실에 대해 인식하고 부딪히는 것부터 출발한다는 이야기를 하고 싶어서 영화 이야기를 빌려왔다.

아빠는 이상적인 이야기만으로 현혹하지 않고 이상과 현실을 같이 이야기하는 사람으로 살아보고 있다. 빛과 어둠이 공존하듯이 이상과 현실도 항상 공존한다. 어느 것 하나가 유일한 선택안으로 강요되는 순간 공존은 무너진다.

아빠는 과거 비즈니스 책에서도 균형에 대한 이야기를 강조했다. 너에게 전하고 싶은 솔직한 메시지를 담은 이 책에서도 어김없이 균형의 중요성을 언급하게 되는구나.

결핍이 있어도 그것을 오히려 이용해서 먹고살 수 있다는 용기를 주면서 균형 있는 삶을 유지하는 사람으로 아빠는 계속 살아갈 것이다. 또 가장 빛나지 않아도 존중받을 수 있고 어둠 속에 있어도 한 줌의 빛으로 세상에 목소리를 낼 수 있고 생존을 걱정하지 않아도 될 만큼 돈을 벌 수 있다는 사실을 증명하며 살아갈 것이다.

정치인이 되거나 더 유명한 사람이 되어 그런 일을 하면 더 효과적일 거라고 조언해주시는 분도 계셨다. 아빠에게 지금 가족과 보내는 시간보다 더 중요한 시간은 없다. 더 큰일, 더 위대한 일을 한다고 하면서 가족은 뒷전에 두는 선택들이 누적되어 지금같이 사랑이 단절된 시대가 된 것을 아는 아빠가 어떻게 그런 선택을 할 수 있겠니?

세상 전부를 밝히는 빛이 되기 위해 감당하기 힘든 어둠을 끌고 가는 대신, 아빠가 지금 감당해야 할 어둠 속에서 한 줌 빛으로 살며 아빠 주변부터 물들여만 갈 수 있다면 아빠는 그것으로 만족한다. 또 실제 물들어가는 모습을 확인하는 중이라 다행이라 생각하고 있다.

사랑하는 아들아, 다시 한번 생존을 고민하게 만든 시대에 초대해서 무척 미안하다. 그럼에도 불구하고 아빠는 현실을 외면하지 않고 지금 내디딜 수 있는 작은 걸음을 내딛으면서 너와 함께 가는 좁은 길을 밝혀보고 싶다.

생존을 고민해야 하는 시대를 헤쳐가며 네가 어둠을 선택할지 빛을 선택할지 둘 다를 선택할지는 잘 모르겠다. 다만 너의 그 모든 선택이 네가 그때 할 수 있는 최선의 선택이라는 사실만큼은 알고 있다. 그래서 어떤 선택을 하든 응원할 것이다.

엄마 아빠에게 두 번째 인생을 선물해줘서 고맙다.
매일 사랑한다 말해도 부족한 아들아.
그래도 한 번 더 사랑한다.

아들아 명심하거라,
잘 사는 데 필요한 건 따로 있다

초판 1쇄 인쇄 2022년 11월 23일
초판 1쇄 발행 2022년 11월 30일

지은이 신태순
펴낸이 떠오름

기획 손힘찬
편집 권희중, 권기우
디자인 최희종
마케팅 전효민, 고경표, 이민지, 김하나
영업관리 박혀젔

펴낸곳 **주식회사 떠오름**
출판등록 제2021-000002호(2020년 4월 28일)
주소 서울특별시 서초구 강남대로 479, 비1층 122호
전화 070-4036-4586 **팩스** 02-6305-4923
홈페이지 www.risebooks.co.kr
이메일 tteoreum9@nate.com

값 16,500원

ISBN 979-11-92372-26-6 03810